트릭

도메니코 스타르노네 소설   **TRICK**

트릭

민지우 옮김

한길사

트릭

1장

1

어느 날 저녁 베타에게 전화가 왔다. 딸아이는 평소보다 날선 목소리로 제 남편과 함께 칼리아리에서 열리는 수학 학회에 참석해야 하는데 그동안 아이를 좀 돌봐줄 수 있냐고 물었다. 밀라노로 이사 온 지 어언 20년이 넘은 터라, 딸이 사는 나폴리의 옛집에 가는 것이 내키지 않았다. 부모님에게 물려받은 집인데, 딸은 결혼 전부터 그 집에서 살았다. 내 나이가 일흔이 넘은 데다, 오랫동안 홀아비 생활을 하다 보니 다른 사람과 공간을 공유하는 것이 익숙하지 않았다. 내 침대에서 잠을 자고 내 욕실을 써야만 마음이 편했다.

게다가 나는 몇 주 전에 수술까지 받은 상태였다. 심각한 수술은 아니었지만, 솔직히 수술로 인한 득보다 실이 더 큰 것 같았다. 의사들은 아침저녁 할 것 없이 병실에 찾아와 수술이 잘됐다고 했지만, 헤모글로빈 수치가 낮고 페리틴 수치도 썩 좋지 않았다. 그러던 어느 날 오후에는 급기야 밀가루 반죽처럼 새하얗고 작은 사람들의 머리가 벽에서 스멀스멀 솟아나 나를 향해 다가왔다. 의사들이 즉시 수혈한 덕에 헤모글로빈 수치가 조금 올라가 겨우 퇴원할 수 있었다.

하지만 몸 상태는 좀처럼 좋아지지 않았다. 아침이면 힘이 너무 없어서 일어서기조차 버거웠다. 몸을 일으킬 때마다 젖 먹던 힘까지 끌어모아 손톱자국이 날 정도로 허벅지를 꽉 잡고 허리를 90도로 굽혔다가 숨을 꾹 참고 상체와 하체 근육을 쭉 폈다. 등을 찌르는 듯한 고통이 누그러진 후, 겨우 허리를 움직일 수 있게 되면, 그제야 조심스레 허벅지에서 손을 떼고, 팔을 쭉 내린 다음 긴 신음을 내뱉으며 느릿느릿 허리를 폈다.

상황이 이렇다 보니 베타의 부탁에 나도 모르게 심드렁한 반응을 보이고 말았다.

"내가 꼭 가야겠니?"

"놀러 가는 게 아니라 출장이에요, 아빠. 저는 모두 발언을 맡았고 그이는 이튿날 오후에 발표해야 해요."

"며칠 동안 집을 비울 예정이냐?"

"11월 20일부터 23일까지요."

"그러니까 나흘이나 아이와 단둘이 있어야 한단 말이냐?"

"매일 아침 살리가 와서 집 청소도 해주고 요리도 해줄 거예요. 게다가 마리오는 웬만한 건 다 혼자서 알아서 해요."

"세 살에 모든 걸 알아서 하는 아이는 없다."

"마리오는 네 살이에요."

"세 살이나 네 살이나. 문제는 그게 아니라, 마감일이 코앞인데 작업을 아직 시작도 못 했다는 거다."

"무슨 작업인데요?"

"헨리 제임스 소설의 삽화 의뢰를 받았거든."

"어떤 내용이죠?"

"미국을 떠났던 뉴욕 남자가, 오랜 세월 후 고향 집에서 유령을 만나는 이야기다. 정확히 말하면 사업가가 된 자신의 모습과 마주하는 내용이지."

"그 정도 소설 삽화 그리는 데 얼마나 걸리는데요? 아직한 달이나 남았으니 시간이 없는 건 아니잖아요. 어쨌든 11월 20일까지 작업을 못 끝내시면 여기 와서 작업을 계속하세요. 마리오는 어른들을 귀찮게 하지 않으니까요."

"마지막에 봤을 때만 해도 시도 때도 없이 안아달라고 하던데."

"그게 2년 전이잖아요."

베타는 나를 원망했다. 내가 아버지로서도, 할아버지로서도 무심하다고 했다. 그런 베타에게 나는 다정하게 그 애가 원할 때까지 손자를 봐주겠노라고 했다. 언제쯤 내려올 생각이냐는 베타의 질문에 나는 그만 필요 이상의 약속을 하고 말았다. 딸아이의 목소리가 평소보다 더 슬프게 들리는 데다, 입원 내내 기껏해야 서너 번밖에 전화하지 않은 베타의 태도가 그동안 그 애를 향한 내 무관심에 대한 업보인 것만 같아서, 나는 학회가 시작하기 일주일 전에 먼저 가서 손자와 친해질 시간을 갖겠다고 말하고 말았다. 나는 기쁜 척하면서 오랜만에 할아버지 노릇을 하고 싶으니 맘 편하게 다녀오라고 했다. 학회에 가 있는 기간에 마리오와 나는 재미있게 잘 지낼 거라고 했다.

하지만 언제나 그렇듯 나는 약속을 지키지 못했다. 내게 작품을 의뢰한 젊은 출판사 사장은 그때까지 진행한 작업을 보고 싶다면서 나를 들들 볶았다. 끝날 기미가 안 보이는 요양 기간 동안 일은 거의 손도 대지 못했던 터라 허겁지겁 삽화 두어 장이라도 완성하려 했지만, 어느 날 아침 다시 출혈이 시작되는 바람에 병원으로 달려가야 했다. 담당 의사는 별이상은 없지만, 그래도 일주일 후에 다시 와보라고 했다. 그렇게 이런저런 일로 시간을 허비하다 대충 마무리한 삽화 두장을 출판사 사장에게 보낸 후, 11월 18일에야 겨우 나폴리로 출발했다. 손자에게 줄 제대로 된 선물 하나 없이 지치고 짜증이 난 상태로 기차역으로 향했다. 건성으로 짐을 챙기면서 몇 년 전에 내가 삽화를 그린 동화책 두 권만 대충 집어넣었을 뿐이었다.

몸이 쇠해서 땀이 삐질삐질 나는 데다, 당장이라도 밀라노로 돌아가고 싶은 마음에 여행 내내 힘이 들었다. 비까지 내려서, 왠지 모르게 긴장이 풀리지 않았다. 기차가 돌풍을 뚫고 달리자 시냇물처럼 흐르는 빗물로 창문이 뿌옇게 변했다. 거센 폭풍에 기차가 탈선할까봐 두려웠다. 늙을수록 삶에 대한 집착이 더 강해지는 법이다. 춥고 비가 내렸지만 일단 나폴리에 도착하니 기분이 한결 좋아졌다. 역사에서 얼마 멀지 않은 길모퉁이에 이르니 익숙한 건물이 눈에 들어왔다.

2

베타는 기대 이상으로 나를 다정하게 반겨주었다. 일상에 지친 마흔 살 여인에게서 예상하지 못했던 환대였다. 놀랍게도 "안색이 너무 창백해요. 왜 이렇게 여위셨어요"라고 외치면서, 내 건강을 걱정했다. 딸아이는 내가 입원해 있는 동안 한 번도 병문안을 오지 못해서 미안하다고 했다. 약간 긴장한 표정으로 의사 소견과 검사 결과를 물었는데, 왠지 내가 걱정되어서가 아니라 과연 내게 아이를 믿고 맡겨도 괜찮은 건지 확인하려는 것 같았다. 나는 베타를 안심시키려고 그 애가 어렸을 때 그랬던 것처럼 일부러 과장된 칭찬을 퍼부었다.

"그동안 정말 예뻐졌구나."

"뭘요."

"영화배우 뺨치게 예쁜걸?."

"저도 이제 늙었어요. 살도 찌고, 변덕도 심해지고."

"말도 안 돼. 너만큼 매력적인 여자가 또 어디 있겠니. 성격은 말라비틀어진 나무껍질처럼 까칠하지만, 조금만 껍질을 벗겨내면 화사하고 보드라운 속마음이 드러나는 걸 아비는 안다. 네 엄마도 그랬거든."

베타는 남편인 사베리오가 곧 유치원에서 마리오를 데리고 돌아올 거라고 했다. 나는 베타가 그만 방에 가서 잠깐이라도 쉬라고 말해주기를 바랐다. 가끔 나폴리에 올 때면, 나는 항상 욕실 옆에 있는 큰 방에서 자곤 했다. 가리발디 광장의 발사대를 닮은 작은 발코니가 딸린 방이었다. 어린 시절 형제들과 함께 쓰던 방인데, 내가 그 집에서 싫어 하지 않는 유일한 장소였다.

잠시만이라도 방에 가서 드러눕고 싶었지만, 베타는 좀처럼 나를 (정확히 말하면 나와, 내 여행 가방과 천으로 만든 손가방을) 부엌 밖으로 내보내려 하지 않았다. 그 애는 쉴 새 없이 직장과 마리오를 비롯해 가사와 육아를 몽땅 자신에게 떠넘기는 남편과 그 외 수많은 골칫거리에 대한 불만을 쏟아내다 나중에는 거의 소리를 지르다시피 말했다.

　　"아빠! 전 *정말로* 지긋지긋해요!"

　　싱크대에서 채소를 씻던 베타가 나를 향해 몸을 홱 돌리며 소리를 지르는 순간, (생전 처음으로) 40년 전 아내와 내가 죄책감 속에 멋모르고 그 애를 세상 한복판에 내던졌을 때, 순수한 고통 그 자체였던 딸아이의 모습이 눈앞을 스쳐 지나갔다. 아니, 아니다. 아다는 이미 오래전에 죽었으니, 더는 딸아이를 책임질 수 없다. 베타는 이제 오롯이 *나의* 것이었다. 내 몸에서 떨어져 나간 거대한 세포였다. 세월 속에 닳디 닳은 세포막이었다. 아주 잠깐이지만, 내 눈에는 베타가 그렇게 보였다.

　　그러던 중에 현관문 열리는 소리가 들렸다.

　　"그이가 왔나봐요."

　　베타는 서둘러 감정을 추스르고 말했다. 기쁨과 짜증이 뒤섞인 말투였다. 그때 사베리오가 마리오와 함께 나타났다.

사위는 땅딸막하고 다부진 체격에 얼굴이 넓적하고 지나치게 격식을 차리는 사람이었다. 키가 훤칠하고 우아한 베타와는 전혀 안 어울렸다. 꼬마 마리오는 아빠처럼 짙은 갈색 머리였다. 갸름한 얼굴에 북슬북슬한 하늘색 방울이 달린 빨간 모자를 쓰고, 어두운 색 코트를 입고 있었다. 그 애는 기분이 설레는지 커다란 눈을 동그랗게 뜨고 잠시 가만히 서 있었다. 베타를 닮은 구석은 하나도 없다고, 나는 생각했다.

아이는 제 아빠 판박이였다. 아이 눈에 내가 '할아버지'라는 단어가 현실화한 존재로 비칠 거라고 생각하니 마음이 아렸다. 그 애는 낯선 할아버지가 자신을 놀라운 세계로 인도해 주기를 기대하고 있을 것이다. 나는 연극 배우처럼 과장되게 두 팔을 활짝 벌리며 외쳤다.

"마리오! 이리 오렴. 정말 많이 컸구나."

그러자 마리오는 달려와 내 품에 안겼다. 나는 그런 아이를 번쩍 들어 올리면서 반갑게 인사하려 했지만 막상 아이를 들어 올리자 힘에 부쳐 목에서 쥐어 짜내는 것 같은 소리만 새어 나왔다. 마리오는 내 목을 힘껏 껴안고 구멍이라도 낼 기세로 내 뺨에 격렬하게 입을 맞췄다.

"그만해. 할아버지 숨 막히신다."

사베리오가 말리자 베타까지 나서서 아이에게 그만 나를 놓아달라고 했다.

"할아버지 어디 안 도망가시니까, 그만 놓아드리렴. 여기 계실 동안은 너랑 같은 방을 쓰실 테니까, 항상 함께 있을 수 있을 거야."

그것은 내게 더할 나위 없는 비보였다. 아이가 아직 어려서 부모와 같이 잘 거라고 생각했는데.

먼 옛날 나도 그랬다는 사실을 잊고 있었다. 행여나 아이 울음소리를 못 듣거나, 젖 먹일 시간을 놓칠까봐 아내 혼자 밤을 꼬박 지새우는데도, 나 역시 어린 베타를 옆 방 요람에서 혼자 재우려 했다. 마리오를 바닥에 내려놓는 순간 그때 기억이 떠올랐지만, 아이가 눈치채지 못하게 애써 짜증을 참고 집에 도착했을 때 여행 가방 옆에 놓아두었던 천으로 만든 손가방에서 아이에게 주려고 챙겨온 얄팍한 책 두 권을 꺼냈다.

"이것 좀 보렴."

책을 집는 순간, 아이가 실망할까봐 걱정하면서, 그것보다는 나은 선물을 사올 걸 그랬다는 후회가 밀려들었다. 하지만 마리오는 매우 공손한 말투로 감사하다고 속삭인 뒤 (그것이 아이 입에서 처음 나온 말이었다) 흥미 있는 표정으로 책을 집어 들고 표지를 살피기 시작했다.

그런 마리오와는 달리, 사베리오는 나처럼 내 선물이 별로라고 생각한 것이 틀림없었다. (그는 분명 나중에 베타에게 "당신 아버지는 도대체 뭐 하나 제대로 하는 것이 없어"라고 투덜댈 터였다.) 하지만 사위는 황급히 정신을 추스르고 이렇게 외쳤다.

"외할아버지는 아주 유명한 예술가시란다. 이 멋진 그림을 좀 보렴. 할아버지께서 직접 그리신 거야."

"나중에 할아버지랑 함께 봐."

베타가 말했다.

"우선 코트 벗고, 쉬야부터 하고 와야지."

마리오는 몇 번 버티다 결국 포기하고 엄마의 손에 몸을 맡겼다. 하지만 그 와중에도 절대로 책에서 손을 떼지 않았다. 마리오는 억지로 화장실에 끌려갈 때도 책을 가지고 갔다. 나는 어정쩡한 자세로 다시 자리에 앉았다. 사위와 할 말이 없었기 때문이다. 사위에게 학교 이야기 학생들과 교육의 어려움에 관해 몇 마디 물었다. 내 기억으로는 사위가 관심을 보이는 주제는 그것뿐이었으니까. 사베리오는 축구도 좋아했지만, 그 방면에는 내가 문외한이었다. 그런데 사베리오는 바로 말을 바꾸더니 놀랍게도 (우리는 마음을 터놓고 지내는 사이가 아니었으므로) 괴로워하면서 다소 과장된 말투로 자신의 실존적 좌절감을 털어놓았다.

"마음 편할 날이 하루도 없고 행복하지 않아요."

그가 중얼거렸다.

"아무리 그래도 가끔 행복할 때도 있겠지."

"전 아니에요. 제 인생은 쓰디쓴 독과 다름이 없다고요."

하지만 베타가 다시 모습을 드러내는 순간, 조금 전의 친밀함은 사라지고, 사위는 학교 이야기를 횡설수설 늘어놓기 시작했다.

둘은 얼굴만 봐도 신경이 날카로워지는 것 같았다. 베타는 사베리오가 무엇인가를 제자리에 놔두지 않았다고 비난하더니 내가 준 선물을 품에 안고 나타난 마리오를 가리키며 *저 녀석도 꼭 제 아빠 안 좋은 것만 닮아간다고* 나를 향해 말했다. 베타는 말을 마치자마자 내 여행 가방과 손가방을 번쩍 들어 올리더니 나를 놀리듯 키득대면서 가방 안에 셔츠, 속옷, 양말 같은 것은 하나도 없고 분명히 작업 도구만 가득 들었을 것이 틀림없다고 했다.

엄마가 복도로 사라지자, 아이는 오히려 안심하는 것 같았다. 아이는 책 한 권은 탁자 위에 나머지 한 권은 내 허벅지를 책상 삼아 올려놓더니 책장을 넘기기 시작했다. 내가 머리를 쓰다듬어주자, 용기가 났는지, 사뭇 진지한 표정으로 물었다.

"할아버지, 이 그림을 정말 할아버지가 그린 거예요?"

"그럼. 마음에 드니?"

그러자 마리오는 골똘히 생각에 잠겼다.

"조금 어두워 보여요."

"어둡다고?"

"네. 다음번에는 조금 더 밝게 그려주세요."

사베리오가 급히 끼어들었다.

"어둡긴. 이대로도 멋진걸."

"어둡다니까요."

마리오가 다시 한번 강조했다.

나는 조심스레 책을 건네받아, 그림을 몇 개 살펴보았다. 내 그림이 어둡다는 말은 처음이었다.

"딱히 어두운 것 같지는 않은데…"

나는 조금 언짢은 투로 말했다.

"하지만 네가 보기에 어둡다면 그런 거겠지."

책장을 넘기며 그림을 유심히 살펴보니, 전에 보이지 않았던 결함들이 눈에 들어왔다. 나는 인쇄가 잘못 되었나 보다고 혼잣말을 했다. 기분이 씁쓸했다. 나는 잘 알지도 못하면서 내 작품의 가치를 깎아내리는 것을 못 참는다. 사위와 대화를 나누면서 몇 번이나 "지금 보니 그림이 조금 어둡군. 마리오 말이 맞아"라고 했다. 기술적인 결함에 대한 불만을 토로하며 바라는 것은 많은데, 보수는 짜게 줘서 모든 것을 망치는 출판사들을 욕하기 시작했다.

마리오는 잠시 내 말에 귀를 기울이다 이내 지루했는지 내게 자기 장난감을 보여주고 싶다고 했다. 하지만 생각이 다른데 있던 나는, 아이의 말에 쌀쌀맞게 됐다고 대답하고 말았다. 말을 내뱉는 순간, 내 말투가 너무 퉁명스러웠다는 사실을 깨달았지만, 부자는 이미 어리둥절한 시선으로 나를 바라보고 있었다.

나는 황급히 "내일 보여주렴, 얘야. 지금은 할아버지가 피곤하구나"라고 덧붙였다.

3

그날 저녁 나는 베타와 사베리오가 칼리아리에서 열리는

학회에 참석하려는 가장 큰 이유는 아이가 없는 데서 눈치 보지 않고 맘 놓고 싸우기 위해서라는 사실을 확신했다. 오후 내내 이따금 형식적인 대화만을 주고받던 딸네 부부는, 저녁 식사를 하면서는 그마저도 그만두고 마리오와 나한테만 말을 건넸다. 내게는 마리오의 장점을, 그리고 아이에게는 할아버지가 대단한 사람이라는 사실을 알려주기 위함이었다. 둘 다 아기 목소리를 흉내 내면서 "그거 아니? 네 할아버지는 말이야…"라거나 "할아버지께 네가 얼마나 잘하는지 보여드리렴"이라고 했다.

그 결과 마리오는 내가 수많은 상을 탔고, 피카소보다 더 유명한 데다, 내 작품이 중요한 사람들의 집에 걸려 있다는 사실을 알게 됐다. 나는 마리오가 예의바르게 전화를 받을 줄 알고, 자기 이름을 쓸 줄 알고, 리모컨을 사용할 줄 알고, 진짜 나이프로 스테이크를 썰 수 있고, 자기 접시에 담긴 음식은 투정 부리지 않고 깨끗이 먹는다는 사실을 알게 됐다.

저녁 식사는 지루하게 이어졌다. 식사 내내 마리오는 잠시도 내게서 눈을 떼지 않았다. 내가 갑자기 눈앞에서 사라져 버릴까봐 두려워 내 모습을 머릿속에 담아놓으려는 것 같았다. 베타가 어렸을 때, 그 아이를 재밌게 해주려고 하던 바보 같은 장난(예를 들면 검지와 중지 사이에 엄지를 넣고, 아이의 코를 떼어낸 척하는 장난이라든지)을 치자 마리오는 즐거움과 안타까움이 반쯤 섞인 미소를 살짝 지어 보이면서, 그런 실없는 장난을 한 내게 벌을 주려는 것처럼 허공에 대고 손을 휘둘렀다.

잘 시간이 되자 마리오는 용기를 내서 "할아버지 주무실 때 같이 갈래요"라고 말해보았지만, 그 말이 떨어지기 무섭게 딸 내외는 입을 모아 단호하게 안 된다고 외쳤다.

베타가 "엄마가 들어가서 자라고 하면 들어가야지"라고 하자, 사베리오도 시계를 볼 줄도 모르는 아이에게 벽에 걸린 시계를 가리키며 "이제 잘 시간이야"라고 했다. 마리오는 몇 번이나 투덜댔지만 부질없는 일이었다. 대신 나는 손자 녀석이 혼자 힘으로 옷을 얼마나 잘 갈아입고, 치약을 하나도 흘리지 않고 신중하게 칫솔에 짜고, 양치질을 한도 끝도 없이 오래 하는지 지켜봐야 했다.

나는 그 모든 과정을 감탄의 시선으로 지켜보았다. 내가 몇 번이나 "아유, 잘한다"라고 칭찬하자 베타는 여러 차례 "자꾸 그렇게 칭찬해주면 애 버릇 나빠져요"라고 하다가, 나중에는 이렇게 말했다.

"솔직히 마리오가 또래 아이들보다 빠르기는 해요. 함께 지내보면 아실 거예요."

취침 준비를 마친 후 모자는 잠자기 전에 동화를 읽으러 그만 방에 들어가보겠다고 했다. 나는 힘없이 그들을 뒤따라 이제는 나의 것이 아닌 방으로 갔다. 마리오는 아직 완전히 알파벳을 익히지는 못했지만 (베타의 말에 의하면) 그래도 어느 정도는 글자를 읽을 줄 안다고 했다. 둘은 내게 그 사실을 증명하려 했고, 실제로 아이는 엄마의 도움을 받아 단어를 몇 개 읽는 데 성공했다.

나는 베타가 나를 위해 준비한 간이침대를 간절히 바라보았다. 침대에 누울 수만 있다면 나도 마리오와 함께 동화를 듣고 싶은 정도였다. 마리오도 "할아버지, 우리랑 함께 있어요"라고 했지만, 베타는 "그건 안 돼. 아빠! 동화책을 읽을 동안 나가 계세요. 잠은 나중에 주무시고요!"라면서 마리오뿐 아니라 내게도 명령을 내렸다.

나는 방에서 나와 마지못해 어두컴컴한 복도로 갔다. 나는 밀라노에 있을 때도 어둠이 싫었다. 수술을 받은 후부터 어둠이 사물에 생명을 불어넣는 것 같은 느낌이 들었기 때문이다. 어둠 속에 있노라면 가구와 벽이 내 몸을 잡아당기는 것 같았는데, 그럴 때마다 혈액 순환이 잘 안되거나 뇌에 산소가 모자라서 그러는 것이려니 했다.

나는 조심스레 주먹 쥔 손으로 벽을 짚으면서 발걸음을 뗐다. 하지만 이번에도 어김없이 암울한 표정으로 손으로 앞머리를 뒤로 넘기는 아버지의 모습과 공포와 우울함 속에 살다 평소에는 초라한 신데렐라처럼 지내다 가끔 베일을 쓴 귀부인으로 변신하던 어머니, 그리고 '쭈구리', 그러니까 나폴리 사투리로 말하면 아루냐타arrugnata가 되어버린 할머니의 모습이 나타났다가 사라졌다. 할머니는 내가 어렸을 때 뇌출혈로 쓰러진 후로 집구석에 방치된 녹슨 낫처럼 몸이 구부정하게 굽은 채 말 한마디 없이 의자에 앉아 있었다.

집에서 유일하게 빛이 새어 나오는 곳은 부엌이었는데, 그곳에는 사위가 앉아 있었다. 그는 저기압이었지만, 나를 보자 어서 와 자기 옆에 앉으라고 재촉하듯 의자를 가리켜 보였다. 사위는 내가 의자에 제대로 앉기도 전에 내 귀에 입을 갖다 대더니 속삭이듯 베타와의 관계가 엉망이라고 했다. 둘은 2년의 연애 기간을 거쳐, 12년이나 그 집에서 동거했으며, 올해로 결혼 5년 차였다. 사위의 호소를 듣고 싶지 않아 눈치도 줘보고, 주제를 바꿔보려 했지만 부질없는 일이었다. 우리는 공통점이 하나도 없었다. 내가 자기 아내의 아버지인데도, 사베리오는 말을 멈추지 않았다. 그는 언뜻 봐도 상태가 안 좋아 보였다. 나한테라도 하소연하고 싶어 하는 것 같았다.

베타가 고등학생 때부터 알고 지내던 사람이 수학과 학과장으로 새로 부임했는데, 베타가 그 녀석에게 푹 빠졌다는 것이다. 그는 뛰어난 수학자이자 학교 실세로, 베타는 그에게 폭 빠져서 매일 어떻게 하면 그 전날보다 더 예쁘게 보일지만 고민한다고 했다. 한마디로 이제 학교는 베타에게 액체가 가득 든 물통에 지나지 않았다. 베타의 가녀린 육체는 수면을 부유하다, 자기도 모르게 새로 부임한 학과장의 육중한 육체를 향해 (사위 말로는 그는 두꺼운 허벅지와 부담스러워 보이는 복부의 소유자였다) 빨려들어가고 있었다. 그의 몸에 스치고, 부딪히고, 자신의 몸을 비비다 나중에는 그의 몸을 꼭 끌어안고 물통 밑바닥까지 끌고 들어가기 위해서 말이다.

"아버님 딸이 그 짓을 제 눈앞에서 벌이고 있단 말입니다."

사베리오가 절망으로 퉁퉁 부어오른 눈으로 말했다.

가장 참기 힘든 것이 바로 그 부분이라고, 그는 거듭 말했다.

베타는 자신이 학과장에게 얼마나 강렬하게 이끌리는지

전혀 감추려 하지 않았다. 남편이 옆에 있든 말든 아랑곳하지 않고 복도, 사무실, 강의실, 카페 등 장소를 가리지 않고 학장과 스킨십을 했다. 남편이 보고 있을지 모르는데도, 전혀 개의치 않았다. 베타는 갈수록 자신의 감정을 적나라하게 드러냈다. 매일 아침 출근 전에 남편에게 자기 옷이 어울리는지, 자신이 정말 매력적으로 보이는지 물었다. 심지어 언젠가 학과장 부인이 눈에서 꿀이 떨어질 것 같은 시선으로 자기 남편을 바라보며 팔짱을 끼고 나타나자, 질투를 참지 못하고 사베리오의 귀에 대고 신음을 내뱉기까지 했다. 어디 그뿐인가. 베타는 매일 아침저녁으로 학과장의 두 뺨에 살짝 볼을 가져다 대면서 인사를 했는데, 어느 때부턴가 볼 키스가 점점 입과 가까워지고 있었다.

적반하장으로 베타는 자기 일에 상관하지 말라고 화를 내기까지 했다. 참다못한 사베리오가 베타를 수학과 건물의 어두운 복도로 데려가 그런 식으로 행동하는 것이 자신을 얼마나 비참하게 만드는지 모르냐며 그녀의 행동을 비난하자, 베타도 지지 않고 악을 쓰기 시작했다.

"무슨 말을 하는 거야? 대체 내게서 뭘 원하는 거야? 당신 미쳤어? 내 맘대로 할 테니 내버려 둬!"

딸아이는 목석처럼 멍하게 서 있는 사위를 복도에 홀로 내버려 두고 자석처럼 강력한 학과장의 매력에 이끌려 그를 찾아 카페로 가버렸다. 사베리오는 실제로 학과장을 보면 진화가 덜 된 인간처럼 보인다면서 한마디로 빌어먹을 개자식이라고 했다.

나는 아무 말 없이 사위가 불만을 터뜨리도록 내버려 두었다. 사베리오의 말을 듣고 있노라니, 그 학과장이라는 작자가 사위의 자화상처럼 느껴졌지만, 말해봤자 소용없을 것이다. 딸 취향이 미남이 아니라 (사위처럼) 육중한 남자라는 사실을 확신했지만, 그 역시 굳이 말할 필요는 없었다. 나는 한참 동안 사위 말을 들어주다 그의 말을 끊었다.

"이보게. 이 모든 것이 그저 스쳐 지나가는 감정일 뿐이라네. 결국 베타도 익숙함과 애정과 마리오를 선택하게 될 걸세. 마리오를 좀 생각해보게. 얼마나 예쁜 아이인가. 자네들 문제로 아이를 힘들게 하면 안 되네. 그러니 내 말 듣고, 다 지나갈 때까지 그냥 내버려 두게나."

"맞습니다. 언젠가는 베타의 집착이 사라지고, 그녀도 안정을 되찾겠죠. 그런데 저는요, 그 모든 것을 목격한 저는, 솔직히 질렸습니다. 저는 이제 베타를 사랑하지 않습니다."

뱀의 입질 같은 사위의 즉각적인 응답에 나는 마음이 몹시 불편해졌다.

사위와 함께 환각과 사랑의 종말에 관해서 깊은 대화를 나누고 싶었다. 하지만 그 순간 복도에서 베타의 발걸음이 들려오자, 그는 겁에 질린 표정으로 입을 다물었다. 베타는 잠옷 차림으로 문지방에 모습을 드러냈다. 베타는 짜증이 나서 죽겠다는 표정으로 남편을 바라보면서 명령했다.

"잘 준비 마쳤으니 이만 자러 가자. 아빠 피곤하셔. 내가 문 단속하고 블라인드를 내릴 동안 당신은 가서 양치질이나 해."

사베리오는 잠시 바닥을 바라보다 의자에서 벌떡 일어나더니 내게 들릴락 말락 한 목소리로 안녕히 주무시라고 하고는 부엌 밖으로 나가버렸다. 베타는 욕실 문이 닫히는 소리를 확인하고 나서야, 내게 불안한 목소리로 조용히 물었다.

"저이가 뭐래요?"

"니들 부부 사이에 문제가 있다고 하더구나."

"문제는 저이예요."

"내가 듣기로는 네가 문제인 것 같던데."

"그렇지 않아요. 사베리오는 있지도 않은 일을 오해하고 있어요."

"무슨 학과장이라는 작자와 바람을 피우는 것이 아니란 말이냐?"

"저요? 제가요? 말도 안 돼요, 아빠. 사베리오는 말이 안 통해요."

"말이 안 통하는 사람이랑 20년을 살았단 말이냐?"

"평상시에는 나름대로 균형 잡힌 사람이니까요."

"지금은 아니고?"

"네. 지금은 자신을 포함한 모든 균형을 무너뜨리고 있어요. 저와 마리오 그리고 집안 전체의 균형을 망가뜨리고 있다고요."

"네가 잘 알지도 못하는 남자한테 찰싹 달라붙어 다닌다고 오해할 정도로 균형을 잃었다는 거냐? 너는 아무런 잘못도 없는데?"

베타가 인상을 찌푸렸다. 순간 얼굴이 못나 보였다.

"잘 알지도 못하는 남자가 아네요. 제겐 친오빠 같은 사람이라고요."

순간 베타의 눈에 눈물이 그렁그렁 맺혔다. 안 그래도 사위가 마뜩잖던 터라, 딸아이 눈에 눈물이 맺히는 것을 보자, 그 애 말이 진심처럼 느껴졌다.

"울지 말고, 이리 오렴. 너는 똑똑한 아이잖니. 능력도 있고. 마리오는 또 얼마나 훌륭하게 잘 키웠니. 기왕 이렇게 되었으니, 같이 학회에 가서 서로 대화를 나누렴. 돌아올 때쯤이면 모든 것이 해결될 거야."

베타가 진심이 아니었다 해도, 나는 언제나 그 애를 사랑하고 위로해줄 것이다. 나는 베타가 어렸을 때부터, 그 애가 우는 것을 참지 못했고, 그것은 지금도 마찬가지였다. 정 울어야겠다면 내가 밀라노로 돌아간 뒤에 울라고 속삭이자, 베타는 내게 미소를 지어 보였다. 내가 그 애 이마에 입을 맞춰주자, 베타는 코를 훌쩍이며 말했다.

"가스 잠그는 법을 알려드릴게요."

베타는 전기 스위치는 여기에 있고, 발코니 문을 새로 달았는데, 아직 제대로 작동하지 않으니 조심하고, 수돗물 밸브는 싱크대 아래 있고, 가끔 욕조 물이 잘 내려가지 않는다는 둥 온갖 주의사항을 늘어놓다 내가 딴생각한다는 사실을 깨닫고는 못마땅한 목소리로 말했다.

"내일 다 써드릴게요."

그러다 문득 내가 자기가 떠밀어 넣은 그 모든 상황을 감당할 수 있을지 의구심이 들었는지 내 눈을 똑바로 바라보며 정말로 마리오를 돌봐주고 싶으냐고 물었다. 내가 그렇다고 맹세하자, 베타는 내 뺨에 입을 맞추며 (어렸을 때도 안 하던 행동이었다) 고맙다고 속삭였다.

나는 베타가 자기 방으로 모습을 감출 때까지 그 애의 모습을 바라보았다. 그런 다음에야 소리 나지 않게 조심스레 가방에서 내 소지품을 꺼낸 후 욕실로 들어가 문을 닫았다. 피로에 찌들어서 불안한 동작으로 느릿느릿 잠자리에 들 준비를 하며 나폴리에 도착한 뒤 일어난 일들을 되새겨보았다. 괜히 밀라노를 떠났다는 후회가 또다시 밀려들었다. 손자를 돌봐주고 싶다는 것은 새빨간 거짓이었다.

처음부터 회복이 덜 돼서 마리오를 돌볼 수도 없고, 부부 문제에 개입하고 싶은 생각도 없다는 걸 확실히 했어야 했다. 그날 저녁 보고 들은 민망한 광경과 말을 곱씹다 보니 모든 것이 경박스럽게 느껴졌다.

그 집에 있는 모든 것이 몸에 안 맞는 옷을 걸친 것 같았다. 아니, 더 정확하게 말하자면 역청 같은 마그마나 악어, 피그미, 침팬지, 심지어는 결합하기 전 눈먼 원세포 같은 것들이 옷을 입은 것처럼 보였다.

자신의 동료에게 키스하는 베타도 경박했다. 베타와 (그녀의 연인이자, 오빠이자, 오빠 같은 연인인) 다른 사람 사이에 각을 세우는 사위도 마찬가지였다.

방을 둘러싼 벽도, 해안에서 불어오는 바람도, 이 도시도 전체가 경박했다. 아내가 세상을 떠난 지 얼마 안 돼서, 나는 경박하게도 그녀가 쓴 글을 읽었다. 그 글을 읽은 후에 나는 내가 밤낮없이 예술가로서 인정받기 위해 소소하지만 치열한 일상의 전투에 전념하는 동안 (나는 수년간 나의 예술적 영감을 쫓느라 다른 일에는 무심했다) 그녀가 몇 번이나 나를 배신했다는 사실을 깨달았다. 심지어는 우리가 동거한 지 얼마 되지 않았을 때부터 말이다.

아내는 도대체 왜 그랬던 걸까. 그녀 자신도 추측만 할 뿐 정확한 이유를 몰랐다. 자신이 존재한다는 사실을 기억하기 위해서였을 수도 있고, 조금이라도 관계의 중심에 서고 싶어서였을 수도 있다. 우리 관계의 중심은 언제나 내 쪽으로 지나치게 기울어 있었으니까. 그녀의 육체가 관심을 원했을 수도 있고, 그저 살아갈 힘을 얻기 위한 눈먼 몸부림이었을 수도 있다. 나는 불만 가득 한숨을 내쉬었다. 소모적인 일상의 이면에는 우리가 못 보는 척 외면하는 무례한 유령이 있다. 그것은 인간의 육신에 기운을 불어넣어 주기적으로 극도로 침착한 이들의 평정심마저 무너뜨리곤 한다.

　나는 욕실 불을 끄고, 침대맡 전등불을 켠 후, 복도 불을 껐다(세 개의 스위치 중 아무거나 하나를 골라서 내렸더니 불이 꺼졌다). 그런 다음 목멘 소리로 길게 신음을 내뱉으며 드디어 침대에 몸을 눕혔다. 산더미 같은 장난감과 벽에 붙은 수많은 그림 사이에 파묻혀 작은 침대에서 자고 있는 마리오에게는 눈길 한 번 주지 않았다.

　창밖에는 거센 바람이 불고, 비가 발코니를 거세게 때렸다. 발코니 난간이 바람에 심하게 흔들려, 소리가 이중창을 뚫고 방까지 들렸다. 깜빡 잠이 들었다가 땀에 흠뻑 젖은 채 숨이 막혀서 퍼뜩 잠에서 깼다. 파란 파자마 차림의 마리오가 내 곁에 서 있었다.

　"불을 안 끄고 잠드셨어요, 할아버지. 제가 끌 테니 걱정하지 마세요."

　마리오는 정말로 불을 껐다. 나는 바람 소리가 윙윙대는 어두운 방에서 두려움을 느꼈고, 마리오는 용감하게 자기 침대로 돌아갔다.

4

나는 지금이 (1분도 틀림없이 정확하게) 새벽 4시 20분이라고 확신하며 눈을 떴다. 밀라노에서는 그 시간이면 어김없이 잠에서 깨곤 했기 때문이다. 아직도 빗발이 세차게 몰아치고 있었다. 불을 켜보니 새벽 2시 10분이었다. 화장실에 가려고 일어나는 순간 차가운 공기에 이불 속 온기가 사라지면서 닭살이 돋았다. 화장실에서 돌아와 마리오가 잘 자는지 살펴보니 이불이 벗겨져 있었다.

마리오는 엎드려서 다리를 쩍 벌리고, 한쪽 팔은 옆으로 펴고, 다른 한쪽 팔은 굽힌 채 주먹 쥔 손을 반쯤 벌어진 입 가까이에 두고 있었다. 아이의 벗은 발을 만져보니 얼음장처럼 차가웠다. 딸 부부가 없는 동안 아프기라도 하면 큰일이라는 생각에, 이불을 아이 머리까지 푹 덮어주고, 침대로 돌아가 가장자리에 앉았다.

정신이 몽롱했지만, 다시 누워봤자 잠이 들지는 않을 것 같았다. 피부 밑은 뜨겁게 달아오른 데 비해 살갗에서는 냉기가 느껴졌다. 실제로 손과 발이 차갑고 감각이 없었다. 스케치라도 하려고 가방에서 헨리 제임스의 책과 연필을 꺼내 와 다시 이불을 덮고 벽에 등을 기댔다. 지난 몇 주 동안 작업한 그림을 쭉 훑어보니 마음에 드는 그림이 하나도 없었다. 제대로 마무리하지도 못한 그림을 성급하게 출판사에 보낸 것이 후회됐다. 소설을 몇 장 읽고, 어렴풋이 떠오른 두어 개의 이미지를 붙잡아보려 했지만, 집중이 되지 않았다. 마리오와 바람과 비가 내뱉는 숨결과 (베타와 사베리오가 지난 몇 년 동안 자기들 용도에 맞게 손을 본) 아파트에서 느껴지는 현실감이 상상을 방해하는 느낌이었다.

결국, 나는 헨리 제임스의 소설을 내버려 두고 밀려드는 졸음에 몸을 맡겼다. 비몽사몽간에 옛집이 또렷이 떠오르면서 현실과 환상에 상관없이 다른 모든 이미지가 희미해졌다.

나는 다시 몸을 일으켜서 내가 자라난 공간을 그리기 시작했다. 먼저 화물 주차장이 내려다보이는 창문이 달린 현관을 그렸다. 그런 다음 새로 장만한 가구로 꾸민 거실을 그렸다. 어머니는 거실을 장식하는 소파며 팔걸이의자, 쿠션 달린 발판이 집의 품격을 높여준다고 생각해서 그곳을 매우 아꼈다. 나는 어머니를 그리고 (내친 김에) 어머니의 시선을 따라 밝고 널찍한 공간, 가장자리를 물결 모양으로 장식한 테이블, 테두리가 둥그스름하고 끝이 네 갈래로 갈라진 은식기, 테르

미누스 호텔 일부가 보이는 긴 갤러리를 그렸다. 복도와 복도 벽에 달린 전화기, 부모님이 쓰시던 안방, 어머니와 셔츠에 팬티 바람으로 침대 가장자리에 걸터앉은 아버지의 모습을 담은 침대를 그렸다. 오래된 물건으로 가득 찬 창고와 거대한 욕실, 그리고 지금 이 순간 마리오와 함께 있는 이 방을 그렸다.

과거에 이 방은 막사 같았다. 군대에서나 쓸 법한 간이침대로 꽉 차 있었기 때문이다. 그중 침대 하나는 할머니가 쓰시고 우리 다섯 형제는 나머지 침대에 나란히 누워서 잤다. 그러다 얼마 후 할머니와 어린 세 동생만 남고, 큰형과 내가 거실에 나와서 자면서 막사에 여유 공간이 생겼다. 형과 나는 밤마다 침대를 펼쳐 어머니의 꿈의 거실을 망가뜨리곤 했다.

나는 미친 듯이 그림을 그렸다. 손이 그토록 자유자재로 움직이는 것이 얼마 만인지 몰랐다. 나는 과거 기억으로부터 공간과 인물과 사물을 끄집어냈다. 종이 귀퉁이나 다른 종이에 극도로 세밀한 세부 묘사를 따로 그리기도 했다. 사춘기 시절 나는 그러한 재능을 한껏 뽐냈다. 그 재능 덕에 서서히 내 인생의 방향이 잡혔다. 중학교 시절 미술 선생님은 내 그림을 보고 재능을 타고났다며 감탄했다. 하지만 나이가 들고, 본격

적인 미술 공부를 시작하면서 육체적·시각적·감각적 재능
으로만 그리는 그림들이 어설프게 느껴졌다. 수준 높은 작품
을 추구하다 보니 내 재능이 저속하게 느껴져 재능을 활용할
수 있는 작품과는 거리가 먼 그림을 그리게 됐다.

열두 살 때 사람들은 나를 눈부시게 뛰어난, 고뇌하는 영
재라고 생각했고, 그것은 나도 마찬가지였다. 하지만 스무 살
무렵부터는 뭐든 쉽게 그리는 재능이 오히려 약점처럼 느껴
져 내 재능을 경멸하기 시작했다. 나는 과거의 내 모습을 떠올
리고 상상해서 그 시절의 내 모습, 그러니까 열두 살 때와 스
무 살 때 나의 모습을 그리기로 했다.

하지만 그 순간 갑자기 손이 말을 듣지 않았다. 아무리 애
를 써도 손놀림이 둔해지면서 방금 전처럼 자유롭지 못하고
종속적으로 움직이기 시작했다. 나는 머릿속에 떠오르는 단
어와 이미지를 아무렇게나 끄적여보았다. 그 8년의 성장기
동안 내가 누구였고, 어땠으며, 무슨 일을 겪었는지 말이다.
나는 새벽 4시가 되어서야 작업을 중단했다. 그런 식으로 시
간을 허비하는 것은 어리석은 일이었다. 그래봤자 대체 무슨
소용이 있단 말인가.

나는 갑작스러운 창의력의 폭발에 얼이 나가 그림으로 꽉

찬 종이를 다시 한번 살펴보았다. 요동하는 형상들 가운데 뚜렷이 드러나는 두 인물을 발견하고 깜짝 놀랐다. 그들은 베타와 사베리오였다. 베타는 눈부시게 아름다웠다. 나는 딸아이를 돌아가신 어머니가 자주 취하던 자세로 60년 전 우리 집 부엌에 그려놓았다. 나도 그 자세를 자주 취하곤 했다.

"베타는 친가와 닮았어."

아내는 자기가 아이를 낳아놓고서 마치 내가 이번에도 자기를 소외시키기라도 한 것처럼 종종 이런 식으로 말하곤 했다. 그에 비해, 실제 모습과 똑 닮기는 했지만, 사위를 묘사한 그림에서는 베티에게서 느껴지는 광채가 없었다. 나는 그가 (세밀한 부분은 생략한) 현재의 부엌에 있는 모습을 그려놓았다. 그림 속 사위는 암울한 타인처럼 보였다. 무의식적으로 사위의 모든 장점을 지워버린 것 같았다. 나는 불을 끄고, 이불을 머리끝까지 뒤집어쓴 뒤 밀라노에서는 일어날 시간에 다시 잠이 들었다.

5

하지만 얼마 지나지 않아 6시쯤 잠에서 깼다. 바람 소리는 들리지 않았다. 비도 그친 듯했다. 복도에 나갔다가 스위치를 잘못 올려 방 전등을 켜고 말았다. 나는 재빨리 불을 끄고 마리오가 깨지 않기를 기원하며 면도를 하고 세수를 했다.

세수하는 동안 인기척을 듣고 베타이길 바랐다. 하지만 욕실에서 나와보니 집은 여전히 고요했다. 부엌으로 가서 겨우 물을 끓일 만한 냄비를 찾았지만, 차가 보이지 않았다. 나는 뭘 해야 할지 몰라 가스레인지 앞에 우두커니 서 있었다. 성냥은 어디에 있지? 성냥 대신 라이터가 있나? 그렇게 멍하게 있는데, 마리오가 잠이 덜 깬 표정으로 불쑥 나타났다.

"안녕히 주무셨어요, 할아버지."

"나 때문에 깼니?"

"네."

"미안하구나."

"괜찮아요. 뽀뽀해드릴까요?"

"그래."

마리오는 파자마 위에 주황색 울 재킷을 입고 색깔을 맞춰서 같은 색 슬리퍼를 신고 있었다. 나는 아이에게 잘했다고 칭찬해주었다. 뽀뽀를 받아준 뒤 나도 뽀뽀해주려고 허리를 굽혔다.

"쪽 소리 나게 뽀뽀해드릴까요?"

"그래."

마리오는 내 뺨에 대고 쪽 하고 요란하게 뽀뽀해준 다음 꼭 제 아빠처럼 격식을 차리며 내게 필요한 것은 없는지 물었다.

"가스레인지 켤 줄 아니?"

내 물음에 마리오는 고개를 끄덕여 보이고 먼저 손잡이를 돌려야 한다고 했다. 이미 손잡이를 돌린 후였는데도 내게 손잡이 돌리는 법을 다시 알려주고 싶어 했다.

"이것 좀 보세요. 손잡이가 이렇게 있으면 가스가 안 나오고, 이렇게 돌리면 나와요."

마리오는 의자를 내 곁으로 끌고 오면서 아빠가 의자 다리에 네모난 펠트지를 오려 붙였기 때문에 소리가 나지 않을 거라고 했다. 마리오는 능숙하게 의자 위에 기어 올라가더니 적당한 불 세기를 나타내는 그림을 내게 보여주었다. 하지만 정말로 감탄스러운 (동시에 걱정스러운) 점은 아이가 가스레인지를 켤 줄 안다는 사실이었다. 마리오는 손잡이를 눌러서 옆으로 돌리고는 불씨가 화르르 타오르며 불꽃으로 변할 때까지 유심히 지켜보다 잠시 기다린 후 손잡이에서 손을 뗐다.

"봤죠?"

마리오가 자랑스레 말했다.

"그래. 하지만 주전자는 내가 올리마."

"우리 모두를 위한 아침 준비를 해야 하지 않나요?"

"할아버지는 네가 아침에 뭘 먹는지 모른단다. 엄마는 뭘 먹고, 아빠는 뭘 먹는지도 잘 모르고."

"제가 알아요. 엄마랑 아빠는 카페라테를 마시고, 저는 우유만 마셔요."

"그리고?"

"엄마는 토스트를 해줘야 해요. 저랑 아빠는 비스킷을 먹고요. 그리고 모두를 위해 오렌지를 짜야 해요. 할아버지도 오렌지 주스 드실래요?"

"난 싫다."

"맛있는데."

"싫대도."

마리오는 내게 오렌지와 착즙기가 어디에 있는지 알려주고, 탄 냄새 때문에 아빠 비위가 상하지 않도록 태우지 않고 토스트 만드는 법과 홍차와 녹차 티백을 놓아둔 선반과 모카 포트를 넣어둔 찬장을 알려주었다. 내가 찾은 냄비는 찻물을 끓이기에 적합하지 않다면서 찻주전자와 식사 준비할 테이블 매트가 어디에 있는지도 알려주었다.

그날 아침 마리오는 쉴 새 없이, 그것도 시종일관 명령조로 재잘댔다. 한참 설명을 늘어놓던 마리오가 갑자기 걱정스러운 말투로 내게 물었다.

"우유 유통 기간은 확인했나요?"

"아니. 냉장고 안에서 찾았으니 유통 기간이 지나진 않았겠지."

"그래도 확인해야 해요. 가끔 엄마가 정신이 없거든요."

"그렇다면 네가 한번 확인해보렴."

나는 아이를 놀리려고 말했다.

마리오는 내게 쑥스러운 미소를 지어 보이고는 전날 밤 그랬던 것처럼 허공을 향해 손을 휘둘렀다.

"어떻게 하는지 몰라요."

마리오가 마지못해 고백했다.

"네가 못하는 것도 있구나."

"대신 냄비에 우유를 조금 붓고 가스불을 켠 다음 응고하지 않게 지켜봐야 한다는 건 알아요."

"응고? 응고가 무슨 뜻인데?"

마리오는 시선을 내리깔더니 발갛게 상기된 얼굴로 묘한

미소를 띠며 나를 다시 바라보았다. 마리오는 불안해하고 있었다. 아이는 실패를 견디기 힘들어하는 것 같았다. 나는 "뛰어내려!"라고 외치고는 마리오의 손을 잡고 의자에서 폴짝 뛰어내리게 해주었다. 그런 다음 내가 여전히 자기 말을 믿는다는 것을 보여주려고 일부러 물었다.

"이제 뭘 해야 하지?"

사실 나는 마리오의 놀라울 정도로 풍성한 어휘력과 능수능란함에 감탄하고 있었다(재미있기도 했지만, 그보다는 놀라움에 더 가까웠다). 내가 기억하는 한, 그리고 내 어머니와 할머니가 들려주신 바에 의하면, 마리오만 했을 때 나는 말도 없고 산만한 아이였다. 내겐 현실보다 상상이 중요했다. 어른이 된 후에도 나는 생활력이 약했다. 할 줄 아는 일이라고는 그림을 그리고, 온갖 색을 뒤섞어 색칠하는 것뿐이었다. 그 외 모든 일에 관해서는 특별한 지식도, 기억도, 욕망도 없었다. 문명사회의 일원으로서 지켜야 할 의무에도 별로 신경쓰지 않았다. 그런 부분은 언제나 다른 사람들, 특히 아다의 도움을 받았다.

그런 나와는 달리 이 아이는 갓 네 살밖에 안 되었는데 정복자와 함께 아메리카 대륙에 상륙한 금 세공사들의 복잡한 기술을 눈으로 보고 배운 아메리카 원주민의 관찰력과 맞먹는 수준으로 주변 세상을 관찰하고 있었다.

마리오는 내게 아침 준비하는 순서를 알려주었다. 나는 마리오의 지시를 따라 부엌에 아침상을 차렸다. 마리오는 내게 엄마가 마실 디카페인 커피와 아빠가 마실 일반 커피가 어디에 있는지 알려주었다. 우리는 함께 커피를 모카 포트에 넣고, 착즙기로 오렌지즙을 짰다. 오렌지즙을 짜면서 마리오는 아직 과육이 많이 붙어 있는데도 반으로 자른 오렌지 껍질을 함부로 버린다고 몇 번이나 내게 잔소리를 했다. 마리오는 아직 힘이 약하거나 익숙하지 않아서 자기가 못하는 일을 할 차례가 오면, 내 손 위에 자기 손을 올려놓으려고 했다. 내가 못 하게 막으면 샐쭉해졌다. 마리오는 그런 식으로 모든 일을 나와 *함께*하고 싶어했다.

"이 많은 걸 엄마한테 배웠니?"

"아빠한테서요. 아빠는 혼자서는 아무것도 못 해요. 제가 항상 도와줘야 해요."

"엄마는?"

"엄마는 신경질쟁이예요. 걸핏하면 소리를 지르고, 뭐든 혼자서 빨리 끝내버려요."

"아빠가 가스레인지를 켜지 말라고 하지는 않았니?"

"왜요?"

"델 수 있으니까."

"델 수 있다는 걸 알고 조심하면 데지 않아요."

"조심해도 델 수 있단다. 할아버지랑 지내는 동안은 절대로 혼자 가스불을 켜지 않겠다고 약속하렴."

"할아버지가 함께 있으면 불에 데지 않나요?"

"그럼."

"할아버지가 델 수도 있잖아요."

마리오는 내가 데어도 괜찮을 거라고 했다. 욕실에 빨간 십자가가 그려진 상자가 있는데, 그 안에 아빠가 화기를 가라앉히기 위해 발라주는, 효과 좋은 연고가 있다는 것이다.

"게다가 전혀 끈적이지 않아요."

마리오가 내게 안심하라는 투로 말했다.

마리오의 재잘거리는 소리가 듣기 힘들어질 때 쯤에 (물론 아이를 즐겁게 해주고 싶었지만, 국어책을 읽는 것 같은 목소리를 듣고 있자니 덫에 걸린 듯 마음이 답답해졌다) 베타가 나타났고 나는 그제야 안도의 한숨을 내쉬었다.

"어머나 세상에!"

아침이 차려진 식탁을 보고 딸이 호들갑스럽게 외쳤다.

"저랑 할아버지가 준비한 거예요."

베타는 마리오를 칭찬해주면서 아이를 껴안고 목에 뽀뽀 세례를 퍼부어 간지럼을 태웠다.

"할아버지랑 같이 있으니까 좋지?"

"네."

베타는 내게도 물었다.

"아빠도 마리오랑 같이 계시니까 좋죠?"

"그럼."

"오시길 잘하셨어요."

그새 사베리오가 모습을 드러내자, 마리오는 디카페인과 일반 커피가 들어 있는 모카 포트를 올려놓은 가스불을 켰다 (아무도 마리오가 다칠까봐 걱정하지 않았다). 나는 물이 펄펄 끓는 찻주전자에 티백 두어 개를 넣고 드디어 아침 식사를 시작했다. 밀라노의 고독하고 검소한 아침과는 거리가 멀었다. 아침 식사를 하는 내내 잠시도 조용할 새가 없었다. 베타와 사베리오는 (자기들끼리는 지난밤보다 더 노골적인 적대감을 드러내면서) 끊임없이 아이에게 말을 시켰다. 아침 식사를 마치자마자 베타는 갑자기 그날 일정이 바쁘다면서 나갈 준비를 해야겠다고 일어났다. 베타는 (투덜대며) 아직 짐도 제대로 못 싸고, 칼리아리에서 입을 옷도 못 골랐는데, 비행기 시간이 아침 9시여서 다음 날 새벽 4시에 일어나야 한다고 했다.

"저희가 없는 동안 신경 써주셔야 할 사항들을 정리한 리스트는 만들었으니 잘 부탁드려요."

베타는 그 말을 뒤로하고, 마리오를 씻기고 옷을 갈아입혀 유치원에 보내기 위해 부엌에서 끌고 나갔다. 끌려가는 내내 녀석은 "유치원에 안 갈래요! 할아버지랑 있을래요!"라고 외쳤다.

나는 조심스레 사베리오에게 물었다.

"앞으로 내가 아이를 유치원에 데려다줘야 하나?"

"저한테 묻지 마시고, 아버님 따님한테 물어보세요. 제겐 아무 말도 해주지 않았으니까요."

"그 애를 좀 믿어보게나. 자네가 의심하니 베타가 더 날카로워지는 거 아닌가."

"저런 식으로 행동하는데 어떻게 의심을 안 한단 말입니까? 오늘 아침 베타가 어딜 가는지 아세요?"

"말해주게."

"그 머저리 같은 자식에게 발표 내용을 읽어주러 가는 겁니다."

"그게 뭐 어때서?"

"물론 그럴 수도 있죠. 하지만 그렇다면 왜 그 자식이 저는 안 불렀을까요? 왜 제게는 발표 내용을 함께 읽어보자고 하지 않았죠?"

"그야 자네는 고등학교 동창이 아니니까."

"그럼 베타에게는 첫날 기조연설을 맡기고, 제게는 둘째 날 발표를 맡긴 것도 다 우정 때문인가요?"

나는 혼란스러운 눈빛으로 사위를 바라보았다.

"그 학장이라는 자가 이번 학회와 무슨 관련이 있나?"

"그럼요. 그 작자가 기획한 학회인걸요."

"그 사람도 함께 가는 건가?"

"그걸 이제야 아셨어요?"

뭐라 대답할 틈도 없이 베타가 욕실에서 성난 목소리로 남편을 불렀다.

"오늘은 당신이 유치원에 갈 차례야!"

베타가 복도에 진한 향기를 남긴 채 다급히 뛰쳐나가면서 잔뜩 화가 난 목소리로 외쳤다.

"어디서 감히 잊어버린 척하려고?"

베타의 말에 사베리오가 자리에서 벌떡 일어났다. 나는 복잡한 표정으로 사라지는 사위의 뒷모습을 지켜보았다. 베타는 사베리오가 꽤 유명한 수학자라고 했지만 나는 논리적으로 생각할 수 있는 사람이 어떻게 저렇게 어설프게 행동하는지 신기했다. 실제로 베타가 그 학장이라는 작자에게 호감을 느낀다고 치자. 그럴 경우 그 감정이 다른 감정으로 발전하는 것을 막을 수 있다고 믿는다면, 사베리오는 정말이지 멍청한 거다. 성적 쾌락은 생식이라는 원래의 목적에서 완전히 벗어난 후로 계절이 바뀔 때마다 온 세상에 체액을 흘리고 다녔고 그것을 막을 방법은 없다. 일어날 일은 어차피 일어나게 마련이다. 그것은 아내, 남편, 아이, 애정과 가정 경제를 잔혹하게 휩쓸고 지나가는 위험한 육체의 힘이었다.

베타가 다시 모습을 나타냈다. 아침 8시 30분밖에 안 됐는데 클럽에 나갈 것 같은 화장과 옷차림이었다. 베타는 유치원에 가기 위해 단정하게 머리를 빗고, 엄마처럼 세련되게 옷을 입은 마리오를 내 쪽으로 떠밀었다.

"할아버지, 마리오에게 오늘 유치원에 가야 한다고 말씀 좀 해주세요."

베타가 내게 명령했다.

나는 엄한 목소리로 말했다.

"마리오야, 떼쓰지 말아라. 그럼 못쓴다."

"할아버지랑 같이 있고 싶어요."

베타가 씩씩댔다.

"그래봤자 소용없어. 이제부터는 할아버지 말씀을 따르렴."

베타는 아들의 머리에 입을 맞추고 내게 인사를 하고 이내 자취를 감췄다.

마리오는 내 눈치를 보면서 또 한 번 말했다.

"유치원에 안 갈래요."

6

마리오는 동조를 구하는 눈빛으로 나를 바라보며 유치원에 가지 않겠다고 고집을 부렸지만, 나는 아이의 시선을 외면했다. 아이 아빠는 가타부타 말도 없이 아이를 질질 끌고 밖으로 나갔다. 둘 다 이미 지각이었다. 엘리베이터 타기 전에 마리오는 우울한 표정으로 중얼거렸다.

"할아버지, 어디 가면 안 돼요! 제가 올 때까지 기다려주세요."

나는 고개를 끄덕이고, 안도의 한숨을 내쉬며 문을 닫았다.

나는 무심히 텅 빈 집을 배회하면서, 머릿속으로 지난밤에 그린 집의 과거 모습과 현재를 비교해보았다. 베타와 사베리오는 커다란 거실을 이미 오래전에 반토막 내, 매우 현대적인 디자인의 책상과 책이 천장까지 빼곡히 꽂힌 선반들로 꽉 찬 서재로 만들었다.

현관 공사도 새로 한 것 같았다. 도착했을 때는 미처 눈치채지 못했는데, 지금 보니 벽을 새로 올리고 반짝이는 새 문을 달아 놓았다. 나는 문을 열고 그 안에 있는 비좁은 공간으로 들어갔다. 그곳에도 책이 잔뜩 쌓여 있었지만, 책상은 조금 낡아 보였고, 마늘·양파·세제 냄새가 뒤섞인 이질적인 냄새가 배어 있었다. 원래 있었던 작은 테라스로 이어지는 문을 활짝 열어보니 그곳 역시 많이 변해 있었다. 베타는 그곳에 식자재와 주방용품을 보관하고 있었는데, 조금 전 마늘·양파·세제가 뒤섞인 냄새는 거기서 나던 것이었다. 보아하니 큰 서재는 베타가 작업하는 공간이고, 새로 만든 비좁은 서재는 사위의 공간이었다.

복도로 돌아가 안방 침실을 들여다보니 엉망진창으로 어질러져 있었다. 베타가 예쁜 옷을 고르느라 입다 벗어놓은 옷

가지들이 말라비틀어진 과일 껍질처럼 침대 위에 널려 있었다. 그곳은 어린 시절 아버지와 어머니가 쓰시던 침실이었다. 그때만 해도 방이 어마어마하게 커 보였는데, 딸아이가 천장에 닿을 정도로 커다란 두 개의 장롱과 둘이 자도 혼자 자는 것처럼 느껴질 정도로 널찍한 침대를 들이는 바람에 방이 줄어든 것처럼 보였다.

나는 침실을 살피고, 침대 옆 탁자에 올려둔 책을 훑어보다 발코니로 나갔다. 예전처럼 자동차 소리가 들렸다. 그새 바람이 잔잔해지고, 어두운 하늘은 고요해졌다. 비가 멈춘 것이다. 가리발디 광장으로부터 일렬로 길게 늘어선 익숙한 낡은 건물들이 눈에 들어왔다. 나는 잠시 길을 오가는 행인들과 해안 도로를 향하는 자동차들의 기나긴 행렬을 난간 밑으로 지켜보다가, 문득 스웨터 팔꿈치가 난간에 맺힌 물에 젖었다는 사실을 깨닫고 집으로 들어갔다.

그 정도면 거실에 걸려 있는 붉은색과 푸른색의 거대한 액자를 제외하면, 그동안 내가 베타와 사베리오에게 선물한 크고 작은 그림이 아무 데도 없다는 사실을 깨닫는 데 충분했다. 대체 그 많은 그림을 어디에 숨겨놓은 것일까. 사베리오는 내 작품을 높게 평가하는 척했지만, 베타는 내 실력을 신뢰하려는 노력조차 하지 않았다. 사실 신뢰가 뭐가 대단한가. 신뢰만큼 불안정한 것이 또 어디 있단 말인가.

지난 몇 년 동안 너무나 많은 것이 변했다. 이제 아무도 내 작품을 신뢰하지 않았다. 하지만 상관없다. 그까짓 게 뭐 중요한가. 아직은 일거리가 들어오지 않나. 나는 우울함을 떨쳐 버리고 산책이나 하기로 마음먹었다. 다음 날부터는 마리오를 돌보느라 산책하기 힘들 테니까. 나는 아직도 어두컴컴한 마리오의 방으로 돌아가 코트를 걸치고 모자를 눌러 쓴 뒤 지갑과 열쇠가 있는지 확인했다. 베타는 절대로 열쇠를 잃어버리면 안 된다고 신신당부했다.

그 애 말이 옳다. 기억이 오락가락하니 조심해야 한다. 산책하러 나가기 전에, 먼저 집안 탐방부터 끝내고 싶은 마음에 발코니를 흘낏 쳐다본 뒤 셔터를 올렸다.

어머니는 발코니를 무서워했다. 언제나 조심스레 발코니에 나갔고, 어린 동생들은 절대로 혼자 나가지 못하게 했다. 나는 설치한 지 얼마 안 돼서 아직도 광이 나는 발코니 문을 열었다.

우리 집 발코니는 모양이 특이했다. 그쪽 방향으로 난 발코니는 다 그랬다. 건물에서 멀어질수록 끝이 좁아지는 사다리

꼴이었다. 우리 집은 건물 꼭대기 7층에 있었는데, 그래서인지 어머니는 고소공포증이 없는데도 허공 위에서 끝이 점점 좁아지는 발코니에 나가는 것을 힘들어했다. 거기서 밑을 보면 속이 안 좋아진다고 했다. 발코니에 뭔가를 가져다 놓거나, 가지고 와야 할 때면 아버지를 부르곤 했다. 아버지가 집에 없거나 기분이 안 좋을 때면 장남인 나를 불렀다. 나는 어머니가 부탁한 물건을 가져다주는 척하다가 갑자기 가장자리로 뛰어가, 발코니 바닥과 난간이 떨리도록 펄쩍펄쩍 뛰었고, 어머니는 그런 나를 바라보며 무서워하면서도 웃음을 터뜨렸다.

나는 위험해 보이는 것이 좋았다. 어린 시절, 특히 봄이면 발코니 바닥에 자리 잡고 앉아서 책을 읽고, 글을 쓰고, 그림을 그리곤 했다.

그럴 때면 하늘이 한없이 크게 느껴졌다. 멀리 새로 지은 역사의 종탑이 보였다. 허공 위에 있다 보면 무엇인가를 발견하기 위해 망을 보는 탑의 경비나 웅장한 나무 꼭대기에 지은 초소의 보초가 된 것 같았다. 하지만 막상 그날 아침 발코니 밖으로 머리를 내밀었을 땐, 과거의 기쁨을 맛보지 못했다. 오히려 어머니가 왜 그리도 발코니를 불안해했었는지 이해할 수 있었다. 발코니는 얼룩 같은 회색 아스팔트 위로 솟은 좁고 기다란 판자 같았다. 벽에서 당장이라도 떨어져나갈 것 같은 그 판자에 발을 디디는 것 자체가 대단한 모험처럼 느껴졌다.

판자가 지나치게 튀어나온 것처럼 보이는 것은 아마도 사다리꼴 모양 때문일 것이다. 집과 발코니 사이 유리문의 안정적인 수직선은 허공을 가로지르며 뻗은 수평선과 너무 달랐다. 어쩌면 몸이 너무 허약해져서 그렇게 느끼는 것일 수도 있었다. 나이가 들어서 더 불안하고 무방비 상태로 느껴지는 것일 수도 있다. 나는 코트를 걸친 채, 모자를 손에 들고 조심스레 문가에 서서 하늘과 눈부신 빗방울이 맺힌 난간과 손잡이에 줄을 묶어놓은 플라스틱 양동이를 바라보았다. 양동이 밖으로 마리오의 장난감이 삐져나와 있었다.

"전화 와요."

뒤에서 들려온 여자 목소리에 나는 흠칫 놀랐다. 할머니, 어머니, 아내 목소리의 그림자를 동시에 느끼며 홱 돌아보는 순간 목소리가 말을 이었다.

"어머, 죄송해요. 저는 살리라고 해요."

가사 도우미였다. 부엌에 놓아두었다고 생각했던 내 휴대폰이 그녀의 손에서 진동하고 있었다. 예순이 넘어 보이는 노부인이었다. 명랑해 보이는 동그란 얼굴에 눈이 커다랬다. 살리는 겁을 줘서 미안하다고 거듭 사과했다. 평소에 집 열쇠를 가지고 다녀서 내가 겁먹을지도 모른다는 생각을 미처 못하고 여느 아침처럼 그냥 들어왔다는 것이다.

"겁난 것이 아니라, 놀란 겁니다."

나는 그녀의 말을 정정해주었다.

"겁난 거나, 놀란 거나 마찬가지죠."

"그렇진 않죠."

나는 진동하는 휴대폰을 받아들었다. 출판사 사장이었다.

"보내주신 그림 두 점을 받아 봤습니다."

그가 무덤덤하게 말했다.

"나쁘지 않죠?"

긍정적인 평가를 유도하고픈 마음에 내가 먼저 말했다.

잠시 침묵이 흘렀다. 나는 무엇을 하든 칭찬받는 데 익숙했다. 나이가 들면서는 칭찬을 당연한 것으로 생각했다. 누구든 "아뇨, 이번 그림은 형편없어요"라고 노골적으로 말할 확률은 적었으니까. 하지만 나는 상대방이 혁신에 집착하는 서른 살 갑부라는 사실을 간과하고 있었다.

"제가 원하는 그림이 안 보이더군요."

출판사 사장이 말했다.

"그래요? 다시 제대로 좀 보시죠."

내가 짐짓 농담조로 말했다.

"제대로 봤는데, 보완을 해야 할 것 같습니다."

순간 나는 할 말을 잃고 말았다. 뭐라 대답하고 싶었지만, 내 작품이 훌륭하다고 우길 수는 없었다. 내가 보기에도 그렇진 않았으니까. 나는 출판사 사장의 말을 잠자코 들었다. 그는 한참 동안 말을 이었다. 그는 생동감을 이야기했다. 생동감이야말로 호화판 도서가 가져야 할 핵심 가치라고 했다. 나는 그가 무슨 말을 하려는지 이해하려고 애썼다. 내 그림의 색상에 관해 말하고 있는 것 같았다. 하지만 내가 좀 구체적으로 설명해달라고 하자, 그는 내 그림에는 생동감이 부족해 보인다면서 마치 산소가 부족한 것 같다고 했다.

"기분 나빠 하지 마세요. 하지만 선생님이 보내주신 그림에서는 생기도, 지성도 느껴지지 않습니다."

그가 말했다.

나는 성숙한 사람답게 농담으로 받아넘기기로 했다.

"내 그림에 산소 공급을 원하는 거라면, 그리하리다."

사장은 내 말에 기분이 상한 듯했다.

"네, 그렇게 해주시죠. 작품에 산소를 좀 공급해주세요. 선생님께서는 그 표현이 재밌다고 생각하시나 본데, 제게는 매우 적합한 표현으로 들리는군요. 그나저나 진도는 어디까지 나갔죠?"

"많이 나갔소."

거짓말이었다.

하지만 사장은 내 말을 듣고도 안심하지 않았다. 호화본을 특별히 신경 써서 만들려고 이미 각 분야 최고의 전문가들을 섭외했으니, 최대한 이른 시일 내에 그림을 보내달라고 했다. 아직 젊어서 권위를 인정받으려면 상대방을 몰아붙여야 한다고 생각하는 것 같았다. 나는 거짓말에 살을 좀 덧붙여 대충 둘러대고 전화를 끊었다. 전화를 끊고 나서야 손에서 열이 나고, 등은 땀에 흠뻑 젖었다는 사실을 깨달았다. 그림이 출판사 사장 마음에 들지 않았다는 것은 골치 아픈 일이었다.

하지만 그보다 더 짜증 나는 것은 새파란 애송이가 그토록 적나라하게 내 작품을 비판했다는 사실이다. 나는 휴대폰을 주머니에 집어넣었다. 갑자기 두통이 왔다. 내 침대에 걸터앉아 신발을 벗는 살리도 마음에 들지 않았다. 그녀도 내 기분을 눈치챈 것 같았다.

"새 신발이라 발이 아파서요."

그녀가 재빨리 신발을 꿰어 신고 몸을 일으키며 변명했다.

"잠깐 산책이나 다녀오겠소."

내가 말했다.

"그렇게 하세요. 손자 보니까 좋으시죠?"

"그럼요."

"자주 안 오시잖아요."

"사정이 허락할 때마다 온다오."

"마리우초가 얼마나 귀여운지 몰라요. 하지만 가끔은 야단 좀 맞아야 해요. 방을 이렇게 엉망으로 만들어놓다니. 장난감을 며칠 동안 바깥에 놓아두기도 한답니다."

살리는 푹 한숨을 내쉬고, 그만 일을 해야겠다면서 발코니로 나갔다. 체구는 작지만 몸무게가 나가 보이는 체형이라, 순간 괜찮으니 발코니에는 가지 말라고 말리고 싶었지만 살리는 나와는 달리 발코니를 무서워하지 않는 것 같았다. 한 걸음 내디딜 때마다 발밑으로 바닥이 진동하는데도, 아무렇지도 않게 양동이에서 장난감을 꺼내더니 안에 고인 빗물을 난간 너머로 쏟아 버렸다.

"아직 날씨가 추운데 아이를 밖에서 놀게 놔둔다니까요."

살리가 투덜댔다.

"그래야 강하게 크죠."

"농담이죠? 물론 할아버지라면 농담도 하고, 손자를 재미있게 해주어야 하지만, 가끔은 걱정도 해줘야죠."

나는 그녀에게 일이 산더미인데 며칠 동안 마리오를 혼자서 돌봐야 하는 것이 제일 걱정된다고 했다.

"근무 시간이 어떻게 되죠?"

내가 물었다.

"아홉 시부터 열두 시까지요. 그런데 내일모레는 못 와요."

"못 온다고요?"

"긴히 만나야 할 사람이 있거든요."

"딸아이에게 말씀하셨나요?"

"그럼요. 점심에는 뭘 드시고 싶으세요?"

"알아서 주세요."

이제는 내 무례한 의뢰인뿐 아니라, 베타에게도 화가 났다. 분명 살리가 매일 올 거라고 했었는데 (적어도 내 기억으로는 그렇게 말했었다) 사실이 아니었다. 나는 발코니 문을 닫았다. 코트를 걸치고 있는데도 추웠다. 순간 초인종이 짧은 간격으로 길게 세 번 다급하게 울렸다.

7

초인종을 누른 사람은 사베리오였다. 살리는 한마디 설명도 없이 아래층으로 뛰어나가더니, 잠시 후 밝은 표정의 마리오와 함께 모습을 드러냈다.

"아빠가 다시 집에 데려다줬어요."

마리오가 말했다.

"왜?"

"선생님이 아프시대요."

"다른 선생님은 없니?"

"다른 선생님은 싫어요. 할아버지랑 있을래요."

"어떻게 아빠를 설득했니?"

"울었어요."

나는 살리에게 일 때문에 생각할 것이 좀 있어서 한 시간만이라도 아이를 좀 봐달라고 부탁했다. 그런데 살리는 되레 집이 워낙 커서 자기야말로 시간이 없다면서, 둘이 나가서 할아버지와 손자가 오붓하게 점심때까지 산책이라도 좀 하고 와줬으면 좋겠다고 했다.

어쩌겠는가. 나는 마리오에게 가방을 놔두고 함께 나가자고 했다. 살리가 기뻐하는 아이에게 말했다.

"마리우초, 쉬야부터 하렴. 나가기 전에는 쉬야부터 해야지. 그렇죠, 할아버지?"

밖으로 나오니 바람이 찼다. 나는 코트 깃을 세우고, 모자를 푹 눌러쓴 뒤, 마리오의 목도리를 잘 여며주고 마지막으로 외출할 때 꼭 지켜야 할 사항들을 이해하기 쉽게 또박또박 일러주었다.

"얘야, 할아버지는 너를 안아줄 수 없단다."

"괜찮아요."

"그리고 절대로 내 손을 놓으면 안 돼. 무슨 일이 있어도 말이다."

"네."

"그래, 넌 뭘 하고 싶니?"

"새로 생긴 지하철 타러 가요."

가리발디 광장을 향해 몇 걸음 걷자마자, 마리오의 제안이 싫어졌다. 지하철 입구가 있는 가리발디 광장은 바쁘게 오가는 행인, 기상천외한 물건을 파는 상인들, 할 일 없이 거리를

배회하는 사람들, 자동차며 버스로 혼잡하기 이를 데 없는 곳
이었다. 지하철역도 사람이 붐비기는 마찬가지라, 그 밑에 내
려갈 생각만 해도 기운이 빠졌다. 나는 맑은 공기를 쐐야 했
다. 결국, 나는 왔던 길로 되돌아가기로 마음먹었다.

"지하철은 저쪽이에요, 할아버지."

"할아버지가 학교에 다닐 때 지나다니던 길을 보여주마."

"그치만 지하철 타기로 했잖아요."

"나는 그런 말 한 적 없다. 네가 그랬지."

나는 오랫동안 걸으면서 출판사 사장의 목소리를 머릿속
에서 지워내고 싶었다. 하지만 그것은 쉽지 않은 목표였다.
나는 그가 한 말 중에서 긍정적인 점을 찾아내기 위해 노력하
면서 우리의 대화를 되짚어보았다. 우선 이미 보낸 그림 두
점이 사장 마음에 들지 않았다는 사실을 알았으니, 기존의 작
업에 얽매이지 않고 작품의 방향을 완전히 바꿀 수 있게 됐
다. 어차피 진도도 거의 나가지 않았으니까.

하지만 이내 생각이 달라졌다. 대체 어떤 방향으로 바꿔야
한단 말인가. 어쩌면 내 작품이 정말로 형편없었던 것일 수도
있다. 낮은 헤모글로빈 수치와 페리틴과 내키지 않았던 나폴
리 일정 때문에 제 실력을 발휘하지 못했던 것일 수도 있다. 아

무리 그렇다 해도 최소한의 예의는 갖추어야 하지 않나. 사장에게 보낸 두 점의 그림은 나의 역사의 일부였다. 나의 일부이자 수십 년에 걸쳐 이루어낸 성공적인 경력의 결과물이었다. 작업을 의뢰한 그 거만한 젊은 놈이 내게 헨리 제임스 소설 삽화를 그려달라고 한 건, 순전히 나의 명성 때문이었을 것이다. 내가 평생에 걸쳐 창조한 작품들 때문이었을 것이다. 그래 놓고 이제 와서 대체 무엇을 원한단 말인가.

나도 그렇다. '방향을 바꾸기에 늦지 않았다'라니. 그게 대체 무슨 의미란 말인가. 어차피 내가 갈 수 있는 방향은 하나뿐이다. 스무 살 때부터 일흔다섯이 될 때까지 나는 한 길을 걸었다. 그 두 작품을 보완할 수는 있겠지만, 완전히 다른 길로 갈 수는 없다. 다시 손을 본다 해도 지금껏 대중의 인정을 받은 수십 점의 작품과 함께 닦아온 길을 크게 벗어날 수는 없었다.

나는 쓸쓸한 기분으로 손을 주머니에 집어넣고 고개를 푹 수그린 채 마리나로 향했다. 그러자 마리오가 나를 잡아당겼다.

"할아버지가 내 손을 놨어요."

"그렇구나. 미안하다."

"이 길은 안 좋은 길이에요. 아빠는 절대로 이 길로 안 가요."

"그거 잘 됐구나. 안 가본 데도 가봐야지."

그곳은 내가 사춘기를 보낸 장소였다. 포르첼라, 두케스카, 라비나이요, 카르미네가에서 항구와 바다로 이어지는 광대한 지역은 비좁은 골목길과 도로, 광장, 거센 물살이 흐르는 배수로와 오가는 차들로 복잡한 곳이었다. 그곳에는 언제나 지역 주민들의 소리가 물결처럼 흘렀다. 행인들이 수다 떠는 소리, 이웃끼리 창문을 통해 큰 소리로 주고받는 대화, 상점 문턱에 서서 기분 좋게 안부 인사를 주고받는 소리로 언제나 시끌벅적했다. 그것은 다정함과 동시에 폭력적이고, 정중함과 동시에 저속한 지역 고유의 목소리였다. 그러한 목소리들이 머나먼 시간의 공백을 메우며, 아이를 데리고 길을 걷는 현재의 늙은 내 모습과 소년이었던 과거의 내 모습을 이어주었다.

몇 년 전부터 사베리오는 그곳을 떠나고 싶어 했다(그런 말을 한 적은 없지만 나는 이미 알고 있었다). 그는 베타를 설득해서 시내에 교수 신분에 걸맞은 집을 구하고 싶어 했다. 나는 베타에게 원하면 언제든 그 집을 팔아도 된다고 했다. 이미 오래전부터 그 길과 동네에 신경 쓰지 않았으니까. 하지만 베타는 나폴리에 대한 애착이 강했고, 나와는 달리 그 집을 좋아했다. 아니, 더 정확하게 말하면 자기 엄마에 얽힌 추억을 사랑했다.

나는 음란한 낙서가 잔뜩 적힌 셔터를 가리키며 말했다.

"할아버지 어렸을 때는 이 가게에서 덩치가 산만 한 뚱뚱한 아주머니가 그라페를 튀겨서 팔았단다. 그런데 너는 그라페가 뭔지 아니?"

"설탕 뿌린 도넛이요."

"그래. 가끔 저기서 그라페를 사서 저 계단에 앉아서 먹곤 했지."

"저처럼 어렸을 때요?"

"열두 살 때."

"그럼 다 컸을 때네요."

"그런가?"

"그럼요, 할아버지. 열두 살이면 다 큰 거죠. 저 정도는 돼야 어리다고 할 수 있는 거예요."

우리는 그렇게 산 안나 알레 팔루디 성당을 지나 포르타 놀라나 쪽으로 한참을 걸었다. 마리오는 처음에는 중국산 잡동사니를 파는 상점마다 걸음을 멈췄다. 길가에 세워놓은 오토

바이를 볼 때마다 그 앞에 서서 유심히 뜯어보면서 오토바이에 대한 자신의 지식을 뽐내려 했다. 하지만 그럴 때마다 내가 자기 이야기를 듣는 둥 마는 둥 하고 손을 잡아끌자, 나중에는 입을 다물고 그저 조용히 내 뒤를 따라만 왔다. 가끔 내가 먼저 아이에게 말을 건네기도 했지만, 그것은 단지 내가 그 애 손을 잡고 있다는 사실을 잊지 않기 위함이었다.

그럴 때 빼고는 걷는 내내 출판사 사장의 말을 곱씹었다. 시간이 갈수록 애써 찾아낸 긍정적인 면이 빈약하게 느껴져, 처음의 불편한 감정이 광분으로 변했다.

광분은 학교에서 환영받지 못하는 단어였다. 광분이라는 단어를 쓸 때마다 선생님은 표현을 정정해주었다. '광분'이 아니라 '분노'가 옳은 표현이라고 학생들을 야단쳤다. 광분은 광견병에 걸리는 개나 가지는 것이라고 말이다. 하지만 내가 자라고, 어쩌면 아버지·조부·고조부를 포함한 나의 모든 선조가 성장했을 바스토, 펜디노, 메르카토 지역에서 쓰는 나폴리 사투리에는 '분노'라는 단어가 존재하지 않았다. 그들은 아킬레스와 같은 소설 속 등장인물들의 분노를 몰랐다.

나의 선조들은 광분밖에 몰랐다. 이 도시 사람들, 이 동네와 광장과 거리와 골목과 지친 노점상들과 온갖 밀수품의 선적과 출하로 분주한 항구 사람들은 분노하지 않고 광분한다. 그들은 집에서, 거리에서, 그리고 무엇보다도 일거리를 찾아 헤매다 돈을 벌지 못하면 광분한다. 그러다 걸핏하면 자신들처럼 광분한 이들과 시비가 붙었다. 광분, 그렇다, 그것은 분노가 아니라 광분이었다. *당신은 분노했는가. 당신들은 분노했는가. 그들은 분노했는가.* 실없는 소리. 교사들은 우리에게 나폴리 거리에서 쓸모없는 단어를 가르쳐주었다. 그곳은 개들의 도시였다. 이 순간 내가 두 눈에 핏발을 세우고 가리발디가 초입에 들어선 것은 분노 때문이 아니었다.

수업을 마친 후에도 나를 괴롭히는 친구들과 사디스트 선생들 때문에 집에 돌아가고 싶지 않았다. 너무 광분해서 심장과 눈과 머리가 터질 것 같으면, 마음을 가라앉히기 위해서 포르타 놀라나 쪽으로 내려가기도 했고, 가끔은 산 코스모가로 올라가기도 했다. 좀처럼 울분이 가라앉지 않을 때면 걸어서 라비나리오, 카르미네까지 간 적도 있었다. 나는 거친 야수처럼 폐허가 되어버린 거리를 지나 항구까지 걸어갔다. 그럴 때는 나와 마주치지 않는 편이 행운이었다.

나는 모든 성인과 성모 마리아를 향해 입에 담지 못할 욕을 퍼부었다. 그 순간 나는 분노가 아니라 광분한 상태였다. 나는 상대방에게 조소를 날리면서 침을 뱉고, 두들겨 맞고 싶은 마음에 주먹을 휘둘렀다. 지금의 나를 아는 사람이라면 상상도 못 하겠지만, 당시는 그랬다.

사춘기부터 무려 오십 년이라는 세월이 훌쩍 지난 지금도 밀라노로 돌아가서 출판사 사무실이 있는 제노바가까지 한걸음에 달려가고 싶었다. 4층으로 올라가 감히 내 작품을 비판한 그 버릇없는 애송이의 면상에 다짜고짜 침을 뱉으면 얼마나 좋을까라고, 나는 생각했다. 그 자식은 내 그림 두 점만 비판한 것이 아니었다. 일말의 존경심도 없이 내 평생의 업적을 깎아내렸다. 광분의 시대가 끝나다니, 안타까운 일이다.

나는 이미 오래전에 그 감정을 삭였다.

나는 마리오에게 물었다.

"너는 광분이 뭔지 아니?"

"그런 말 하면 안 돼요, 할아버지."

"누가 그랬는데? 아빠가?"

"아뇨. 엄마가요."

"엄마 말씀이 옳다. 그런 말은 하면 안 돼."

"뭐 하나 말해도 돼요?"

"그럼. 뭐든 말하렴."

"목이 조금 칼칼해요."

"피곤하니?"

"네. 많이 피곤해요."

"피곤하고 목이 칼칼하면 어떻게 하지?"

"할아버지가 말해주세요."

"주스 주랴?"

우리는 처음 눈에 띈 바로 들어갔다. 전등도 켜지 않아 내부가 어두컴컴했다. 좁은 바에서는 커피와 달콤한 빵 냄새 대신 담배와 퀴퀴한 냄새가 났다. 눈이 좀처럼 어둠에 익숙해지지 않았다. 앉을 곳을 찾아 두리번거렸지만, 보이는 것이라고는 바에서 조금 떨어진 곳에 금속으로 된 원형 식탁밖에 없었다. 바 작업대 뒤에는 마흔 살쯤 되어 보이는 삐쩍 마르고 이마가 벗겨진 남자가 지저분한 선반을 정리하고 있었다.

나는 과일 주스와 커피 한 잔을 주문했다. 피곤하니 앉아서 마시고 싶다고 하면서 의자가 없는 식탁을 가리켜 보이자 남자는 갑자기 사투리로 우렁차게 외쳤다.

"티티! 이분들께 의자 두 개만 가져다드려라!"

그러자 가게 뒤에서 앳된 소녀가 플라스틱과 금속 재질의 의자 두 개를 들고나왔다. 내가 곧바로 의자에 앉자, 마리오도 의자 위로 기어올랐다. 소녀는 "얼굴이 너무 창백해요"라면서 내게 물을 가져다주었다. 나는 물 한 모금을 마시고 그녀에게 고맙다고 했다.

"무슨 주스를 마실래?"

마리오에게 묻자 아이는 진지한 표정으로 고민하다 말했다.

"사과 주스요."

"아유, 귀여워라."

소녀가 외쳤다.

나의 고향 사투리인데도 이질적인 소음처럼 들렸다. 남자와 소녀의 말투는 친절했다. 상냥하게까지 느껴질 정도였다. 하지만 그 기저에는 여전히 폭력적인 뉘앙스가 느껴졌다. 도움의 손길을 내밀 때와 똑같은 순수한 마음으로 칼로 멱을 따는 사람들은 나폴리 사람들밖에 없을 것이다. 나는 더는 나폴리 방식으로 공격적인 태도를 나타낼 줄도, 정중하게 행동할 줄도 몰랐다. 내 몸을 구성하는 세포들이 광분의 파편들을 쓸어내 유해 폐기물처럼 어딘가 은밀한 곳에 묻어버린 것 같았다. 언젠가부터 무심한 친절이 지배적인 정서가 되어버렸다. 그것은 내가 주문하자마자 바로 커피를 내려준 남자와 팔을 뻗어서 커피잔과 과일 주스가 든 컵을 집을 수 없을 정도로 테이블과 바가 먼 것도 아닌데 커피와 주스를 쟁반에 담아서 우리 자리까지 가져다준 소녀의 적극적인 친절과는 거리가 먼 것이었다.

"할아버지."

"왜?"

"빨대가 없어요."

소녀는 가게 뒤로 가더니 (나는 왠지 그곳에 건물 지하실로 이어지는 어두운 동굴이 있을 것 같았다) 곧바로 빨대를 가지고 나타났다. 마리오는 빨대로 주스를 마시고, 나는 커피를 마셨다. 커피가 너무 맛있어서 몇 년 만에 담배 생각이 났다. 욕망에 시야가 밝아지기라도 한 듯, 갑자기 난간 위에 가지런히 정리된 담뱃갑들이 눈에 들어왔다. 가게에서 담배도 판매하고 있었던 것이다.

남자에게 MS 한 갑과 성냥 한 갑을 달라고 하자, 남자가 소녀에게 담배와 성냥을 건넸고, 그녀는 그것을 받아 내게 건네주었다.

"여기서 피우시죠."

남자가 두 팔을 커다랗게 벌리며 내게 말했다.

"괜찮소. 나가서 피우겠소."

"커피 한잔 마시고 피우는 담배는 최고죠."

"그건 그렇소만."

"그러니 여기서 피우세요."

"아뇨. 괜찮소. 아직은 괜찮아요."

순간 그 남자와 그의 관대한 몸동작을 그리고 싶은 마음에, 가방에서 사인펜과 공책을 꺼냈다.

밀라노에서 아주 멀리 떨어진, 내가 태어난 이 도시의 어두컴컴한 구석에서, 출판사 사장에게 이렇게 말하고 싶었다.

"이것이 내가 이 세상을 살아가는 방식이다. 감히 내 방식을 깎아내리다니."

나는 그 남자와 소녀와 가게가, 아니 나 자신이 당장이라도 분해되기라도 할 것처럼 다급히 그림을 그렸다. 마리오는 내가 뭘 하는지 보려고 빨대로 소리를 내면서 내 쪽으로 몸을 기울였고, 내 곁에 다가온 소녀도 놀란 탄성을 내뱉었다.

"이것 좀 보세요, 아빠!"

소녀의 아버지가 바 뒤에서 나와 그림을 흘낏 보더니 쑥스러운 듯 어색한 표준어로 내게 말했다.

"그림 실력이 꽤 좋으시네요."

마리오가 끼어들었다.

"우리 할아버지는 유명한 예술가예요."

"그런 것 같구나. 나도 한때는 그림을 그렸는데, 이젠 극복했지."

나는 당황한 눈빛으로 그를 바라보았다. 자신의 취미를 무슨 병처럼 묘사하는 것이 인상적이었다. 나는 공책을 덮었다.

무엇이 나로 하여금 이 도시에서 떠나게 했던가. 무엇이 시간이 갈수록 나를 저 남자처럼 나름의 장단점이 있는 사람들과 그들이 속한 환경으로부터 멀어지게 만들었던가. 물론 나이 차이는 있지만, 생각해보면 그 남자나 나나 비슷한 유년과 사춘기 시절을 보냈을 텐데 말이다. 소녀도 마찬가지다.

그녀는 아주 먼 옛날 내가 사랑했던 메나라는 소녀와 비슷한 또래였다. 메나도 그 근처에 살았고, 나와 헤어진 후 평생 그곳에 머물렀다. 우리는 몇 달 동안 행복하게 지냈다. 그러던 어느 날 저녁 메나는 내게 길고 뜨거운 키스를 남긴 뒤 다시는 나를 만나주지 않았다.

당시 나는 이미 존재론적인 고민에 빠져 있었다. 어떻게 해야 어른들이 가르쳐준 대로 살아갈 수 있는지 알 수 없었다. 나는 계속해서 스케치하고, 그림을 그렸다. 그때는 몰랐지만 그럴수록 나폴리로부터 점점 멀어져 갔다. 내가 나폴리에서 멀어지면 멀어질수록 메나는 나를 좋아해주기는커녕, 마치 내 피부에 검푸른 종기라도 생긴 것처럼 꼴 보기 싫어했다.

"그까짓 그림 때문에 뭐 대단한 사람이라도 되는 줄 아나 봐? 운전면허도 없어서 나를 좋은 데 데려가주지도 못하면서. 집만 좋으면 뭐해? 아버지가 도박에 월급을 날리는 바람에 자기 어머니는 아들에게 새 신발 한 켤레 못 사주고, 입에 풀칠하기도 힘들다면서."

그녀 말이 맞았다. 온 동네가 아버지의 도박벽을 알고 있었다. 아버지는 뭐든 닥치는 대로 도박에 걸었지만, 그것은 돈을 따기 위해서가 아니었다. 아버지가 도박을 하는 이유는 전율을 느끼기 위해서였다. 손에 든 패를 만지작거리다 천천히 내밀고 상대방의 패를 향해 날카로운 눈길을 날리는 순간의 짜릿함을 위해서였다. 그럴 때면 카드는 기다림과 욕망에 따라 모습이 변하는 살아 있는 생명체 같았다. 손가락이 카드를 아예 다시 만들어내는 것 같았다.

나는 아버지를 증오했다. 내 유년 시절과 사춘기는 아버지에게 물려받은 유전의 고리를 끊어내기 위한 몸부림의 연속이었다. 나는 나만의 특성, 오직 나에게만 속하는 특성을 찾고 싶었다. 그래서 아버지의 핏줄에서 벗어나고 싶었다. 나는 그 특성을 연필 한 자루만 있으면 뭐든 재현할 수 있는 능력에서 찾았다. 메나에게 그 능력을 보여주었을 때, 처음에는 감탄했지만, 얼마 가지 않아 나를 조롱하기 시작했다.

"사람들 얼굴 좀 그릴 줄 안다고 우리보다 뛰어난 줄 아니?"

얼마 후 메나는 운전면허가 있고, 토요일마다 차를 끌고 나올 수 있는 녀석들과 어울려 다니기 시작했다.

"너는 지나치게 내성적인 데다 잘난 척만 해."

그녀는 이렇게 말하고 나를 떠났다.

나는 마리오가 주스를 다 마실 때까지 기다렸지만, 그 애는 그럴 마음이 없어 보였다. 빨대로 주스를 마시는 대신, 입김을 불어서 뽀글뽀글 거슬리는 소리를 내고 있었다. 마리오는 가끔 자기 재주를 칭찬해주기를 바라는 표정으로 나를 바라보았다. 나는 마리오에게 그만두라고 하고는 소녀에게 커피값과 함께 팁을 내밀었다.

"너무 많아요."

소녀가 어찌해야 할 바를 모르는 눈빛으로 자기 아버지를 바라보며 말했다.

"커피가 너무 맛있어서 주는 거예요."

내가 말했다.

"주스도요."

마리오가 끼어들었다.

"감사합니다."

남자가 자기 딸 대신 말했다. 남자의 시선에서 적의가 느껴졌다. 내가 팁과 커피값을 내는 대신 몰래 자기 물건을 훔친다고 생각하는 것 같았다.

나와보니 새하얀 구름 사이에 살짝 푸른 하늘이 보였지만, 그새 다시 바람이 불기 시작했다. 나는 놀라서 눈을 동그랗게 뜨고 나를 바라보는 마리오의 시선을 받으며 담뱃갑에서 담배 한 개비를 꺼냈다.

"할아버지, 담배 피우면 안 돼요."

"할아버지는 늙어서 마음대로 해도 된단다."

담배 냄새가 향기로웠다. 메나가 아직 나를 사랑하던 시절, 그녀는 바람 속에서 성냥불을 붙이던 내 모습을 감탄 어린 눈빛으로 바라보곤 했다. 나는 바람이 성냥불을 꺼뜨리기 전에 재빨리 팔을 올려 연약한 불씨를 손바닥과 성냥갑 사이에 두고 감쌌다. 나는 다시 한번 성냥불을 붙여보려고 성냥을 성냥갑의 매끈한 면에 대고 그었다. 하지만 담배를 가져다 대기도 전에 불꽃은 꺼져버렸다. 내가 성냥을 켜고, 꺼뜨리고 또

다시 켜는 모습을 마리오는 물끄러미 바라보았다. 결국 나는 성냥에 불을 붙이기 위해 건물 안으로 들어가야 했다. 그새 잃어버린 것이 또 있었던 것이다. 나는 동작을 제어할 수 있는 능력을 잃었다. 능숙한 동작을 잃어버렸다. 순간 기나긴 분해 과정의 무의미한 일부가 된 것 같았다. 고생대부터 땅과 바닷속 깊은 곳에서 경화되고 있는 유기질과 무기질에 뒤섞일 파편이 되어버린 것 같았다.

"집에 갈까요?"

마리오가 물었다.

"피곤하니?"

"네."

"할아버지랑 같이 있는 것보다 유치원에 가는 게 나았을 뻔했지?"

"아니요."

"그런데?"

아이는 힘겨운 표정을 지어 보이며 나를 올려다보았다.

"안아주시면 안 돼요?"

"절대 안 된다."

"그치만 너무 피곤한걸요. 다리도 아프고요."

"피곤한 건 나도 마찬가지란다. 게다가 할아버지는 무릎도 아프단다."

"난 이쪽 다리가 통째로 아파요."

우리는 '나는' '나는' '나는' 하면서 한참을 티격태격했다. 앞다투어 힘차게 '나는'을 외쳤지만 어딘지 애처로운 새들의 지저귐 같기도 했다. 나는 딱 오 분만이라고 신신당부한 뒤 마리오를 안아 올렸다.

마리오는 내 책은 좋아했지만, 내 그림은 좋아하지 않았다. 그림이 어두워 보인다고 했다. 다음번에는 조금 더 밝게 그리라고 했다(출판사 사장처럼). 며칠 전 마지못해 그린 그림이 아니라 오래전에 그린, 평도 좋고 나도 만족스러운 그림들을 두고 한 말이었다. 나 스스로 잘 그렸다고 생각하던 작품이었지만, 나는 마리오의 말을 믿었다. 사람의 의견이나 확신은 순식간에 무너지는 법이다. 내 그림은 이제 아이들에게 영감을 주지 않는 모양이라고, 나는 생각했다.

8

돌아와 보니 집은 살리 덕분에 정돈되고 눈부시게 깨끗해진 상태였다. 부엌에는 이미 두 명을 위한 상차림이 준비되어 있었다. 너무 피곤해서 잠시라도 눈을 붙이고 싶었다. 꽤 오랫동안 마리오를 안고 걸은 데다, 할아버지는 집까지는 너를 못 안고 간다고 아이를 설득하는 것도 만만치 않았기 때문이다. 하지만 내가 침대에 눕자마자, 마리오는 인형을 몇 개 가지고 와서 내 발치에 자리를 잡더니 언젠가는 내가 다가와주기를 바라며 놀기 시작했다. 결국 나는 낮잠을 포기하고 아이에게 말했다.

"노는 동안 할아버지는 일을 좀 해야겠구나."

마리오는 내 말에 대답하는 대신, 속상한 마음을 감추기 위해서 괜스레 혼자 바쁜 척했다. 나는 연필, 붓, 스케치북, 노트북 등 밀라노에서 가지고 온 소지품을 챙겨서 거실로 갔다.

작품에 관한 생각을 정리하고, 그림 그릴 부분을 다시 읽어보고 싶었다. 그런데 왠지는 모르겠지만 책을 읽다 보니 바에서 만난 남자가 다시 떠올랐다. 한때 그림 그리는 재능이 있었으나, 열병과 같이 지나가버렸다는 가게 주인 이야기가 사실이라면, 내가 그린 대상은 실현되지 못한 가능성에 지나지 않았다. 그가 인상적으로 느껴졌던 건, 아마도 그 때문이었을 것이다. 남자 옆에 흐릿한 형상이 언뜻 스쳐 지나간 것도 아마 그 때문이었을 것이다. 바에서 나는 남자의 일그러지고 주름진 얼굴과 투박한 손을 사인펜으로 과감하게 그린 다음, 모퉁이에 그 희미한 형상을 스케치해놓았다.

나는 그 그림을 큰 종이에 옮겨보기로 했다. 바 주인은 그가 살아온 삶 속에서 명확하게 정의 내려진 인생 그 자체를 나타냈지만, 그 옆에 보이는 희멀건 형상은… 그렇다. 그것은 유령이었다. 그려놓고 보니 두 형상을 너무 나란히 그린 것 같았다. 물론 두 형상이 그렇게 붙어 있던 시절이 분명 있었을 것이다. 하지만 세월이 흐를수록 수많은 것들이 남자 주위에 밀려들어 응고되면서, 결국 둘은 영원히 분리되었을 것이다.

나는 어디에서 왔고, 무엇으로부터 분리되었던가.

그 질문을 바탕으로 비롯한 수많은 이미지가 떠오르려는 순간, 마리오의 목소리가 들려왔다.

"할아버지 뭐해요? 어서 이리 오세요. 아빠가 돌아왔어요."

"할아버지 방해하면 못 쓴다."

사베리오가 우비 차림으로 모습을 나타냈다. 사위는 시무룩한 표정으로 베타는 아직 학교에 있다고 내뱉었다. 학교라는 곳에서 베타가 진탕 술을 퍼마시고, 마약을 하고, 몸에 딱 달라붙는 옷차림으로 목청껏 노래를 부르고 있기라도 한 것 같은 말투였다. 내가 아무런 대꾸도 하지 않자, 발표 자료를 마지막으로 손보러 (사위는 손보겠다는 표현을 썼다) 서재에 들어가 있겠다고 했다. 마리오는 아빠를 따라가지 않고 아무 말 없이 거실 입구에 머물렀다. 차라리 방해하지 말라는 말이나 하지 말지… 나는 한숨을 내쉬고 몸을 일으키며 말했다.

"그래, 이제 장난감 보러 가자."

마리오는 기분이 좋아져서 수많은 장난감을 하나하나 보여주려 했다. 자기가 좋아하는 지저분한 장난감 이름과 역할을 열거했다. 내 의사를 묻지도 않고 나를 자신만의 완벽한 상상의 세계로 끌어들인 후 자기가 시키는 대로 하라고 했다. 실수하면 은근히 좋아하면서 나를 야단쳤다.

"할아버지, 아직도 모르겠어요? 이것 좀 보시라고요."

그러다 행여나 내가 딴생각에 빠지면, 시무룩해져서 심각하게 물었다.

"할아버지 그만 놀고 싶어요?"

나는 자주 실수를 저지르고, 딴생각에 빠졌다. 너무나 지루해 정신이 혼미해진 상태에서 나도 모르게 헨리 제임스의 소설과 바 주인장 그림을 떠올렸다. 몇 번인가 꽤 괜찮은 영감이 떠올라 스케치를 그리려 할 때마다 마리오가 "할아버지, 곰을 조심하세요!"라고 했다. 마리오는 내게 말 역할을 맡겼는데, 하필 그런 순간에만 다른 동물들이 말을 공격하려 했다.

때로는 그냥 졸음이 밀려들었다. 아이의 넘치는 상상력 앞에서 내 상상력이 무뎌지는 것을 느끼며 기분이 가라앉는 순간 나도 모르게 눈꺼풀이 스르르 감겼다. 마리오가 "할아버지" 하고 부르며 나를 잡아당기지 않았다면 정신을 차리지 못했을 것이다.

마리오가 내 밋밋한 반응에 눈에 띄게 침울해져서, 아빠한테 우리와 함께 놀자고 말하러 가겠다고 했을 때, 나는 잠시 쉬면서 기운을 차릴 수 있겠구나 싶었다. 나는 마리오를 말리지 않고, 바로 침대에 누웠다. 하지만 마리오가 곧바로 돌아오는 바람에 선잠에서 깨고 말았다. 그 애는 볼멘소리로 아빠가 일을 다 끝내면 함께 놀아주겠다고 약속했다고 했다.

"그러니 우선은 우리끼리 놀아요."

아이가 못마땅한 투로 말했다. 나는 팔꿈치로 몸을 일으킨 후 마리오에게 물었다.

"너 친구는 있니?"

"한 명 있어요."

"한 명밖에 없어?"

"네. 아파트 2층에 살아요."

"이 건물 2층에 산단 말이니?"

"네."

"친구 집에 가서 놀지 그러니?"

"엄마가 안 보내줘요."

"네가 못 가면 그 애가 오면 되지 않니?"

"안 돼요. 그 애 부모님이 우리 집에 안 보내줘요."

"많이 어리니?"

"여섯 살이에요."

"그럼 아주 어린아이는 아니로구나."

"네, 하지만 상관없어요. 어차피 우리 집에는 안 보내줘요."

"그렇게 잘 보지도 못하는 애랑 어떻게 친구를 하니?"

마리오는 자신들의 우정은 발코니에서 싹텄다고 했다. 자기가 양동이에 물건을 담아서 조심스레 아래층까지 내려보내면, 아틸리오라는 이름의 친구도 그렇게 한다고 했다.

"뭘 넣어서 보내는데?"

"장난감, 사탕, 주스며 이것저것 다 넣어서 내려보내요."

"그러니까 너는 아틸리오에게 줄 물건을 넣어서 내려보내고, 아틸리오는 너에게 줄 물건을 넣는단 말이지?"

"아뇨. 물건은 저만 넣어요."

"친구는 물건을 꺼내고?"

"네."

"그러니까 녀석이 네 물건을 훔친다는 게냐?"

"훔치는 게 아녜요. 빌리는 거예요."

"그 애가 빌려간 물건은 돌려주니?"

"아뇨, 보통 엄마가 가지러 가요."

"그럴 때 엄마가 화를 내시니?"

"엄청요!"

베타가 양동이로 오가는 밀수를 문제 삼았으며, 이로 인해 이웃 간 신경전이 벌어졌다는 사실을 알 수 있었다. 양가를 통틀어 2층에 친구가 산다고 믿는 사람은 마리오뿐이었다.

"어떻게 양동이를 아래로 내리는지 보여드릴까요?"

마리오가 구슬리는 듯한 말투로 물었다.

발코니로 이어지는 문을 바라보니 날은 저물었지만, 난간과 양동이와 밧줄은 아직 보였다.

"됐다. 날이 차다. 게다가 할아버지는 발코니로 나가는 게 무섭단다."

마리오가 미소를 지었다.

"무섭다뇨. 할아버지는 어른이잖아요."

"할아버지의 엄마, 그러니까 네 고조할머니도 발코니에 나가는 것을 무서워하셨단다."

"거짓말."

"정말이란다. 네 고조할머니는 허공을 두려워하셨어."

"허공이 뭔데요?"

"별거 아니다."

아이에게 허공의 뜻을 설명해줄 인내심도 기력도 없어서 아무렇게나 대답하고 말았다.

그러는 동안 사베리오는 코빼기도 비치지 않았다. 나는 내가 선물한 책 중에서 동화 한 편을 읽어주겠다고 했다. 동화를 네 편이나 읽어주느라 진이 빠진 후에야 드디어 베타가 숨을 헐떡대며 돌아왔다.

베타가 마리오의 방에 나타났을 때, 나와 마리오는 간이침대에 누워 있었다. 마리오는 내 낭독에 완전히 빠져 있었고 나는 막 다섯 번째 동화를 시작하던 참이었다.

"이제 그만 할아버지를 놔주렴. 엄마랑 할 이야기가 있어."

베타가 말했다.

부엌으로 자리를 옮긴 후, 베타는 내게 자기가 준 해야 할 일과 주의해야 할 일 목록을 읽어보았느냐고 했다. 나는 아직 못 읽어보았다고 솔직히 시인했다. 그러자 베타는 나를 집 안 곳곳 끌고 다니면서 전날 저녁 한 이야기를 토씨 하나 틀리지 않고 똑같이 반복했다. 저녁을 먹는 동안에도 똑같은 말을 되풀이하는 통에 사베리오마저 신경이 곤두서서 두어 번 "베타, 아버님은 똑똑하신 분이니 이해하셨을 거야"라고 할 정도였다. 저녁을 마치고, 짐도 제대로 못 쌌는데도 베타는 다시 잔소리를 시작했다. 하지만 이번에는 잔소리를 한 것이 다행이었다. 말하다 보니 소아과 의사 전화번호와 곤경에 처했을 때 와 줄 친구 전화번호와 샤워기가 고장나거나 욕실 배수구가 막혔을 때 부를 수 있는 수도공 전화번호를 남기지 않았다는 사실을 깨달았으니까.

"살리만 믿으라더니, 정작 살리는 모레 안 온다더구나."

내가 투덜거리자 베타가 쌀쌀맞게 대답했다.

"뭐, 어때요? 어차피 음식은 냉동실에 넣어둘 거예요. 아빤 걱정이 너무 많아요."

"작업을 못하니 그런다."

"그렇다면 마리오랑 놀아주느라 시간 낭비하지 마세요. 바쁜데 동화책은 왜 읽어주셨어요? 일해야 한다고 하면 아이는 착하게 혼자서 놀 거예요. 한 가지만 부탁드릴게요. 마리오를 텔레비전 앞에 방치하지만 마세요. 리모컨은 아예 숨겨놓으시고요."

"그러마."

"그리고 마리오를 발코니에 혼자 두지 마세요. 특히 날이 추울 때는요. 애 아빠는 마리오에게 양동이를 가지고 놀아도 좋다고 허락해주었지만, 저는 탐탁지 않아요. 2층에 사는 꼬맹이가 장난감을 훔칠 때마다 제가 직접 가서 찾아와야 하거든요."

"유치원에도 내가 데려다줘야 하니?"

"네. 하지만 정말 가까워요. 종이에 유치원 주소를 써놓았고, 선생님들에게도 미리 말해놓았어요."

"유치원에 안 데려다주면 안 되니?"

"마음대로 하세요. 잘 자요, 아빠."

"잘 자라."

"잘 지내시는지 확인할 겸 매일 저녁 식사 전에 전화할 테니 꼭 받으세요. 전화 안 받으시면 걱정될 테니까요."

그러더니 베타는 나보고 마리오를 재우라고 했다. 방에 돌아와 보니 마리오는 파자마 차림으로 침대에 걸터앉아 내 휴대폰을 만지작거리고 있었다. 나는 조금 거칠게 아이 손에서 휴대폰을 빼앗았다.

"할아버지 거니까 만지면 안 된다."

"아빠 휴대폰은 만져도 되는데."

"할아버지 건 안 돼."

"어차피 할아버지 건 재미없어요. 게임도 없고."

"그러니 더욱 네가 만질 이유가 없겠구나."

나는 휴대폰을 마리오의 손이 닿지 않는 장난감을 잔뜩 늘어놓은 선반 위에 올려놓았다. 마리오는 시무룩해져서 진지하게 내게 동화책을 더 읽어달라고 했다. 나는 이미 네 번이나 읽어주었고, 마리오도 할아버지처럼 다 컸으니, 동화책을 읽어주지 않아도 혼자 잘 수 있어야 한다고 했다. 그렇게 나는 내 침대에, 마리오는 자기 침대에 누웠다. 불을 끄는 순간 사베리오의 외침이 들려왔다.

"당신은 내 실력이 가장 뛰어나다는 사실을 못 견디는 거지? 그래서 내가 억지로 함께 일하는 그 멍청이들 앞에서 수모를 당하게 만드는 거야!"

베타의 대답을 듣기도 전에 나는 밤새 깊은 잠에 빠졌다.

2장

1

마리오와 내가 거의 단둘이서 하루를 보내게 된 첫날, 일련의 사건들로 인해 나는 더욱 불안해졌다. 그날 아침 눈을 떴을 때 내가 어디에 있는지 깨닫기까지 한참 시간이 걸렸다. 여덟 시가 다 됐다는 사실을 깨닫는 순간 불안이 엄습해왔다. 잠에 취해 멍한 상태로 마리오의 침대를 향해 눈길을 던졌는데, 마리오는 온데간데없었다. 순간, 심장이 철렁 내려앉았다. 베타와 사베리오는 비행기 시간에 맞춰 이미 공항으로 출발했을 텐데 마리오는 어디로 갔단 말인가?

알고 보니 마리오는 부엌에서 내가 선물한 책을 보고 있었다. 식탁에는 두 명을 위한 상차림이 완벽하게 준비되어 있었다. 베타가 준비했겠거니 했는데, 마리오가 나를 보자마자 뿌듯한 미소를 지었다.

"설탕은 제 옆에 놔뒀어요. 어차피 할아버지는 안 넣으시니까요."

마리오는 아침 일찍 일어나 나를 깨우지 않고 혼자서 쿠키 몇 개를 집어 먹고 아침 식사를 준비한 것이다.

"대신 할아버지가 일어나실 때까지 가스불은 안 켜고 기

93

다렸어요."

"잘했다. 하지만 내일부터는 꼭 할아버지를 깨워야 한다."

"불러도 대답이 없으셨는걸요."

"지쳐서 그랬다. 다음부턴 안 그럴 거야."

"저를 안고 다니느라고요?"

"그래."

나는 마리오에게 우유를 따라주고, 내가 마실 차를 끓였다. 마리오는 허겁지겁 우유를 마시고 초콜릿 쿠키를 연달아 집어 먹으며 내게 물었다.

"오늘은 유치원에 안 가나요?"

"가고 싶으냐?"

"아뇨."

"그럼 가지 말렴."

내 말에 마리오는 기뻐서 어쩔 줄 모르다 이내 마음을 가다듬고 조심스레 물었다.

"그럼, 나중에 저랑 같이 놀래요?"

"할아버지는 할 일이 있단다."

"하루 종일요?"

"하루 종일."

마리오가 씻는 모습을 보고 있자니 진이 빠질 지경이었다. 마리오는 발판 위에 올라가서 양치질하고 세수했다. 얼굴을 씻다가 옷이 젖자, 내게 갈아입을 옷이 어디에 있는지 가르쳐 주었다. 기껏 억지로 옷을 다 입혀놓으니, 묘한 표정으로 가 봐야겠다는 알 수 없는 말을 남기고 욕실로 돌아가더니 변기 앞에 발판을 밀어다 놓았다. 그러고는 쪼르르 달려가 내가 준 동화책을 가져와 발판 위에 올려놓고 바지를 내리고는 변기에 앉았다.

"문 좀 닫아주세요, 할아버지."

마리오가 무슨 독서대 위에 올려놓기라도 한 것처럼 두 손 위로 펼쳐 든 책에서 눈을 떼지 않은 상태로 내게 말했다.

나는 욕실 문을 닫고, 거실로 갔다. 그곳에는 전날 작업하려고 가져다 둔 물건들이 그대로 있었다. 얼마 안 가 마리오가 나를 불렀다.

"할아버지, 다 했어요!"

나는 또다시 마리오의 옷을 벗기고, 씻겼다. 옷을 입을 때는 언제나처럼 자기 혼자 하겠다면서 내가 보는 앞에서 속 터질 정도로 느릿느릿 옷을 입었다.

그새 살리가 도착했고, 그제야 나는 안도의 숨을 내쉬었다. 집에 들어올 때까지만 해도 살리는 우아한 부인 같았다. 살집은 좀 있었지만, 맵시 있게 옷을 입을 줄 아는 것 같았다. 하지만 그것도 잠시일 뿐, 마리오 방 옆에 붙어 있는 복도 끝 창고에 들어가더니 추레한 스웨터와 누더기 같은 바지, 슬리퍼를 꿰어 신고 펑퍼짐한 모습으로 나타났다.

"아이를 좀 봐주세요. 할 일이 있거든요."

내가 그녀에게 말했다.

그날은 기분이 좋았는지, 살리는 전날보다 상냥하게 나왔다.

"걱정하지 말고 그렇게 하세요. 우리 마리우초는 착한 아이니까요. 그렇지, 마리우초? 넌 착한 아이지?"

마리오가 물었다.

"할아버지 그림 그리는 거 보면 안 돼요?"

"안 된다."

"귀찮게 하지 않고 저도 그림 그리면서 옆에 있을게요."

"할아버지는 노는 게 아니라 일하는 거란다."

나는 거실로 들어가 문을 닫았다. 하지만 얼마 되지 않아 내게 헨리 제임스의 소설을 주제로 그림을 그리고 싶은 마음이 전혀 없다는 사실을 깨달았다. 나는 의자에 털썩 주저앉았다. 평소와는 달리 잠을 실컷 잤는데도 기운이 하나도 없었다. 평생을 바쳐서 즐겁게 해온 일조차 하고 싶지 않을 정도로 말이다. 의외로 생각이 자꾸만 내 몸으로 맞춰졌다. 지금껏 내 삶에 의미를 부여해주었던 재능을 상실해버린, 현재의 내 육체 말이다. 자기 폄하의 뚜렷한 욕망이 서서히 축적되는 것이 느껴졌다. 갑자기 나 자신이 힘도, 재능도 없는 노인이 된 것 같았다. 걸음걸이도 불안하고, 시야도 흐릿하고, 갑작스러운 오한과 발열에 시달리는. 날로 커져만 가는 무기력함을 미약한 의지로 막아내기에 급급하고, 거짓된 희열 속에 진정한 우울을 숨긴 채 여생을 보내는 노인 말이다.

그 모습이 나의 본모습인 것 같았다. 기분이 더 우울해지면서 사춘기를 보냈던 나폴리 고향 집에 와 있는 현재의 나뿐 아니라, 흐릿한 기억 속에 남아 있는 십 년 아니 십오 년 전 밀라노 시절의 나도 이미 그랬던 것처럼 느껴졌다. 능력이 충만했을 때는 내 본모습을 감출 수 있었다. 예술가로서 나는 큰 성공도, 실패도 없이 적당한 명성을 누렸다. 어느 정도 위치에 올랐을 때까지만 해도 모든 것이 당연하게 느껴졌다.

나는 성공을 위해서도, 성공을 유지하기 위해서도 별다른 노력을 하지 않았다. 단순히 내 작품이 그만한 가치가 있다고 생각했다. 나의 성공이 오래갈 것이며, 영원히 퇴락하지 않을 것이라 믿었던 것도 아마 그런 믿음 때문이었던 것 같다.

그러다 보니 작업 요청이 줄어드는 것을 눈치채지 못했다. 시간이 갈수록 중요한 행사에 초대받지 못한다는 사실을 깨닫지 못했다. 약간의 명성을 누렸던, 한때 내가 속했던 그 세계가 다른 세계로 대체되었음을, 내가 누군지 잘 알지도 못하는 권력 집단과 내 작품을 전혀 모르는 젊고 공격적인 신진 예술가들과 심지어는 오직 자신들의 비상에 이용하기 위해서만 나를 찾는 이들로 대체되었음을 너무나 뒤늦게 깨달았다. 하지만 몰락의 징조를 끝까지 외면할 수는 없는 일이다. 그것은 유리창을 깨뜨리는 폭음만큼 폭력적이었으니까.

출판사 사장과의 모욕적인 통화, 좀처럼 헤어나올 수 없는 과거의 이미지들, 나도 모르는 새 할아버지라는 역할에 나를 가두어버린 하나밖에 없는 나의 외동딸.

그 모든 것이 몰락의 징조였다.

나는 긴 한숨을 내쉬었다. 나도 모르게 마리오처럼 반사적인 손동작을 하고 있었다. 살리가 나를 부르는 소리를 듣고 오히려 안도했다.

"할아버지!"

살리가 유난히 상냥한 말투로 외쳤다.

"할아버지!"

나를 뭐라고 불러야 할지 몰라 마리오처럼 부르는 편이 좋다고 판단한 것 같았다. 그런 게 아니면, 내가 마리오의 할아버지니까 모두의 할아버지, 할아버지계의 절대자라도 된다고 생각하는 것 같았다. 그래서 나이를 먹을 만큼 먹었는데도, 내가 자기 할아버지이기도 하다고 생각하는 것 같았다. 생각만 해도 끔찍했다. 어쨌든 살리는 노크를 한 뒤 대답을 기다리지 않고 거실문을 열어젖히고 큰 소리로 외쳤다.

"할아버지, 죄송하지만 마리우초가 도무지 텔레비전을 끄려고 하지 않네요."

"무슨 텔레비전이요?"

"텔레비전이 텔레비전이지 뭐겠어요. 따님이 아이에게 텔레비전 보여주지 말라는 말씀 안 드렸나요?"

"네."

"그럼 이제 아셨으니, 어떻게 좀 해보세요, 할아버지."

"저를 할아버지라고 부르지 마세요. 전 부인 할아버지가 아닙니다. 솔직히 아직 마리오 할아버지라는 것도 실감이 안 난다고요."

나는 신음을 내뱉으며 의자에서 일어나 살리를 따라 복도를 걸었다. 텔레비전은 비행기 엔진 소리 같은 것을 내뱉고 있었다. 진동은 이따금 시끄러운 사내들의 목소리가 들려올 때만 멈췄다.

"아이는 어딨죠?"

"사위분 서재에 있어요."

"살리 부인. 마리오가 하면 안 되는 일을 하면, 그러지 말라고 하세요. 굳이 제게 말하지 마시고요."

"하지만 마리우초는 제 말을 듣지 않는걸요. 저는 아이에게 손찌검할 수 없지만, 할아버지는 그럴 수 있잖아요."

"네 살짜리 아이에게 어떻게 손찌검을 합니까."

"손등에 맴매라도 해야죠."

"맴매가 대체 뭡니까?"

사실 나는 맴매가 뭔지 알고 있었지만, 그 어감이 너무 싫었다. 나는 어른들과 똑같은 어휘를 사용하라고 장려하던 시대에 자란 세대였다.

"따님은 맴매라고 하던데."

"그렇다면 손등에 맴매는 아이 엄마가 돌아와서 해야겠군요."

나는 살리를 뒤따라 마늘 냄새와 세제 냄새에 찌든 사위의 서재로 갔다.

텔레비전 앞에 앉아 있던 마리오가 고개를 휙 돌렸다.

살리가 말했다.

"봐, 정말 할아버지를 모셔 왔지?"

"스파이짓은 나빠요."

마리오가 대꾸했다.

"필요하면 할 수도 있는 거란다."

내가 끼어들었다.

"어쨌든 그렇게 텔레비전 소리를 크게 틀면 할아버지가 일을 제대로 할 수 없으니, 그만 끄거라."

"그럼 소리를 줄일게요."

마리오가 리모컨을 집으며 말했다.

나는 마리오의 손에서 리모컨을 빼앗아 들고 텔레비전을 끈 다음 조용히 타일렀다.

"얘야, 할아버지는 네가 아침부터 저녁까지 온종일 텔레비전 앞에 앉아 있어도 상관없단다. 하지만 네 엄마가 원치 않아. 네 엄마는 나와 살리 아주머니도 그러길 바라니 다음부터 살리 아주머니가 텔레비전을 끄라고 하시면 꺼야 한다. 그리고 다음부터 이 할아버지가 텔레비전을 끄라고 하면, 절대로 소리를 줄인다느니 어쩐다니 말대답하지 마라. 알겠니?"

마리오는 바닥에 시선을 고정하고 고개를 끄덕였다. 그러고는 고개를 들어 내 손에 있는 리모컨을 향해 손을 내밀었다.

"리모컨 건전지를 보여줄까요?"

"아니. 리모컨에 손댈 생각은 말아라."

"그럼 이제 뭘 하죠?"

"가서 놀면 되지."

"발코니에서요?"

"아니."

"오늘은 날씨가 좋잖아요."

"안 된다고 했잖니."

"그럼 할아버지 그림 그리는 모습을 구경해도 되요?"

마리오는 좀처럼 포기하지 않았다. 정말이지 고집불통이었다. 나는 허락할 수 없다는 의미로 마리오를 한참 바라보았다. 하지만 아이 윗입술에 땀이 맺히는 것을 보고, 물러나지 않을 수 없었다.

"그래. 대신 할아버지를 방해하면 안 된다."

"안 그럴게요."

"할아버지한테 이것 해주세요, 저것 해주세요 하면 안 돼!"

"안 그럴게요."

"아무 말 하지 말고 가만히 앉아 있어야 한다."

"네. 그 전에 쉬야부터 할래요."

마리오가 서재 밖으로 쪼르르 달려가 욕실 문을 닫았다. 그 때까지 말없이 지켜보던 살리가 아이가 없는 틈을 타서 한소리 했다.

"할아버지가 그래서는 안 되죠."

"무슨 말이죠?"

"아이가 겁먹었잖아요."

"그러는 부인은 손찌검하라고 하셨잖소."

"손찌검은 괜찮지만 이건 아니죠."

"이건 아니라니요?"

"말투가 험악했어요. 할 일이 많아서 예민한 거면 아이는 제가 데리고 있을게요."

특별히 험하게 말한 것 같지는 않았는데, 어쩌면 나야말로 살리와 거리를 둘 필요가 있을 것 같았다. 얼마 안 가 마리오 가 돌아왔다. 손으로 세게 비빈 것처럼 눈이 빨갰다.

"준비됐어요."

나는 일부러 장난스러운 말투로 물었다.

"할아버지 그림 그리는 걸 볼래, 아니면 살리 아주머니가 일하시는 걸 볼래?"

마리오는 짐짓 고민하는 척하면서 나와 살리를 번갈아 바라보다 내게 다가와 과장된 말투로 기쁘게 외쳤다.

"할아버지 그림 그리는 걸 볼래요!"

마리오가 종종걸음으로 거실을 향하자, 나는 살리에게 말했다.

"보시다시피 아이는 부인보다 나를 좋아한다오."

살리는 마뜩잖게 나를 바라보다 요리나 해야겠다고 했다. 나는 사베리오의 서재 밖으로 나서는 살리의 뒷모습을 바라보았다. 어깨가 살짝 굽어서 실제보다 키가 더 작아 보였다. 순간 내일 살리가 오지 않는다는 사실이 퍼뜩 머릿속을 스쳐 지나갔다. 온종일 아이와 단둘이 시간을 보내야 한다.

나는 그녀를 향해 다급히 외쳤다.

"그러지 말고 내일도 일하러 오세요. 내가 하루치 일당을 따로 챙겨드릴 테니 와서 청소 같은 건 하지 말고 아침 아홉 시부터 저녁 여덟 시까지 아이만 좀 돌봐줘요."

"내일은 할 일이 있어요. 제 미래가 달린 아주 중요한 날이라고요."

살리는 뒤도 돌아보지 않고 대꾸했다.

고약한 여편네 같으니라고. 미래라니. 그 나이에 무슨 미래란 말인가.

나는 거실로 발걸음을 돌렸다.

2

거실에 가니 마리오가 의자를 내 곁으로 최대한 가깝게 밀고 있었다.

"할아버지 컴퓨터를 만져봐도 돼요?"

마리오가 물었다.

"꿈도 꾸지 말아라."

하지만 막상 자리를 잡고 나서도 바로 작업을 시작하지 못했다. 휴대폰을 꺼내 출판사 사장에게 '산소가 부족하다느니, 생기가 없다느니 하는 헛소리는 집어치우고 솔직하게 뭐가 문젠지 말해봐! 그렇지 않으면 작업이고 뭐고 그만둘 테니까. 그깟 푼돈 안 받으면 그만이야! 나도 시간 낭비할 생각은 없어!'라고 외치고 싶었지만, 참았다. 노년에 대한 불안감이 다시 떠올랐기 때문이다.

내겐 일이 필요했다. 금전적인 이유 때문만은 아니었다. 그동안 저축해놓은 돈과 밀라노 집 덕분에 넉넉한 삶을 누릴 수 있었다. 하지만 더는 마감에 쫓길 일이 없다는 생각만으로도 마음이 불안해졌다. 최소 지난 오십 년간의 나의 삶은 마감과 마감의 연속이었다. 나는 마감을 지켜야 한다는 중압감과 연이은 작업에 만족할 만한 성과를 내지 못할지도 모른다는 불안감, 작업을 성공적으로 마쳤다는 성취감 사이를 그네처럼 오르내리며 살아왔다.

그런데 솔직히 이제는 그네가 없어지는 상상만 해도 괴로웠다. 그렇다. 아직은 주변 지인들, 베타, 사위에게 헨리 제임스 소설 삽화 작업을 하고 있다고 말하는 편이 나았다. 무엇보다 나 스스로 그렇게 생각하는 편이 나았다. 진도를 많이 나가지 못해, 최대한 빨리 작업을 끝내야 할지라도.

두 눈을 반짝이며 나를 응시하는 마리오 앞에서, 나는 이틀 밤 전에 다소 혼란한 상태에서 그린 스케치를 다시 살폈다.

처음에는 그저 마음을 추스르기 위해서였다. 나는 닫힌 거실문 사이로 흘러 들어오는 맛있는 음식 냄새를 즐기며 스케치를 훑어보았다. 이따금 곁눈질로 마리오를 살폈다. 마리오는 약속을 잘 지켰다. 의자 움직이는 소리는커녕, 숨소리조차

들리지 않았다. 마리오는 나와 함께 그림을 관찰했다. 누가 먼저 포기하는지 내기라도 하는 것 같았다.

어느 정도 시간이 지나자, 나는 마리오를 까맣게 잊고 말았다. 고향 집의 과거 모습을 떠올리며 그린 스케치를 소설에 나오는 뉴욕 저택의 배경으로 써야겠다는 생각이 떠올랐기 때문이다. 그렇게 마음을 먹으니 힘이 났다. 바다 너머 미국의 19세기 저택과 20세기 중반 나폴리의 고향 집이라는 두 공간을 충돌시키는 것은 좋은 출발점이었다. 훌륭한 아이디어였다. 스케치가 가득한 종이가 어지럽게 흐트러져 있었는데, 나는 그중에서 유용해 보이는 것만 골라서 연필로 표시하기 시작했다. 순간 머릿속이 밝아지면서 모든 것이 명확해졌다. 이미지들이 또렷하게 머릿속에 떠올랐다.

바로 그 순간 마리오가 가녀린 목소리로 나를 불렀다. 조용히 하기로 약속하지 않았냐고 퉁명스레 쏘아붙였지만, 마리오는 또다시 조그맣게 나를 불렀다.

"할아버지."

"우리 어떻게 하기로 했지?"

"아무 말도 하지 않고 가만히 있기로요."

"그렇지?"

"딱 하나만 말할게요."

"딱 하나만이다. 말해보렴."

마리오는 내가 살펴보고 있던 백지 오른편 구석에 있는 사인펜 자국을 가리켜 보였다.

"여기 할아버지가 있네요."

그림을 살펴보니 무심히 그린 낙서에 불과했다.

칼을 든 젊은이처럼 보이기도 했고, 촛불을 든 소년처럼 보이기도 했다. 하지만 그 형상이 매우 모호해서 종이 모퉁이에 어쩌다 그려진 그림 같았다.

내가 언제 저런 그림을 그렸지? 그저께 밤? 방금? 비틀린 선은 빠른 손동작의 흔적이었다. 제대로 모습을 드러낼 틈도 없이 사라져버리는 불씨 같았다. 하지만 나는 그 그림이 싫지 않았다. 소년 시절 그림체를 연상시켰기 때문이다. 내가 과거 부모님을 비롯한 형제들과 함께 그곳에서 살던 시절에 그렸던 그림에서 무엇인가를 취했다는 사실에 의외로 나는 조금 감동했다. 나는 그 그림이 마음에 든다고, 활용해야겠다고 생각했다.

나는 마리오에게 물었다.

"이 그림이 마음에 드니?"

"별로요. 조금 무서워요."

"할아버지를 그린 것이 아니야. 그냥 낙서란다."

"할아버지 맞아요. 제가 보여드릴게요."

마리오는 단호하게 의자에서 뛰어내렸다.

"어디 가니?"

"앨범 가지러요. 그림을 가지고 따라오세요."

마리오는 절대로 헤어지지 않겠다는 듯 내 손을 꼭 잡고 내가 일어날 때까지 기다렸다. 거실문을 열자 찬 공기가 밀려들었다. 살리가 환기를 하고, 젖은 바닥을 말리기 위해 창문이란 창문은 다 열어놓는 바람에 온 집 안에 냉기가 흘렀다. 게다가 이중창을 열자 도로로부터 자동차 소리가 적나라하게 들려왔다.

마리오와 나는 베타의 서재로 갔다. 그곳 역시 창문이 활짝 열려 있었다. 멀리 사람들의 외침이 쾅쾅대는 소리에 파묻혔다. 빨랫방망이로 카펫을 칠 때 나는 둔탁한 소리였다. 마리오가 문이 여러 개 달린 장식장까지 의자를 끌고 가려는 것을 겨우 말렸다.

"앨범이 어딨니? 내가 꺼내주마."

하지만 소용없었다. 마리오는 의자에 기어오르는 것을 좋아하는 것 같았다. 아이는 장식장 문을 열쇠로 열고 진초록 커버의 오래된 사진 앨범을 꺼내 내게 내밀었다.

"문을 닫으렴."

내 말에 마리오는 문을 다시 닫았다.

"열쇠로 잠가야지."

그러자 마리오는 익숙하게 열쇠를 돌렸다.

"이제 보니 너 꼭 난쟁이 같구나."

내가 말했다.

"아녜요."

"아니야. 넌 난쟁이야."

"그렇지 않아요. 나는 난쟁이가 아니라 어린이예요."

마리오가 속상해했다.

"그래, 미안하다. 너는 어린이지. 할아버지가 바보 같아서 바보 같은 말을 바보처럼 했으니 신경 쓰지 말렴."

나는 의자에서 뛰어내리라고 마리오를 향해 손을 내밀었다. 내 손을 뿌리치고 혼자 뛰어내리려는 아이를 겨우 제지했다. 땅에 내려오자 마리오는 짧은 환호성을 지른 뒤 내게 물었다.

"제가 일곱 난쟁이라는 말인가요?"

"그래."

그러고는 칭찬으로 한 말이니 기분 나빠 하지 말라고 했다. 네가 어른스럽고 똑똑하다는 뜻이라고 했다.

그런 다음 앨범을 책상에 올려놓고 내게 무슨 사진을 보여 주고 싶은지 물었다. 눈에 익은 앨범이었다. 어머니 대부터 찍은 가족사진을 정리해놓은 앨범이었다. 어머니가 내 아내 에게 물려주고, 아내가 죽은 다음에는 베타가 물려받은 앨범 이었다.

마리오는 익숙하게 사진첩을 넘겨 어머니와 형제들과 찍 힌 내 사진을 보여주었다. 기억에 없는 사진이었다. 사춘기 시절에는 모든 것을 강요에 의해 억지로 했다는 고정 관념에 사로잡혀 있어서 그 시절에 찍은 사진까지 꺼내 보고 싶지 않 았다. 분명 아버지가 찍어준 사진일 것이다. 아버지는 사진기 뒤에서 우리를 바라보고 있었고, 우리는 아버지를 바라보고 있었다. 나를 제외한 모든 가족은 미소를 짓고 있었다. 몇 살 쯤 되었을 때일까? 열두 살? 열세 살?

길쭉하고 촌스러워 보이는 얼굴도 밉상이었다. 긴 세월이 지났는데도 사진은 보존 상태가 좋았지만, 내가 찍힌 부분만 은 그렇지 않았다. 어쩌면 원래부터 그랬던 것일 수도 있다.

인화를 잘못해서 내 모습만 손상된 것일 수도 있다. 삐쩍 마른 몸도, 얼굴도 제대로 형상이 구분되는 부분이 하나도 없었다. 입도, 코도 없고 눈은 아치 모양의 짙은 눈썹 그늘 밑에 숨어 있었다. 머리도 달걀흰자 같은 구름 속에 녹아든 것처럼 좀처럼 구분이 되지 않았다.

카메라가 포착해낸 그 짧은 순간, 내가 사진에서 읽어낸 건 오직 아버지를 향한 증오뿐이었다. 나는 아버지를 반감에 가득 찬 텅 빈 시선으로 바라보고 있었다. 나는 아버지의 도박벽과 그로 인한 빈곤을 증오했다. 판돈이 떨어지면 아버지는 가슴속 울분을 어머니와 자식들에게 분출하곤 했다. 사진 속에는 그런 아버지를 향한 나의 반감이 적나라하게 드러나 있었고, 나는 그로 인해 혐오감을 느꼈다.

"사진이랑 똑같죠?"

마리오가 말했다.

"아닌데?"

그러자 마리오는 내 그림을 사진 옆에 놓았다.

"거짓말 마세요. 할아버지 맞잖아요."

"나는 이렇게 안 생겼어. 사진이 잘못 나와서 그래."

"하지만 이 사진과 똑같은 그림을 그렸잖아요. 이것 좀 보세요. 할아버지 정말 못생겼어요."

순간 소름이 돋았다.

"그래, 네 말이 옳다. 하지만 굳이 할아버지에게 그런 말을 하다니 너도 참 심술궂구나."

"아빠는 언제나 사실대로 말해야 한다고 했어요."

나는 사베리오가 사진을 보면서 아이에게 내가 못생겼다 했나 보다고 생각했다. 아니 어쩌면 사위는 평소 장인이 못생겼다고 말하고 다니는지도 모른다. 자연에서 떨어져 나온 하찮은 조각 같은 인간들의 육체 간에 호감이 형성되려면, 어느 정도 친밀함을 느껴야 하는데, 나와 사위는 좀처럼 그런 감정을 느낄 수 없었다. 또다시 누군가의 외침이 들려왔다. 방망이 같은 걸로 카펫을 치는 소리도 아까보다 커졌다. 앞 건물을 살펴봤지만 고함 치는 사람도, 카펫 터는 사람도 보이지 않았다.

"못난 할아버지는 귀도 약간 먹었단다. 너는 누가 외치는 소리가 들리니?"

내가 묻자 아이는 앨범을 덮으면서 말했다.

"네, 살리 아주머니예요."

"살리 아주머니? 왜 말해주지 않았니?"

"할아버지를 방해하지 않으려고요."

나는 오른쪽 귓불을 아래로 잡아당겼다. 그래야 소리가 더 잘 들릴 것 같았다. 고함은 바깥에서 나는 것이 아니라 나와 마리오가 쓰는 침실에서 들려왔다. 대체 무슨 일인지 보러 침실로 향하자, 마리오는 자기는 이미 무슨 일인지 알고 있다는 듯한 표정으로 내 뒤를 따랐다.

방에 가 보니 살리는 발코니에 있는데 유리문은 닫혀 있었다. 그녀는 이중 유리로 된 문을 손바닥으로 있는 힘껏 내려치고 있었다. 하지만 유리문을 치는 소리와 "할아버지! 마리우초!"라는 그녀의 외침은, 이중 유리 때문에 힘없이 사그라졌다. 베타의 당부가 퍼뜩 떠올랐다.

"발코니 유리문은 고장 났어요(발코니 문은 하얀 페인트칠을 한 외짝 문이었다)."

순간 짜증이 밀려들었다.

출판사 사장에, 마리오에, 살리까지… 도무지 집중을 할 수가 없군. 나와 마리오를 돌봐주라고 채용한 여자가 정신머리 없이 오히려 내 시간을 허비하게 만들다니.

살리는 온 집 안 창문이란 창문은 다 열어젖히고, 발코니로 나간 것이다. 바람에 문이 닫힐 수도 있다는 생각조차 하지 못하고 말이다. 그녀는 간절한 표정으로 도와달라고 외치고 있었다.

"우리가 왔으니, 유리창 좀 그만 두드려요!"

"삼십 분 동안이나 이러고 있었어요."

"삼십 분은 무슨. 과장하지 맙시다."

"제가 부르는 소리 못 들었나요?"

"내가 가는 귀가 조금 먹었소."

"문 여는 방법은 알아요?"

"아니요."

"사위분이 안 가르쳐주셨나요?"

"그렇소."

살리는 낙담한 표정으로 다시 유리를 내려치기 시작했다. 순간 우리는 묘한 동질감을 느꼈다. 둘 다 상대방을 탓하느라 시간을 허비하고 있다는 생각에 짜증이 날 대로 나 있었다. 그렇게 생각하니 갑자기 그녀가 친근하게 느껴졌다. 내 신경을 긁은 쪽은 오히려 마리오였다. 녀석은 뭐든 놀이로 받아들였다.

"제가 할 줄 알아요, 할아버지. 문을 어떻게 여는지 저는 알아요."

나는 마리오를 무시하고 살리에게 물었다.

"밖에서는 문을 못 여나요?"

"열 수 있으면 선생님을 왜 불렀겠어요. 밖에는 손잡이가 아예 없어요."

"어떻게 그럴 수가 있죠?"

"그걸 제가 어떻게 알겠어요. 사위분이 그런 문을 사온 걸요. 대신 안에서는 문을 쉽게 열 수 있어요. 손잡이를 위로 세게 끌어 올렸다가, 다시 누르면 열릴 거예요."

그때 마리오가 끼어들었다.

"아시겠어요, 할아버지? 이렇게 당겼다가 저쪽으로 돌리면 돼요."

나도 모르게 마리오의 손동작을 따라 했다.

"맞아요!"

마리오가 칭찬해주었다.

"의자를 가져와서 도와드릴까요?"

"혼자 할 수 있다."

배운 대로 했지만, 문은 열리지 않았다.

"더 세게 해야 해요. 아빠처럼 세게요!"

"네 아빠는 젊지만 할아버지는 늙었잖니."

다시 한번 힘껏 손잡이를 위로 잡아당겼다가 아래로 내렸지만, 결과는 마찬가지였다.

"온종일 이러고 있을 수는 없어요."

살리가 불안해하기 시작했다.

"다른 집에도 가야 한단 말이에요. 소방관을 불러주세요."

"소방관은 무슨."

마리오가 나를 계속 잡아당겼지만, 나는 신경 쓰지 않았다. 그러자 내 관심을 끌기 위해 마리오는 내 한쪽 다리를 주먹으로 때리기 시작했다.

"할아버지, 좋은 생각이 있어요."

"좋은 생각일랑 너 혼자 간직하고 할아버지는 고민 좀 하게 내버려 두렴."

마리오가 계속해서 내 다리를 주먹으로 때리는 바람에 결국 나는 한숨을 내쉬며 말했다.

"어디 한번 이야기해봐라."

"살리 아주머니에게 양동이를 내려서 허공을 퍼올리라고 하세요. 허공을 다 퍼올리면 난간을 넘어서 나가면 돼요."

살리가 절망적인 목소리로 외쳤다.

"다음 집에 일하러 안 가면 해고당할 거예요. 부탁이니 어떻게 좀 해봐요. 문이 안 열리면 스크루드라이버로 열어봐요."

"맞아요. 아빠도 가끔 스크루드라이버로 문을 열어요."

마리오가 맞장구쳤다.

"제가 도와드릴게요. 스크루드라이버를 가지고 올까요?"

"지금은 네가 입을 다물어주는 게 더 도움이 될 것 같다."

불안해서 도무지 집중할 수 없었다. 스크루드라이버니 겸
자니 렌치 따위를 마지막으로 손에 잡아본 것이 언제였던가.
종이 귀퉁이에 그린 스케치와 함께 스케치가 사진 속 내 사춘
기 시절 모습과 닮았다고 우기던 (아니 그 사실을 내게 증명하
려던) 마리오의 목소리가 생각났다.

당시 나는 힘든 시기를 보내고 있었다. 학교도 제대로 나가
지 않고, 라틴어 수업도 따라가기 힘들었다. 아버지는 나를 집
에서 얼마 떨어지지 않은 곳에 있는 공장에 보냈다. 지금은 이
미 없어진 곳이었다. 그 후 몇 달 동안 나의 손과 머리는 전혀
다른 경험을 했다. 낙서처럼 보이는 스케치는 아마도 그때 경
험과 관련이 있는 것 같다. 그런 식의 스케치를 더 그려야겠다
고 나는 생각했다. 순간 나는 그림을 그릴 준비가 되었음을 느
꼈다.

그 짧은 순간, 내 머리는 체념하지 않고 살리를 구해낼 방

법 대신, 수많은 이미지를 떠오르게 만들어 나를 꼼짝 못 하게 했다. 이미지들이 내 눈앞에서 나타났다 사라져갔다. 낙서처럼 보이는 소년 시절 나의 모습도 보였다. 젊은 나는 손잡이를 제대로 돌릴 줄 알고, 스크루드라이버도 능숙하게 쓸 줄 알았다. 능력 있는 나의 형상을 종이에서 연필을 한 번도 떼지 않고 그려낼 수 있을 것 같았다. 울퉁불퉁하고 기름 범벅인 손부터 시작해서 강인한 팔과 곧게 뻗은 목을 따라 보기 싫게 인상을 찌푸린 얼굴까지 한 획에 그려낼 수 있을 것 같았다.

사춘기 시절 나의 수많은 모습이 떠올랐다. 머릿속이 열두 살부터 스무 살이 되어 집 떠날 능력을 갖추기까지 변화의 과정을 닮은 나의 자아들로 인산인해를 이루었다. 지금은 어떡하든 오십 년 이상의 경력을 훌쩍 뛰어넘어 맨 처음 도전적으로 그림을 그리던 시절로 되돌아가고 싶었다. 그러면 지금의 격렬하고 열정적인 작업을 뒤로 하고 절대적인 무無 아래로, 모든 것을 보존하는 얼음 구멍 아래로 가라앉을 수 있을 것 같았다.

나는 손잡이를 잡고 분노 정도가 아니라 광분을 손에 실어 위로 올렸다가 아래로 내렸다. 순간 '찰칵' 하는 소리가 나면서 손잡이를 당기자 문이 열렸다.

"드디어."

살리는 투덜대며 집 안으로 들어와 거의 고함치다시피 외쳤다.

"그만 가봐야 해요. 이미 늦었다고요."

살리는 마리오에게 시선을 고정하고 그날과 다음 날 점심 저녁에 무엇을 먹어야 하는지 설명해주었다. 나를 못 믿는 것이 분명했다. 그런 다음 창고에 들어가더니 우아한 중년 부인으로 변신해서 바람과 같이 사라져버렸다.

나는 침대 가장자리에 걸터앉았다. 마리오는 기다렸다는 듯이 신발을 벗고 침대 위로 기어올라 기쁨의 탄성을 내지르며 펄쩍펄쩍 뛰었다. 덕분에 살리가 정돈해놓은 침대가 엉망이 되고 말았다.

"할아버지도 같이 뛸래요?"

마리오가 물었다.

유리문은 여전히 활짝 열려 있었다. 유리문 너머로 발코니가 새파란 하늘을 향해 뻗어나 있었다. 발코니 타일 사이로 드러난 고르지 못한 까만 흙 틈으로 누런 잡초가 자라고 있었다.

나는 마리오에게 말했다.

"허공은 양동이에 담을 수 있는 것이 아니란다. 방금 말한 놀이는 절대로 하면 안 돼. 허공은 없어지는 것이 아니어서, 난간을 넘어서 뛰어내리면 죽는 거야. 네 아빠가 이런 건 안 가르쳐줬니? 할아버지가 못생겼다는 말만 했나 보지?"

말을 마친 후 나도 신발을 벗고 침대 위로 올라갔다. 우리는 손을 잡고 얼마 동안 침대에서 뛰었다. 가슴속에서 심장이 살아 있는 고깃덩어리로 만든 거대한 공처럼 위까지 쑥 내려갔다가 목까지 튀어 오르는 것이 느껴졌다.

3

마리오는 이제야말로 본격적인 놀이 시간이라고 생각하는 것 같았지만, 나는 잠시 아이 기분을 맞춰준 뒤 바로 일을 시작할 생각이었다. 우리는 살리가 준비해놓은 음식을 먹었다. 정말 맛이 있었다. 음식을 먹으면서도 나는 머릿속에 떠올랐던 이미지들을 붙잡으려 했다. 한 손으로는 음식을 먹으면서, 다른 한 손으로는 빠른 속도로 작고 정교한 형상들을 그렸다. 하지만 제대로 된 그림이 나오지 않았다. 나는 그 모든 것이 마리오 때문이라고 생각했다. 아이는 도무지 포기하지 않고 점심을 먹은 뒤에 이런저런 놀이를 하고 싶다고 쉴 새 없이 재잘거렸다. 그 애 기준에는 다 재미있는 놀이였다. 결국, 나는 두 손 두 발 다 들고 말았다.

"식탁을 정리한 다음에 재미있는 놀이를 하자. 대신 잠깐만이다. 할아버지는 할 일이 있거든."

나는 마리오의 지시대로 식탁을 치웠다. 그 애는 끊임없이 잔소리를 해댔다. 모든 것을 제자리에 놔둬야 한다고 했다. 어차피 나중에 살리가 와서 다시 정리할 거라고 말해봤자 소용없었다. 처음에는 부모님 말씀을 잘 들어야 한다는 생각에 깐깐하게 군다고 생각했는데, 알고 보니 그런 것이 아니었다. 칭찬받고 싶어서였다. 마리오는 칭찬을 좋아하는데, 정리 정돈을 잘하면 자기 엄마 아빠가 좋아하는 척해주니까 나도 당연히 그럴 거라고 생각했던 거다.

"소금 통을 어디에 두든 뭐가 중요하단 말이냐. 짜증나게 하지 말고 그냥 거기에 두렴."

마리오는 내 말에 입을 꾹 다물고 당황한 눈빛으로 나를 바라봤다. 정리하는 데 시간을 보낼수록 놀 시간이 짧아진다고 하니, 그제야 아는 체하기를 그만두고 대충 약식으로 한 정리에 합격점을 주고 내게 물었다.

"그만 갈까요?"

나는 마리오 때문에 억지로 사다리 오르내리기 놀이와 말타기를 해야 했다. 사다리 오르내리기를 하는 내내 하품이 나왔다. 그 놀이란 것은 결국 창고에서 발판 사다리를 꺼내 안전하게 잘 편 뒤, 사다리 끝까지 올라갔다가 다시 내려오는 일이었다. 처음에는 마리오가 발판을 디딜 때마다 떨어지지 않게 등을 잡아주었다. 그런데 마리오는 뒤에 서 있을 필요가 없다면서 내게 신경질을 냈다. 아이가 공손하지만 고집스레 반대하는 통에 사다리 아래서 아이의 팔이라도 잡아주려 했지만 마리오는 그마저도 거부했다.

"혼자서 올라갈 수 있으니 잡아주지 마세요."

"그러다 떨어지면?"

"안 떨어져요."

"떨어지면 바닥에서 울게 내버려 둘 테다."

"괜찮아요."

"딱 세 번만 올라갔다 내려오는 거다."

"아니요. 삼십 번이요."

"삼십 번이 몇 번인데?"

"많이요."

마리오가 지칠 줄 모르고 사다리를 오르락내리락하는 모습을 보고 있자니 내가 대신 힘이 빠질 지경이었다. 나는 사다리 옆에 의자를 가져다 놓고 자리를 잡았다. 마리오가 조금만 균형을 잃어도 바로 달려갈 수 있게 아이를 계속 살폈다. 그 자그마한 몸에서 어떻게 그런 힘이 나는 건지. 아이의 살결, 피부밑, 살, 뼈, 핏속에서는 무슨 일이 벌어지고 있는 걸까. 호흡, 영양 섭취, 산소, 물, 전자기 폭풍, 단백질, 배설. 어쩜 저렇게 입술을 야무지게 다물고 있을까. 위를 바라보면서 그 짧은 다리로 발판과 발판 사이의 간격을 가뿐히 메우며 사다리를 오르기 위해 애쓰는 모습이라니. 아이는 위로 올라가는 내내 두 손으로 금속 기둥을 꼭 잡고 있었다.

내려가는 모습은 또 어떤가. 아이는 한쪽 발로 아래 발판을 밟는 순간 다른 발을 위 발판에서 뗐다. 순간 살짝 균형을 잃는 듯했지만, 그런 식으로 신중하면서도 과감하게 끝까지 사다리 아래로 내려갔다. 마리오는 확고함에 가득 찬 작은 존재였다. 위아래를 바라보는 눈빛에는 위험에 대한 두려움과 설렘이 담겨 있었다. 아이는 다음 놀이를 시작하자고 한 다음에야 겨우 동작을 멈췄다.

다음은 말타기였다. 나는 네 발로 엎드려 힝힝거리고, 말소리를 내야 했다. 마리오는 내 몸을 타고 올라가 다리를 벌리고 등에 타더니 스웨터를 잡고 목에 힘을 잔뜩 준 채 명령을 내리기 시작했다.

"이랴! 걸어라! 달려라!"

내 행동이 굼뜨면 발꿈치로 갈비뼈를 차면서 말했다.

"뛰어! 내 말 안 들려? 귀가 먹었어?"

사실이었다. 나는 귀머거리였다. 게다가 마리오가 상상조차 할 수 없을 정도로 지치고 피곤했다. 입만 살아 있는 그 버르장머리 없는 녀석은 내가 진짜 말이라고 생각하는지 나를 할아버지 대신 '퓨리'라고 부르기 시작했다. 사베리오가 가르쳐준 이름이었다. 하지만 정말 퓨리처럼 맹렬한 것은 마리오였다. 마리오는 머리끝에서 발끝까지 통제할 수 없는 에너지로 가득했다. 팽창하는 생명력의 결정체였다. 녀석은 나의 고장 난 육체에 난 낭종 같았다.

그에 비해 나는 움직일 때마다 손목, 허벅지, 갈비뼈가 쑤셨다. 그런데도 집 한 바퀴는 돌아주어야 한다는 의무감에 아이를 등에 태우고 복도, 부엌, 베타의 서재, 거실, 현관, 사베리오의 서재를 거쳐 다시 우리 방으로 돌아왔다. 발코니 유리문을 열어놔서 방 안에 냉기가 맴도는데도 나는 몸이 펄펄 끓었다. 용암처럼 뜨거운 피가 몸의 가장자리로부터 혈관을 타고 올라 심장을 불태웠다. 온몸에서 땀방울이 뚝뚝 떨어졌다. 밤에 잘 때보다 땀이 더 많이 났다.

마리오의 몸속에서 일어나는 은밀한 물리적·화학적 반응이 은근한 폭력성을 띠고 있는 데 비해, 내 몸에서 일어나는 반응은 서글프고, 안쓰러울 정도로 우울했다. 내 몸의 방정식과 수식은 갈수록 남용되고, 해답을 찾기 힘이 들었다. 공부할 마음이 없는 학생이 풀다 만 문제처럼 말이다.

나는 마리오가 또 "이랴!"를 외치기 전에 아이의 팔을 잡아 끌어내렸다.

"이제 말이 지쳤단다."

나는 숨을 헐떡이며 말했다.

"아녜요."

"맞다니까. 너무 지쳤어."

나는 아이를 바닥에 내려놓고 차가운 타일 바닥에 드러누웠다.

"숨 좀 돌리자."

"저는 숨 안 돌려도 되니까 한 바퀴 더 돌아요."

"꿈도 꾸지 마라."

"아빠는 다섯 바퀴를 돌아주는데."

"할애비는 한 바퀴 이상 못 도니까 그만 포기하렴."

"제발요."

"이제 일해야 해."

"그럼 저는요?"

"여기서 인형 놀이나 하려무나."

"할아버지 일하는 데 인형을 가지고 가면 안 되나요?"

"정신이 산만해서 안 된다."

"할아버지 나빠요."

"그래. 이 할애비는 몹시 나쁘단다."

"엄마한테 이를 거예요."

"엄마는 이미 알고 있어."

"그럼 아빠한테 이를래요."

"맘대로 하렴."

"그럼 아빠가 할아버지를 때릴 텐데요?"

"내가 아빠한테 '에비!' 하면 네 아빠는 바지에 똥을 쌀 게다."

"또 해봐요."

"에비!"

"그거 말고요."

"바지에 똥 싼다고?"

마리오는 웃음을 터뜨렸다.

"또 해줘요."

"바지에 똥을 쌀 게다."

마리오는 정신없이 웃음보를 터뜨렸다.

나는 몸을 일으켜 바닥에 앉았다가 침대 가장자리를 붙잡고 일어났다. 등과 가슴에 흘렀던 땀이 차갑게 말라붙어 이제는 추웠다. 발코니 문부터 닫아야 했다.

"한 번 더요, 할아버지."

마리오가 나를 올려다보며 말했다.

"뭘?"

"바지에 똥 쌀 게다."

"그런 말은 하는 게 아니야."

"할아버지가 말했잖아요."

"내가 바지에 똥 싼다고 했니?"

마리오는 "네! 네! 네!"라고 외치며 다시 웃음보를 터뜨렸다. 자그마한 이빨을 활짝 드러내며 크게 벌린 입에서 새어 나오는 즐거움에 겨운 까르르 소리에서 느껴지는 폭력성에 마음이 불편해졌다. 한편으로 아이의 표정과 웃음에서 느껴지는 통제 불가능한 즐거움이 부럽기도 했다.

저렇게 웃었던 적이 있었던가? 기억이 나지 않았다. 하찮으면서 본질적인 행위를 두고 웃음보를 터트리는 아이의 모습이 내게 강렬한 인상을 남겼다. 마리오는 아버지의 육체에 결부된 상스러운 단어 때문에 웃고 있었다. 그 웃음에는 일말의 불안감도 느껴지지 않았다. 적어도 내가 느끼기에는 그랬다. 나는 방 안을 맴돌며 벽에 붙여놓은 아이의 그림을 보았다. 작은 사람들과 푸른 잔디와 알 수 없는 낙서가 있는 그림이었다.

"그림이 마음에 드세요?"

마리오가 물었다.

"색상이 너무 밝구나."

나는 살리가 선반에 가지런히 정돈해놓은 인형을 하나씩 바닥에 떨어뜨렸다. 그런 다음 장난감이 가득 든 상자를 들어 올려 마리오 앞에 폭포처럼 쏟아부었다. 마리오는 입을 떡 벌리고 그 광경을 바라보았다. 장난감들이 춤추듯 아이 주변 바닥으로 떨어졌다.

나는 손을 흔들며 말했다.

"그럼 재밌게 놀아라."

마리오는 멍한 표정으로 나를 바라보았다. 얼굴이 벌겋게 달아올랐다.

"혼자 노는 건 재미없어요."

마리오가 화가 나서 말했다.

"할아버지는 혼자서 노는 게 재밌는걸? 방해하면 혼날 줄 알아."

4

하지만 실제로는 하나도 재미가 없었다. 아이와 놀아주다 보니 기력만 쇠한 것이 아니라 급히 붙잡아야 할 것 같았던 이미지들이 내뿜던 기운마저 사라져버렸다. 이미지들을 어중간하게 보는 바람에 그새 쉽게 접근할 수 있는 존재가 되어, 묘사 불가능한 대상으로서의 매력을 잃어버렸다. 이제 그 이미지들은 치유 혹은 죽음을 기다리는 병든 짐승들처럼 눈먼 침묵 속에 웅크리고 있었다. 그러다 보니 이들을 끝까지 뒤쫓아 무로부터 끌어내 마리오가 찾아낸 그림과 같은 날렵

한 선으로 표현해야겠다는 생각이 점점 희미해졌다. 나는 손에 감각이 돌아오기를 바라며, 짜증스레 선만 그어댔다.

상상력의 눈에 베일이 드리운 것만 같았다. 현재 나의 늙은 몸뚱어리는 사춘기 시절 유산된 나의 육체들과 너무나 멀어져버렸다. 순간 그 육체들이 섬광처럼 나타났다가 귀가 먹먹한 굉음과 함께 내 안에서 산산조각이 났다. 하지만 그것들이야말로 내게 필요한 유령들이었다. 적의에 가득 찬 위험한 유령들. 종이 구석에 무의식적으로 그린 낙서는 그들의 미래의 모습이었다.

그 형상은 칼을 움켜쥐고 있었다. 그 칼을 꼭 사용해야겠다는 열망과 함께. 무례한 행인의 몸, 내 아버지의 목, 나를 떠나려는 메나의 단단한 가슴, 그녀를 내게서 앗아간 잘생긴 청년의 명치에 칼날을 꽂으려는 집념을 가지고 말이다. 열두 살에서 열여섯 살 사이 나는 틈만 나면 기회를 엿보았다. 머리가 깨질 것 같은 피의 갈망을 해소할 돌파구를 찾고 싶었다. 당시 단 한 번이라도 그 칼을 사용했더라면, 단지 위협을 가하기 위해서라도 그 칼을 한 번 사용했더라면, 나는 드디어 라비나이오가나 카르미네가나 두케스카가 같은 험한 동네에 더 적합한 사람으로 거듭날 수 있었을 것이다.

사춘기 시절 불안정한 육체적 변화로 인한 환상이 아니었다. 당시 나의 환상은 전혀 다른 것이었다. 나는 예술가가 되고 싶었다. 온 집안을 통틀어 예술의 '예'자도 아는 사람이 없었는데 말이다. 아버지도, 할아버지도, 조상 중 누구도 그 의미를 아는 사람이 없었다. 카모라*가 되어 범죄를 저지르고 감옥에 가고, 맨손으로 사람을 죽일 수 있다는 힘을 느끼고 결국은 살인을 하는 것이 더 현실적이었다. 그런 삶이야말로 늦은 밤까지 배회하던 거리와 어울렸다. 불법 거래가 성행하고 창녀와 포주가 득실대는 거리 말이다. 그런 곳에서는 연필, 크레파스, 물감, 페인트가 아무런 의미가 없었다. 그런 나약한 것은 그 동네와 어울리지 않았다. 사춘기 시절 내 손은 다른 일을 해야 할 운명이었다.

아버지가 나를 공장에 보낸 것은 악의적인 의도가 있어서가 아니었다. 그 불쌍한 양반은 그저 당신과 당신 아들에게 현실을 가르치고자 한 것뿐이다. 복잡하게 뒤엉킨 가계도에 의하면 우리 집안 남자들은 대대로 기계공의 길을 걸었다. 정비공이 아니라면 내 아버지처럼 전기 기사가 되거나 할아버

* 나폴리 마피아.

지처럼 선반공이 됐을 수도 있다. 그것이 나의 잠재적 미래이자, 실현 가능한 미래였다. 조립하고, 분해하고, 나사를 돌리고, 나사를 푸는 일. 시꺼멓게 때가 낀 손톱과 두꺼운 손끝과 굳은살이 밴 커다란 손바닥. 어쩌면 항구나 청과물 시장에서 뼈 빠지게 짐을 나르는 짐꾼이 됐을 수도 있다. 아니면 상점 점원이나, 식당 웨이터로 일하다 자그마한 가게를 내거나, 평생 철도원으로 일했을 수도 있다. 그렇지 않으면 임기응변과 허풍에 능하고 먹고살기 위해 사기를 치면서 여자나 쫓아다니면서 살아갈 수도 있었다.

한 여자에게 정착하지 못하고, 이 여자 저 여자를 건드리고, 애무하고, 이용할 수도 있었다. 여자가 입 다물고 복종하지 않으면 손찌검을 하면서 말이다. 과거 동네 친구들은 실제로 그렇게 살았다. 우리가 자라난 환경에서는 흔히 있는 일이었다. 아니면 여자라는 깊은 심연 대신 모멸감을 주겠다는 명분으로 혹은 그저 익숙한 작용과 반작용이 편하다는 이유로, 그것도 아니면 혼란한 충동과 불안정한 육체적 욕망에 사로잡혀 남자의 몸을 파고들 수도 있었다. 그렇게 사내와 계집, 계집과 사내 사이를 아무 이유 없이 오가며 아무 데나 여기저기 씨를 뿌리고 다닐 수도 있었다.

당시 나는 내가 속한 환경이 제시하는 수많은 폭력의 길을 걷지 않으려고 안간힘을 썼다. 그 길들은 '뱃가죽을 갈라버릴 테다' '아작을 내버릴 테다' '주둥이를 찢어버릴 테다' 따위의 어린 시절부터 귀에 익은 상스러운 나폴리 사투리 욕설이 가리키는 길이었다.

내 안에는 수많은 인격이 대기 중이었다. 그중 몇몇은 난폭하고, 몇몇은 비참했다. 예컨대 자기 일 외에는 아무것도 상관하지 않는 인격이 나를 지배할 때면, 나는 될 대로 되라는 듯한 표정으로 그저 모든 것을 묵인하는 거만한 태도를 취했다. 이 부분에 대해 나는 나름의 철학을 가지고 있었다. 타인의 기분을 상하게 하거나, 충돌하지 않기 위해 침묵하는 것이다. 오직 동의나 호감을 나타내고, 남을 칭찬할 때만 입을 여는 것이다. 단 한 명의 적도 만들지 않고 모두의 친구가 되기 위해서 말이다. 하지만 이는 결국 그 누구의 친구도 아님을 의미했다.

그런 식으로 해가 없는 존재인 척하여 겉으로는 모두와 친하게 지내면서, 속으로는 모든 이를 경멸하고 몰래 해를 끼쳤다. 그렇게 내 안에는 다양한 인격으로 구성된 군중이 존재했다. 그러던 중 우연히, 순전히 우연히 연필과 붓을 잡게 된 것이다. 그림을 그리면서 나는 놀라운 기쁨을 맛보았다. 그때부터 나는 내 안의 수많은 유령을 제압해 주변부로 내몰기 위한 기나긴 전쟁을 시작했다. 나는 내 안에 있는 유령들의 속삭임 근저에 깔린 진실을 피하려고 이를 악물고 버텼다.

'대체 원하는 게 뭐야, 이 멍청한 놈. 입만 살아 있는 놈. 이 개 같은 놈은 자기가 우리보다 더 나은지 아나 보지? 너는 아무것도 아니야, 이 씨발놈아. 넌 내 발꿈치 때만도 못한 놈이야.'

그 시절에는 약간의 불확실성만으로도 치명적인 타격을 받았을 것이다. 성적이 좋지 않거나, 데뷔전에 관한 혹독한 평만으로도 모든 것을 포기했을 것이다. 작은 틈 사이로 불안·절망·불행이 파고들어 내 꿈을 아무것도 아닌 것으로 만들어버렸을 것이다. 나는 격조 있는 어휘를 구사하고 섬세한 감수성과 책임감을 갖추고 현명하게 선을 수호하며, 정상적인 성생활을 영위하는 사람이 되고 싶었다. 나의 이상, 유일한 인생 목표는 계속해서 작품을 완성하는 것이었다. 위대한 작품, 소규모 작품, 준수한 작품을. 내 관심사는 그뿐이었고, 실제 그런 삶을 살았다. 힘들어하면서도 틈을 하나씩 메꾸는 데 성공했다. 나는 살과 뼈가 되고, 나머지는 유령으로 남았다.

그런데 그 유령들이 사춘기 시절 커다란 거실에 머물고 있었다. 이제 베타, 사베리오, 마리오의 것이 되어버린 이 집에서 말이다. 사투리, 비뚤어진 행동과 욕망, 사소한 다툼에도 폭발할 일촉즉발의 악의를 가지고 말이다. 그들은 가장 실현 불가능한 인격을 택했다는 이유로 나를 용서하지 않았다. 그들에게서 그 인격을 지키기 위해 조금도 양보하지 않았다는 이유로 나를 용서하지 않았다. 나는 그들을 내쫓았지만, 한순간도 완전히 내쫓지는 못했다. 오직 나의 죽음만이 그들을 완전히 파괴할 수 있을 것이다. 그들이 갈망하고, 좋든 싫든 그들을 살아 있게 만든 *나의* 육체를 지움으로써.

아무리 나약해져도, 유령들은 포기하지 않고 다시 나타났다. 특히 칼을 든 소년이 그랬다. 하지만 나는 눈을 감고, 교양인다운 한 번의 손짓으로 이들을 밀어냈다. 그 몸짓은 엄격한 자기 수련의 결과물이었다. 나는 감정을 희석하고, 반응하지 않고, 사랑도 고통도 느끼지 않는 법을 익혔다. 떨리는 애정과 육욕의 부재를 이해하는 척하는 데 익숙해졌다.

내가 아다의 공책을 뒤진 건, 그녀가 죽은 지 한참 후에 일어난 일이었다. 아내는 모든 것이 내 잘못이라고 했다. 나와는 상관없이도 자신이 존재한다는 사실을 증명하기 위해 부정을 택했다고 했다. 오랫동안 나는 그녀가 아직 살아 있다고 상상했다. 뜬눈으로 그런 그녀의 목을 베어버리는 꿈을 꿨다.

그럴 때마다 나는 예의 바른 거부의 몸짓으로 그 상상에 맞섰고 결국에는 그런 아다의 유령을 내쫓았다. 나는 그녀를 이해하게 됐다고 생각했다. 그러자 그녀를 죽이는 상상 대신 그녀의 유령을 그녀가 살아 있을 때처럼 사랑하게 되었다. 어쩌면 그 유령들을 헨리 제임스 삽화에 사용할 수도 있을 것 같다. 하지만 그 전에 맹랑한 손자놈이 뭘 하고 있는지 확인해야겠다.

나는 애써 현실의 거실로 돌아왔다. 어느덧 오후의 햇살이 사라지고 있었다. 의자에서 일어나려는 순간, 힘찬 초인종 소리가 들렸다. 한쪽 다리에 쥐가 나서 심하게 저렸다. 신발을 신은 발에 감각이 거의 느껴지지 않을 정도였다. 누군가 아까보다 더 거칠게 초인종을 눌렀다. 나는 외쳤다.

"마리오! 네가 문 좀 열어줄래? 마리오오오! 부탁이다!"

마리오의 대답 대신 거친 세 번째 초인종 소리만 들렸다. 나는 다리를 절뚝거리며 거실을 지나 현관으로 갔다. 문을 열어보니 덩치가 산만 한 여자가 서 있었다. 짙은 푸른빛이 돌 정도로 새까맣게 염색한 머리에, 얼굴은 커다란 데 비해 눈은 자그마했다. 여자의 얼굴은 매우 창백했고 신경질적이었다. 어찌 된 영문인지 엘리베이터 문을 열어둔 채 마리오의 손을 잡고 있었다.

나는 어리둥절했다. 아이는 집 밖 층계참에서 잘 알지도 모르는 여자랑 대체 뭘 하는 걸까? 어리둥절한 것은 여자도 마찬가지였던 것 같다. 머리는 헝클어지고, 셔츠 한쪽이 바지 바깥으로 삐져나온 처음 보는 늙은이가 문을 열었으니 말이다.

그 후 일련의 혼란스러운 대화가 오갔다. 나는 마리오에게 통명스럽게 대체 밖에서 뭘 하고 있냐고 물었고, 여자는 사납게 대체 카주리 부인, 그러니까 내 딸은 어디에 있냐고 물었다. 내가 베타는 집에 없는데 당신은 누구냐고 묻자, 여자는 소리를 한층 높이면서 그러는 나는 누구냐고 반문했고, 나는 그런 그녀에게 조금 얼빠진 표정으로 나는 이 아이의 할아버지이자 카주리 부인의 아버지라고 했다. 이런 식으로 상황이 조금씩 명확해지고, 대화는 익숙한 나폴리 스타일로 나아가기 시작했다.

"선생님께서 장난감을 들려서 아이를 아래로 보낸 건가요?"

"아니요."

"그럼 누가 그런 거죠?"

"아이 혼자 한 거요."

"혼자 했다고요? 그럼 선생님께서는 아이가 문을 열고 혼자 다섯 층을 내려와 우리 집 문을 두드리는 걸 몰랐단 말씀이세요?"

"그렇소."

"그렇다고요? 부전자전이라더니. 교수님이신 선생님 따님은 자기가 바쁠 때마다 장난감을 가지고 2층에 가서 놀라고 아이를 부추기고는 도련님이 저한테서 상스러운 말을 배웠다고 화를 낸답니다."

"부인, 저는 절대로 아이를 밑에 보내지 않았습니다. 제 부주의로 일어난 일이니 사과드리죠."

"부주의든 아니든 아이가 계단을 내려오다 넘어져서 머리라도 깨졌으면 어쩔 뻔했나요? 선생님 따님은 제 탓을 하고도 남을 사람이라고요."

"죄송합니다. 다신 이런 일 없을 겁니다."

"그 댁 하녀에게 더러운 물을 발코니 밑으로 버리지 못하게 하세요. 하루건너 한 번씩 그러는 바람에 빨래가 다 더러워진다고요."

"베타에게 그리 전하죠. 딸애가 그렇게 할 겁니다."

"감사합니다. 한 김에 이 말도 좀 전해주세요. 다시는 내 아들이 장난감을 훔친다는 말 하지 말라고요. 우리 아이를 장난감 도둑으로 몰지 말고, 각자 자기 애와 장난감 단속이나 잘하자고요. 교수님이라고 제가 그 댁 아이를 공짜로 봐줘야 한다는 생각은 말라고요. 저도 아이가 넷이고 집안일도 많아서 남의 집 아이나 보면서 낭비할 시간이 없어요. 한 번만 더 아이가 양동이를 내리면 장난감이 떨어지게 줄을 잘라버릴 거예요."

"그렇게 하시죠. 그건 그렇고 마리오가 가져간 장난감은 어딨죠?"

"선생님도 우리 애를 도둑으로 모는 건가요?"

"아니요. 도둑이라뇨. 아이들끼리 그럴 수도 있죠. 그냥 알고 싶어서 물었던 겁니다."

"그렇게 궁금하면 이렇게 하죠. 이따 우리 남편이 퇴근하면 장난감을 가져다드릴 테니 남편에게 직접 우리 애가 장난감을 훔친다고 이야기하세요. 어서 들어가라, 마리오. 네 할아버지에게 가. 당신 집안사람들은 애나 어른이나 하나같이 형편없군요. 그럼, 안녕히 계세요."

여자는 마리오를 거칠게 내 쪽으로 밀더니 엘리베이터에

올라 철로 된 문을 꽝 닫았다. 그녀는 엘리베이터가 철컹하는 소리와 함께 사라졌다.

나는 마리오를 집으로 데려온 후 문을 닫았다. 아이가 뾰로통하게 말했다.

"제 장난감 주세요. 가지고 놀 거예요."

나는 허리를 굽히고 아이의 양팔을 잡았다.

"어떻게 집 밖으로 나갈 생각을 했니? 할아버지가 방에 있으라면 방에 있어야지. 이제부터… 마리오! 할아버지 얼굴 똑바로 보렴! 이제부터 내 말대로 하지 않으면 창고에 가두어 버리겠다."

마리오는 눈을 내리깔고 몸을 비틀고 발을 바둥거렸다.

"할아버지나 조심해요. 그렇지 않으면 내가 할아버지를 창고에 가둘 거예요."

아이는 젖 먹던 힘을 다해 내 위협을 따라 하고는, 그만 울음을 터트리고 말았다.

막상 아이를 울리고 나니 마음이 안 좋아서 나는 바로 태도를 누그러뜨렸다.

"그만 울렴. 네가 우니까 할아버지도 눈물이 날 것 같구나. 창고에는 할아버지가 들어갈게."

마리오를 달래려고 이렇게 말해봤지만 소용없었다. 마리오는 얼마 동안 진짜로 울다가, 20분 정도 기계적으로 코를 훌쩍이면서 코를 닦아주려는 내 손길을 거부했다. 마리오는 훌쩍이면서 이따금 말했다.

"아빠 오면 다 일러줄 거예요."

5

살리가 준비해놓고 간 저녁거리를 데울 때 나는 일부러 마리오에게 가스불을 켜게 했다. 식탁을 차릴 때 날카로운 나이프를 자기 앞으로 슬쩍 가져다 놓은 것을 눈감아주었는데도, 분위기는 좀처럼 나아지지 않았다.

"나이프는 가지고 있어도 되지만, 고기는 할아버지가 썰어주마."

"싫어요. 저도 고기 썰 줄 알아요."

"나도 안다. 그래도 할아버지가 있을 땐 할아버지가 고기를 썰어주는 거야."

"할아버지는 우리 할아버지 아니에요."

"그래? 그럼 누가 내 손자지?"

"아무도요."

마리오는 나와 화해할 생각이 없어 보였고, 사실 그건 나도 마찬가지였다. 사이가 좋을수록 나를 가만히 내버려 두지 않으니 말이다. 하지만 조금 있으면 베타가 전화할 시간인데, 마리오 때문에 딸아이가 예민해질까 걱정이 됐다. 마리오가 아니라도 사사건건 캐묻는 질투심 많은 남편 때문에 골치를 앓고 있을 테니 말이다.

마리오는 심통이 났는데도 점심과 저녁에 먹은 접시를 설거지하는 동안 도우미 역할을 소홀히 하지 않았다. 아이는 설거지에 자기 생사가 걸린 것처럼 세제, 스펀지, 행주 등을 열심히 챙겨주었다. 나는 그런 마리오에게 "장난이야!"라고 하면서 물을 뿌렸다.

얼마 동안은 내가 장난을 쳐도 적대적인 태도를 고수했다. 아이는 고개를 푹 수그리고 나를 야무지게 밀어냈다.

"장난이야!"

"그만해요, 할아버지."

"장난이야!"

"그만하라니까요!"

"장난이야!"

그러다 웃음을 애써 참으면서 투덜거리기 시작했다.

"눈에 비눗물이 들어갔어요."

"어디 보자."

"따갑단 말이에요."

"에이, 멀쩡한걸?"

그러다 결국 내가 정말로 놀고 싶은 건지 확인하려고 나를 곁눈으로 훔쳐보다, 자기도 내게 물을 뿌리며 "장난이에요!"라고 했다. 그렇게 장난을 주고받으면서 둘 사이의 긴장감도 조금 누그러지는 듯했다. 심지어 마리오는 장난을 치다가 균형을 잃는 바람에 나를 도와주기 위해 올라 서 있던 의자에서 떨어질 뻔하기까지 했다. 재빨리 붙잡아서 천만다행이었다.

설거지를 마친 후 우리는 잠시 텔레비전을 보러 거실로 갔다.

"뭘 보죠?"

"보고 결정하자."

"동물 그림 영화를 봐도 돼요?"

"만화 영화겠지."

마리오는 움직이는 동물이 등장한다고 해서 만화 영화를 동물 그림 영화라고 부르지 않는다는 사실을 받아들이려 하지 않았다. 오리, 거위, 토끼, 쥐, 뒤쥐 등 모든 만화 영화에는 동물이 등장한다는 사실을 증명하기 위해 으스대며 만화 영화에 나오는 동물 목록을 열거하기 시작했다. 그런 다음 나를 동물animali과 움직이다animare, 동작animato과 만화영화animation에 관한 논의로 끌어들였다.

나는 만화 영화cartone animato란 움직이고 말을 하는, 영혼anima이 있는 그림이라고 했다. 그러자 마리오는 영혼이 무엇인지 물었다. 내가 우리를 움직이고, 뛰고, 말하고, 그림 그리고, 장난치게 만드는 숨결과 같은 것이라고 했다. 마리오는 동물 그림 영화에 나오는 동물들이야말로 그 모든 것을 한다고 고집을 부리다 서서히 내 말을 받아들이더니 이렇게 물었다.

"그럼 만화 영화에 나오는 그림도 그 숨결이 있나요?"

"아니. 그림을 그리는 이들이 숨결을 불어넣어주는 거란다."

"하지만 할아버지 그림은 안 움직이잖아요."

"내 그림은 만화 영화가 아니니까."

"왜 움직이게 만들지 않죠?"

"기회가 있으면 움직이게 하마."

"할아버지들 그림은 만화 영화로 못 만들게 할지도 몰라요. 어린이들이 좋아해야 하니까요."

"하지만 이 할애비라면 할 수도 있지."

"할아버지는 유명하니까요?"

"너 유명하다는 것이 무슨 뜻인지 아니?"

"엄마가 말해줬어요. 자기가 모르는 사람도 자기를 알면 유명한 거라고요."

"맞아. 그런 뜻이다."

"선생님께 할아버지가 유명하다고 했어요."

"그래서?"

"할아버지 이름을 물어봤어요."

"너는 할아버지 이름을 아니?"

"엄마한테 물어서 선생님께도 알려줬어요."

"어디 말해보렴."

"다니엘레 말라리코."

"잘했다. 그래 선생님은 뭐라시든?"

"처음 듣는대요."

나는 마리오가 선생님이 내 이름을 몰라서 실망했다는 것을 눈치채고 세상에는 여러 수준의 유명세가 있으며, 내 유명세는 선생님이 들어도 알 만큼 높지 않다는 것을 설명해주었다. 하지만 그렇게 말하는 동안, 나 자신도 조금 실망했다는 사실을 깨달았다. 둘의 실망감이 모여 우울함이 되는 것을 막기 위해, 다시 마리오에게 텔레비전을 보자고 했다.

하지만 리모컨을 찾는 것도 만만치 않은 과제였다. 아까 마리오에게서 빼앗은 후에 어디에 두었는지 도무지 기억이 나지 않았기 때문이다. 나는 예민해진 채 리모컨을 찾아 온 집 안을 헤매고 다녔고, 마리오는 그런 나의 뒤꽁무니를 졸졸 따라다녔다. 나는 방이란 방의 불을 모두 켜고 탁자, 책상, 책장을 샅샅이 뒤졌다. 하지만 시간이 갈수록 집중하기가 힘이 들었다. 무언가를 찾을 때마다 딴생각에 빠졌기 때문이다. 수색을 마치고 방에서 나올 때마다 마리오는 내 뒤를 쫓아다니며 열심히 불을 끄고 다녔다. 두세 번의 탐사 끝에 리모컨을 찾은 것은 당연히 내가 아니라 마리오였다. 리모컨은 거실 앨범 밑에 있었다. 마리오가 의기양양하게 리모컨을 차지하는 바람에 아이 손에서 리모컨을 빼앗을 수 없었다.

"*내가* 찾았으니 *내가* 텔레비전을 켤래요."

그 말에 나는 결국 그럼 텔레비전을 켜기만 해야 한다고 했다. 그러자 마리오는 이미 입술을 꾹 다물고 내게 적대적인 시선을 보내면서 그럴 수는 없다고 외치더니 채널도 자기가 바꾸겠다고 했다.

"그만해! 할아버지 말을 안 들으려거든 당장 가서 자라!"라고 하려던 찰나에 전화가 울렸다. 나는 바로 포기하고 그럼 그렇게 하라고 한 뒤 무선 전화기 거치대가 있는 부엌으로 갔고, 마리오는 여전히 리모컨을 열심히 만지작거리면서 내 뒤를 졸졸 따라왔다.

베타였다. 다급한 목소리였다. 멀리 식기 부딪히는 소리 같은 것이 끊임없이 들려왔다. 누군가 베타를 부르자, 딸아이는 억지로 명랑하게 "지금 가요!"라고 대답하고는 내게 말했다.

"휴대폰은 대체 왜 안 받으세요?"

"진동으로 해놔서 그래."

"괜찮으세요?"

"괜찮다."

"마리오 저녁은요?"

"나보다 더 잘 먹더구나. 너는 어떠냐?"

"괜찮아요."

"발표는?"

"잘했어요."

"사베리오는?"

"숨 막혀 죽겠어요. 방금 또 한바탕했어요."

"엿이나 먹으라고 해라."

"아빠, 무슨 말씀을 그렇게 하세요?"

"미안하다."

"애가 들으면 어쩌려고요."

"리모컨 부수느라 못 들었을 거다."

"인사하게 좀 바꿔주세요."

"마리오, 엄마하고 통화할래?"

아이가 싫다고 하기를 바랐지만, 마리오는 기다렸다는 듯 리모컨 배터리를 바닥에 내버려 둔 채 전화를 받으러 달려왔다. "네. 아니요. 빨리 오세요. 사랑해요"라고 하는 말이 들렸다. 통화를 마치려나 하는 순간, 마리오가 "그런데 나 울었어요"라는 말을 했다. 베타가 뭔가 복잡한 이야기를 하는지 아이는 한참 동안 아무 말 없이 엄마 말을 듣고만 있었다. 그러다 결국 속삭이듯 "잘 자요. 엄마"라고 인사하고는 전화기에 대고 열 번도 넘게 뽀뽀를 하더니 마지막으로 또다시 "잘 자요. 사랑해요. 아빠도 사랑해요"라고 했다.

마리오가 내게 수화기를 내밀자, 내가 투덜거렸다.

"울었다는 말을 할 필요는 없었잖니."

"그 말밖에 안 했는데요."

"그 말밖에? 그 말 말고 할 말이 또 뭐가 있는데?"

"저는 알죠."

"무슨 말?"

"할아버지가 제 팔을 아프게 했잖아요."

"내가 언제. 살짝만 잡았을 뿐인데."

"꽉 잡았어요. 이제 텔레비전 볼까요?"

"엄마가 텔레비전 보지 말라고 했어."

"말 안 하면 되잖아요."

"네가 울었다는 말은 했잖니."

"죄송해요. 텔레비전 본 건 이야기 안 할게요."

"할아버지는 배터리 넣는 법을 모르니까 알아서 하렴."

마리오는 능숙하게 배터리를 집어넣고 거실로 가서 텔레비전을 켰다. 아이가 어머니가 쓰시던 안락한 팔걸이의자를 제 것이라며 자리를 잡는 바람에 나는 불편하기 이를 데 없는 소파에 앉아야 했다. 그날 밤은 일이 계속 꼬였다. 우리는 세 개나 되는 리모컨을 두고 한참 옥신각신했고, 그럴수록 분노는 커져만 갔다.

마리오는 만화 영화만 방영하는 채널 번호를 정확하게 틀었다. DVD를 넣을 줄도 알았다. 아이가 능숙하게 리모컨 다루는 모습을 보고 있자니 왠지 모르게 신경이 곤두섰다. 게다가 마리오는 약속을 하나도 지키지 않았다. 얼마 후 이제 만화 영화는 오 분만 더 보고 할아버지가 보고 싶은 프로그램을 보자고 하자 마리오는 알겠다고 했지만, 알고 보니 마리오에게 오 분은 영원을 의미했다.

나는 결국 포기하고 만화 영화를 보면서 꾸벅꾸벅 졸았다. 그러다 문득 그날이 친구가 토크쇼에서 자기가 쓴 책을 소개하기로 한 날이라는 사실을 깨달았다. 내 작품을 표지로 쓴 책이었다. 나는 왈가왈부할 것 없이 아이의 손에서 세 개의 리모컨을 몽땅 빼앗으며 말했다.

"오 분이 지났으니 반항하면 텔레비전을 꺼버릴 테다."

마리오는 반항하는 대신 팔걸이의자에 웅크리고 앉아 인상을 찌푸렸다. 나는 불만에 가득 찬 아이의 표정을 무시하고 친구가 나오는 토크쇼를 방영하는 채널을 찾아 한참을 헤맸다. 겨우 채널을 찾아냈다. 정말 내 친구가 텔레비전에 나오고 있었다. 다행히 다른 게스트 사이에 있는 모습을 내가 놓치지 않은 것이다. 카메라가 다시 내 친구를 비추었을 때, 나는 말없이 스크린을 바라보고 있는 마리오에게 말했다.

"저 아저씨 이야기만 듣고 다시 만화 영화를 보자. 알겠지?"

아이는 대답하지 않았다.

나는 소파에 제대로 자리를 잡고 리모컨을 내 가까이에 놓았다. 그러는 사이 아나운서가 책 이야기를 시작했다. 책 표지가 나오자 내가 말했다.

"봤지? 할아버지가 만든 거란다."

"책을요?"

마리오가 속삭였다.

"아니. 표지에 그림 말이다. 내일 선생님께 말씀드리렴."

내 말에 마리오가 갑자기 소리를 높였다.

"마음에 안 들어요."

"네가 마음에 드는 게 뭐가 있니?"

"노란색만 멋져요."

노란색? 특별히 노란색을 강조했던 기억은 없었다. 아니 아예 노란색을 쓴 기억이 없었다. 하지만 미처 표지를 다시 살펴볼 틈도 없이 진행자는 내 친구에게 마이크를 넘겼다.

"쉿!"

뭔가를 덧붙이려는 마리오의 말을 막으며 내가 말했다.

"들어보렴."

친구가 이야기를 시작했지만, 언제나 그렇듯 마리오는 내 말을 듣지 않고 팔걸이의자에서 내려와 내가 앉아 있는 소파로 기어오르더니 뭐라뭐라 했다. 나는 아이에게 대꾸조차 하지 않았다. 아니, 안 한 것 같다. 친구 입에서 내 이름이 나오는지 듣고 싶었다. 나보다 서른 살 정도 어렸지만 자기 분야에서만큼은 뛰어난 사람이었다. 자기 작품에 대한 믿음이 확고했다. 그의 말을 듣고 있으면 자신의 작품이 세상에서 가장 중요하다는 믿음이 느껴졌다.

나는 내 작품에 그런 중요성을 부여하지 못했다. 평생 열심히 노력했지만, 스스로 내가 하는 일에 무게감을 부여하기는 쑥스러웠다. 나 말고 다른 이들이 대신 그렇게 해주기를 바랐다. 그에 비해 내 친구는 자신의 작품이 어떻게 기존의 모든 연구를 전복했는지 설명하고 있었다. 쑥스러워하는 기색 없이 설득력 있게 진행자의 동의를 이끌어냈다. 다른 게스트들도 관심 있게 그의 말에 귀를 기울였다.

화면에 책 표지가 다시 나왔으면 했다. 친구가 내 이름을 말해주었으면 했다. 마리오가 다니엘레 말라리코라는 내 이름을 듣고 "할아버지 이야기를 해요!"라며 감탄하기를 바랐다. 그런데 갑자기 오색찬란한 만화가 나타났다. 화면은 쿵후 실력이 뛰어난 동물들로 가득 찼다.

나는 마리오를 향해 버럭 고함을 질렀다.

"누가 리모컨을 가져가라고 했니? 누가 채널을 돌려도 된다고 했어?"

"할아버지한테 여쭤봤더니 그래도 된다고 했잖아요."

마리오가 두려움이 가득한 표정으로 말했다.

화가 잔뜩 나서 손을 내밀자, 마리오는 즉시 내게 리모컨을 반납했다. 투덜대면서 다시 내 친구가 나오는 채널로 돌아가려 했지만, 어떤 채널인지 기억이 나지 않았다.

"번호를 눌러야 해요."

아이가 불안한 표정으로 말했다.

"닥쳐."

이런저런 채널을 눌러보다 마침내 원하던 채널을 찾았을 땐 이미 내 친구는 없었다. 나는 리모컨을 소파에 내던진 후 짐짓 침착한 말투로 말했다.

"이제 당장 자러 가라."

말만 그렇게 하고 아무런 조치도 취하지 않은 채, 그길로 방에서 나와 집 안을 배회했다. 방마다 불을 켜고 다니면서 의미 없는 말을 사투리로 중얼거렸다. 이제는 몸이 쇠약해서 불안한 정도가 아니라 내 삶의 모든 불행이란 불행이 그 순간 그 집에 모두 모여 집회라도 하는 것 같았다.

내 소지품이 있는 마리오의 방으로 가다 바닥에 흩어져 있는 장난감에 걸려서 넘어질 뻔했다. 나는 장난감 몇 개를 발로 걷어 차버렸다. 담배를 꺼내 들었지만 돌아와서 집 안에 담배 냄새가 배어 있기라도 하면 베타가 난리 칠 거라는 생각에 발코니로 갔다.

차가운 공기와 함께 자동차 소리가 밀려들었다. 나는 조심스레 두어 걸음을 걸어 나가 담배를 한 모금 빨아들였다. 기침이 나왔다. 낮에 날씨가 맑았는데도 하늘에는 별 하나 보이지 않았다. 자동차, 역사, 스피커, 기차에서 나는 소리가 자동차 헤드라이트와 후미등, 진열장 조명들과 뒤섞여 눈이 부시도록 밝게 느껴졌다. 모든 것이 빨갛고, 하얗고, 노랗고, 까만 소음이 되어 소용돌이쳤다. 추위에도 불구하고 나는 필터가 거의 탈 때까지 담배를 피웠다. 그런 다음 꽁초를 난간에 비벼 끄고 발코니 밖으로 던져 버린 후 집으로 들어왔다.

집 안에서는 아직도 토크쇼 소리가 들렸다. 마리오가 만화 영화 채널로 바꾸지 않은 것이다. 거실에 들어가니 아이는 소파에 잠들어 있었다. 깊이 잠든 아이의 이마에 살짝 입술을 갖다 대어보니, 땀으로 젖어 있었다.

6

축 처진 아이를 품에 안고 어두운 복도를 지나는데, 내 마음은 씁쓸함과 비참함으로 가득 찼다. 나는 불도 켜지 않고 옷도 벗기지 않은 채로 아이를 침대에 눕힌 후 겨우 신발만 벗겼다. 아이가 내 온기를 가져가버린 느낌이었다.

나는 어두운 복도를 재빨리 지나 (이제는 유령 사이에 사는 것도 익숙해져야 했다) 거실에서 나오는 불빛을 향했다. 거실에는 불이 켜져 있었고, 텔레비전에서는 아직도 사람들이 대화를 주고받고 있었다. 방금 전까지 마리오가 차지하고 앉아 있던 팔걸이의자에 앉아 텔레비전에 집중하려 했지만, 춥고 피곤한 나머지 만사가 귀찮아져서 텔레비전을 껐다.

거실 라디에이터가 제대로 작동하는지 살피다 하마터면 손가락을 델 뻔했다. 다른 방에서 냉기가 들어오는 것 같았지만, 아직 스위치들을 제대로 파악하지 못했기 때문에 그냥 내버려 두기로 했다.

마리오는 나의 미숙함을 바로 눈치챘다. 나는 감탄과 미움이 뒤섞인 감정으로 마리오를 생각했다. 그 애는 영락없는 제 아비였다. 자자손손 수많은 학자를 배출한 학자 가문의 후손이자 옹졸하고 자기 잘난 맛에 사는 제 아비 말이다. 베타나 할아버지인 나를 닮은 면은 하나도 없었다. 외모도, 행동도… 마리오는 이질적인 물질로 만들어진 아이였다. 기원이 다른 유전자로 구성된 아이였다. 마리오의 비밀스런 분자는 내게 생소한 정보들로 가득 채워져 있었다. 아니 어쩌면 이미 수천 년 전부터 적대감으로 가득 채워져 있었는지도 모른다. 어쩌면 내 (과거의) 유령들도 전혀 다른 유전자를 가진 아이 때문에 화가 난 것일지도 모른다고 생각하니, 기분이 씁쓸해졌다.

그 유령들은 사춘기 시절 자신들을 내쫓아버리고 나약해진 나 때문에 화가 난 것이다. "고귀한 신사가 되려고 그렇게 애쓰더니 지금 네 꼴을 봐"라고 말하고 있는 것 같았다.

나는 유령들을 머릿속에서 떨쳐버리고 신음을 내뱉으며 의자에서 일어나 온 집안을 돌아다니며 전등불을 켰다. 사춘기 시절 어둠 속에서 움직일 때마다 내 눈에는 내가 직접 만났거나 사진에서만 본 아버지와 어머니의 친척들 유령이 보였다. 그들은 모두 전쟁 중에 죽었다. 그것은 확실했다. 그런데도 어두운 방구석에 서 있거나, 문 뒤나 장롱 뒤에 숨어 있었다. 나와 마주치면 그들은 내게 조용히 하라는 표시를 해 보이고 윙크를 하며 소리 없이 웃었다. 이미 지나간 이야기지만, 지금은 어렸을 때보다 훨씬 더 많은 망자가 기억 속에 있다. 그동안 얼마나 많은 친구와 지인이 끔찍한 병을 앓고 죽었던가.

나의 불안도 백 배는 더 커졌다. 실제로 밀라노에서도 집에 도둑이나 살인자가 있다는 생각에 자다가 벌떡 일어나 집 안을 배회하곤 했다. 그럴 때면 바람에 흔들리는 정원의 나무 잎사귀 그림자마저 흉포한 악당처럼 보여 흠칫 놀라곤 했다. 대체 무엇이 두려웠던 걸까. 불안보다는 우울증을 앓는 편이 나았다. 삶의 종지부에 이르러 죽음이 멀지 않은 이제는 마리오가 이 집구석이나 문 뒤에서 내 모습을 발견해야 할 차례였다. 감정에 의해 자극을 받은 뇌는 뭐든 만들어낼 수 있다. 아직 마리오는 어둠을 두려워하지 않았지만, 나와 함께 보낸 이 기간이 지나면, 어둠 속에 나타난 나의 모습을 두려워하게 될지도 모른다.

졸리고 기운이 하나도 없어서 일이 손에 잡히지 않았다.

집 안을 배회하는 유일한 유령은 나뿐이었다. 나는 가난 때문에 숨어든 도둑도, 조폭 살인마도 없다는 사실을 확인한 다음 가스 밸브를 잠그고, 현관문에 걸쇠를 걸고 자물쇠를 두 번 돌렸다. 내일도 종일 문을 잠가두어야겠다고 다짐했다. 손잡이는 위치가 높아서 어린 호모 파베르homo faber*의 손을 가진 마리오라도 의자에 올라가 문을 열고 2층에 사는 가짜 친구를 만나러 가지 못할 것이다.

나는 방금 전과 반대의 순서로 온 집 안을 돌아다니며 이번에는 전등불을 모두 껐다. 장난감을 밟고 넘어지지 않게 조심스레 침대에 누우면서, 유령들은 모두 소년 시절 고향 집에 남아 있으니 안심해도 된다고 생각했다.

얕은 잠에 빠져들면서 나는 과거 집이 결국은 지금 나와 마리오가 있는 이 집을 감싸는 거대한 테두리라는 사실을 깨달았다. 내 눈에는 여전히 유령들이 보였다. 조금만 있으면 나는 안전한 장소에서 그 유령들을 그릴 수 있을 것이다. 과거 집과 현재 집이 교차할 일은 없을 테니까.

현실의 내가 불을 켜면 과거 집에서 머무르는 유령들은 어

* 도구를 사용하는 인간, 공작인.

둠 속으로 추락했다. 지금처럼 내가 현재 집의 마지막 전등까지 모두 꺼버린 후 이불을 머리끝까지 뒤집어쓰면, 먼 과거의 집에서는 방에 갑자기 불이 들어오고, (내가 버린 모든 것으로 만들어진) 오래된 과학이 낳은 오래된 상상에 의하면 얼마 안가 탐욕스러운 살아 있는 진흙 덩어리로 변해버릴 그곳의 거주민들이 무기력한 모습으로 내 앞에 나타났다.

7

둘째 날은 첫날보다 더 힘이 들었다. 새벽 다섯 시가 되자 벌써 눈이 떠졌다. 마리오를 살펴보니 어제 눕힌 그대로 옷을 입고 자고 있었다. 이불을 들춰보니 땀에 젖어 있었다. 하지만 라디에이터가 작동하기 전이라 추울까봐 양말을 신은 발과 스웨터를 입은 어깨만 이불을 걷어주었다. 그날 저녁은 반드시 파자마로 갈아입히고 텔레비전을 보게 해야겠다고 다짐했다.

그런 다음 거실로 가서 과거와 현재 두 개의 집 이미지, 집이 집을 품고 있는 이미지를 바탕으로 꽤 만족스러운 작업을 했다. 헨리 제임스의 소설에서 벗어나기를 잘했다고 생각했다. 나는 사춘기 시절 고향 집과 내 과거의 유령들이 준 영감에 집중하기로 했다. 1800년대 말 뉴욕을 내가 어떻게 알겠는가. 나는 나폴리를 활용하기로 마음먹었다. 현재의 집과 과거의 집 사이에 투명한 공간을 만들어, 그 안에 수많은 소년의 형상을 집어넣기로 했다. 샴쌍둥이처럼 하나같이 빈곤 속에서 막 자란 아이들이었다. 그늘 속에 얼굴을 숨기거나 손으로 가리지 않은 아이들. 그럴 필요가 없는 아이들. 그들은 불완전한 육체의 소유자였다. 그들은 입도 눈도 없는 얼굴로 숨을 헐떡거리고, 절단된 손과 발로 온몸을 긁어대고, 어서 빨리 키가 크고, 성장하고, 정체성을 찾아야 한다는 절박함에 자신의 몸을 갈가리 찢고 있었다.

나는 그런 식으로 방향을 잡고 그림을 그렸다. 스케치를 하면서 과감하게 서로 충돌하는 강렬한 색상을 썼다. 다시 마리오를 떠올렸다. 그 애는 처음부터 내 그림을 좋아하지 않았다. 동화책 그림을 보고도 입을 삐죽였고, 텔레비전에 나온 내 그림도 보기 싫다고 했다. 하지만 이제 겨우 네 살배기가 뭘 알겠는가. 분명 제 아빠의 말을 따라서 한 말일 것이다. 어쩌면 베타도 그렇게 말했을지도 모른다. 대신 노란색을 칭찬한 것은 그 애의 생각이었을 것이다. 그 말만은 진심으로 느껴졌다. 거짓 없이 생각이 그대로 입으로 튀어나온 것 같았다.

갑자기 누군가 집 안을 돌아다니는 소리가 들렸다. 처음에는 욕실에서, 나중에는 부엌에서 소리가 났다. 나는 다시 한번 스케치를 손본 후 마무리를 하고 마리오가 무슨 짓을 벌이는지 보러 갔다.

마리오는 부엌에 있었다. 의자에 올라가서 가스불을 켜고 내가 마실 찻물과 자기가 마실 우유를 데우고 있었다. 아침부터 야단을 치고 싶지 않아 마리오에게 물었다.

"잘 잤니?"

"네. 할아버지는요?"

"나도 잘 잤다."

"옷을 입고 자니 편하네요. 일어나서 옷 갈아입을 필요가 없으니까요."

"그래도 세수하고 새 옷으로 갈아입어야지."

"할아버지는 씻었어요?"

"아니."

"쉬야는 했어요?"

"했지. 너는?"

"저도요."

"가스불을 끄렴."

마리오는 가스불을 끈 후 조심스레 물었다.

"오늘 세수 안 해도 돼요?"

"그렇게 하렴."

마리오의 컵에 우유를 따라주고, 찻주전자에 티백을 넣으면서 내가 말했다.

"내일 엄마가 오면 씻을게요."

"그래."

"옷도 계속 입고 자고요."

"그건 안 돼."

마리오는 잠시 뾰로통했다가 이내 기분이 좋아져 아침 식사를 별문제 없이 마쳤다. 하지만 내가 혼자 욕실에 들어가 목욕해야 한다는 사실은 좀처럼 받아들이지 못했다.

"목욕이 뭔데요?"

"샤워 말이다."

"할아버지가 욕실에 있는 동안 저는 뭘 하죠?"

"뭐든 하고 싶은 대로 하렴."

마리오는 생각에 잠겼다. 고민하는 것 같았다.

"저도 샤워하면 안 돼요?"

나는 마리오에게 깨끗한 속옷을 가져오게 한 뒤 아이를 샤워기 아래로 밀어 넣었다. 마리오는 특유의 훈계조로 말했다.

"밥 먹고 바로 샤워하면 죽어요."

그렇지만 내가 자기 목숨에 아무런 관심을 보이지 않자 샤워기 아래서 깡충깡충 뛰고, 춤추고, 물을 뱉고 "앗, 뜨거워!" 하고 소리 질렀다. 샤워를 마친 후 나는 수건으로 마리오의 몸을 닦아주고 옷을 입힌 후 욕실 밖으로 내쫓았다.

"이제는 할아버지가 씻을 차례다."

마리오는 내 곁에 있고 싶다고 했지만, 나는 안 된다고 했다. 얼마 동안 아이가 복도에서 뛰고, 노래 부르는 소리가 들렸다. 그러다 갑자기 악착같이 욕실 손잡이를 돌리고, 문을 발로 차고 소리를 지르기 시작했다.

"할아버지! 열쇠 구멍으로 할아버지가 보여요!"

"할아버지 쉬 하고 싶어요! 들여보내주세요!"

"할아버지 똥 마려워요!"

내가 "입 다물고 가만히 있어!"라고 소리치자 바로 조용해졌다. 나는 몸을 대충 닦고, 옷을 입고, 문을 열어젖혔다.

"입 다물고 가만히 있었어요."

마리오가 말했다.

"그래야지."

"제 고추는 언제 할아버지 고추처럼 커져요?"

"너 정말 열쇠 구멍으로 훔쳐봤니?"

"네."

"네 고추는 할아버지 고추보다 더 클 거야."

"그치만 언제요?"

"곧."

누군가 힘차게 초인종을 눌렀다. 마리오와 나는 의아한 눈빛을 교환했다. 아침 여덟 시도 되기 전이었다. 마리오가 말했다.

"고기 써는 커다란 칼을 현관문 앞에 있는 탁자에 가져다 놔요."

"왜? 아빠가 누가 초인종을 누를 때마다 칼을 챙기니?"

"아뇨. 아빠가 안 계실 때 엄마가 그래요."

"우리 같은 남자들은 강해서 칼이 필요 없단다."

"하지만 저는 겁이 나는걸요."

"겁낼 필요 없다."

현관문을 열어보니 오십 줄에 들어선 남자가 서 있었다. 삐쩍 마른 몸매에 신장은 중간 정도 되어 보였다. 머리숱이 적고 나이 들어 보이는 얼굴이었다. 남자 손에 들린 장난감 (빨간 트럭과 플라스틱 검)을 보고 2층 아이 아빠라고 추측했다.

나는 정중하게 말했다.

"감사합니다. 이렇게 일부러 오시다니. 급하지 않았는데."

사내는 민망해하면서 괴로운 목소리로 말했다.

"아내가 하도 닦달을 해서 말입니다."

"아내들이 다 그렇죠."

"솔직히 카주리 교수도 조금 너무 합니다."

"왜 그러시죠?"

"제 아이가 고작 여섯 살이라는 걸 이해 못 하는 것 같아요. 마리오처럼 장난감이 많지 않아서 혼자 가지고 놀고 싶은 마음에 가끔 숨긴다는 걸요."

"아이에게 장난감을 가지고 놀게 하십죠. 마리오도 기꺼이 허락할 거예요. 그렇지 마리오?"

마리오는 내 다리에 찰싹 달라붙어서 보란 듯이 고개를 크게 끄덕여 보였다.

남자가 말했다.

"마리오가 일부러 장난감을 놔두고 가는 건 압니다. 문제는 따님이 이해하지 못한다는 거죠. 그러니 제발 마리오에게 장난감 담은 양동이를 내려보내지 말라고 타일러주세요. 우리 집에 오면 안 된다고도요. 우리 집안은 도둑 집안이 아닙니다. 진짜 도둑은 장난감을 사는 데 돈을 펑펑 써대는 사람들이죠."

"말씀이 지나치시군요. 딸아이는 열심히 일해서 돈을 법니다. 훔치는 것이 아니라요."

"저도 열심히 일합니다. 그런데도 선생님 따님은 우리보고 도둑이라는군요. 그러는 거 아닙니다. 잘 있어라, 마리오. 미안하다. 우리는 너를 싫어하는 게 아니란다."

사내가 장난감을 내밀었다. 마리오는 장난감을 받으려다 트럭을 떨어트렸다. 내가 말했다.

"들어와서 커피 한잔하시죠?"

"마신 거로 치겠습니다. 안녕히 계세요."

사내는 엘리베이터도 타지 않고 계단으로 내려갔다. 원치 않는 숙제를 하러 온 것이 분명해 보였다. 좋은 사람처럼 보였는데. 그에게 나의 소년 시절 나폴리 이야기를 들려주고 싶었다. 과거에는 (좋고 나쁜) 모든 것이 태어난 환경을 반영했는 데 반해, 요즘은 (좋고 나쁜) 모든 것이 뼛속 깊이 새겨져 있는 것 같다는 이야기도 하고 싶었다. 할 일도 많고, 이제 막

아침 여덟 시밖에 안 되는 이른 시간이었지만, 기분 전환 삼아 성인과 대화를 나누고 싶었다. 아이랑 단둘이 있는 것이 지긋지긋했다.

"양동이에 넣어서 아틸리오에게 보내야지!"

바닥에서 트럭을 주워들며 마리오가 외쳤다.

"양동이를 내릴 꿈도 꾸지 말아라!"

내가 말했다.

"장난감을 챙겨서 네 방으로 가. 오늘은 절대로 할아버지 방해하면 안 된다."

8

나는 시간이 어떻게 가는지 모르고 지난 며칠 동안 과거의 기억을 되살려 그린 스케치와 밑그림을 바탕으로 봐줄 만한 그림을 열 점 완성했다. 과거 고향 집이 실제로 눈앞에 있는 것처럼 세부적인 부분까지 자세히 묘사했다. 집뿐 아니라 겁에 질렸거나 사나운 모습의 거주민들과 압력에 못 이겨 기형화된 젊은 육체들이, 나와 내가 되었을 수도 있는 수많은 나의 다른 모습들을 분리하는 투명한 벽 위로 뒤엉켜 있는 모습도 그랬다.

그 존재들은 바닥을 기고, 펄쩍펄쩍 뛰고, 몸을 뒤틀고, 싸우고, 서로를 험하게 물어뜯었다. 그들에게 명확한 형상을 부여하기 위해 나의 모든 경험을 쏟아부었다. 하지만 복도 끝에서 혼자 놀고 있는 마리오를 잊어버릴까봐, 그리고 무엇보다 나 자신을 잊어버릴까봐 작업에 온전히 집중하지는 못했다. 그림 그리는 즐거움이 노고를 이기는 경지에 끝내 이르지 못하고 최대한 열심히 그리는 정도에 머물렀다. 작업을 마치고 나서 '적어도 내 취향대로 그렸다' 정도의 만족감을 느꼈을 뿐, 출판사 사장의 마음에 들 가능성은 작아 보였다.

나는 지쳐서 내 앞에 걸린 액자를 바라보았다. 언제 그린 작품이더라? 아마 이십 년은 훌쩍 지났을 것이다. 당시만 해도 나에 대한 평판이 꽤 좋았고, 그로 인해 힘을 얻어 실력이 날로 향상하던 시기였다. 그래서인지 그림이 쉽게 그려졌고 반응도 좋았다. 내 앞에 있는 그림은 그 행복하던 시절에 속하는 작품이었다. 넓이 2미터, 높이 1미터의 나무판자를 순수하게 붉은색과 푸른색 두 가지 색으로만 칠해 마치 웅덩이처럼 보이게 만들어놓은 작품이었다. 그 위에 작은 구멍을 파서 금속으로 된 소방울cowbell을 집어넣었다.

나는 탁자에서 일어나 거실 구석으로 갔다. 아직 블라인드를 올리기 전이었다. 나는 전등 불빛 아래서 작업하는 것을 좋아했다. 전등에서 적당하게 쏟아져 나오는 불빛에 종의 가장자리가 반짝이며 붉은색에서 시작해서 푸른색으로 끝나는 무지개가 만들어졌다.

잠깐 동안은 꽤 잘 만든 작품처럼 보였다. 하지만 얼마 안가서 그 만족감은 우울함으로 인한 일시적인 감정일 뿐이라는 사실을 깨달았다. 저 작품은 정말로 기억에 남을 만한 작품일까 아니면 그저 육체에 활력과 자신감이 넘쳤던 시절의 유물일 뿐일까. 그렇게 생각하니 수많은 결함이 눈에 들어오기 시작했다. 나만 늙은 것이 아니라, 그 작품도 기력을 잃었다는 사실을 서서히 깨달았다. 그렇게 생각하니 작품이 더럽고 흉측한 나무 조각처럼 보였다. 나무 가장자리에 직사각형 모양의 후광처럼 뿌려놓은 금가루는 무엇이며, 채색한 그림에 진짜 물건을 넣을 구멍은 또 왜 파냈단 말인가. 유행은 유행을 따른 이의 허무한 흔적만 남기고 소모되는 것이라고, 나는 씁쓸하게 생각했다.

나는 자리를 떠나 블라인드를 올렸다. 거실에 희미한 빛이 새어 들어왔다. 하늘에는 또다시 구름이 잔뜩 끼어 있었다. 그림 앞으로 돌아와 보니, 인공조명의 부재 속에 모든 것이 흉측해 보였다. 붉은색은 죽은 세포처럼 보였고, 푸른색은 오염된 수영장 같았다. 흉측하고 무의미했다. 내 앞에 있는 그 그림도, 과거 내가 그린 모든 작품도. 한때는 나도 내 작품을 좋아했고, 작품 덕에 어느 정도 성공을 거두었지만 말이다. 나의 수많은 유령 사이에 내가 그렸다고 생각했지만 시간이 지난 후 생각해보니 실제로는 그리지 않았던 수많은 그림의 그림자를 그려 넣었어야 했다. 내 안에는 모든 것을 파괴하고, 세상에 존재하지 않는 형상들을 쏟아내려는 진짜 내가 있었다.

하지만 나는, 긴 세월 속에 확립된 나의 정체성은, 내가 오랜 시간 익히고 습득한 하찮은 규칙들과 언어로 구성된 나의 자아는, 기껏해야 소방울이 달린 액자밖에 만들지 못했다.

그보다는 차라리 베타와 사베리오가 액자에 넣어서 내 액자 옆자리와 방에 자랑스럽게 걸어 놓은 마리오의 그림들이 나았다. 나는 마리오가 그린 산, 잔디밭, 거대한 꽃, 정체불명의 동물, 커다란 귀가 달린 사람을 살펴보았다. 녹색과 푸른색 크레파스의 통제할 수 없는 움직임의 산물이었다. 아이의 낙서다운 그림이었다.

베타도 어렸을 때 그런 낙서를 했다. 아이들은 다 낙서를 한다. 순간 너무나 불행해서, 다른 사람이 되어 새롭게 시작할 수만 있다면 뭐든 다 할 수 있을 것 같았다. 신선한 공기를 마셔야겠다는 생각에 창문과 베란다 문을 열고 다른 방도 환기하러 거실을 나섰다.

부엌 창문을 활짝 열어젖히고 베타의 서재를 거쳐 마리오 방으로 갔다. 안 그래도 몸이 좋지 않은데 탁한 공기 때문에 머리가 지끈거렸기 때문이다. 마리오는 그동안 얌전히 장난감을 가지고 놀고 있었다. 아이가 인형들과 이야기하는 소리가 들렸다. 입으로 이상한 소리를 내고, 큰 소리로 명령을 내리고, 텔레비전에나 나올 것 같은 상냥한 목소리를 내기도 했다. 방에 들어가 보니 바닥에 주저앉아 괴물처럼 생긴 뿔 달린 동물을 공중에 날아다니게 하고 있었다. 다른 손에는 누군지 알 수 없는 슈퍼히어로로 인형이 있었다. 마리오는 인기척을 느끼자 잠시 동작을 멈추고, 또 무언가를 하지 말라고 하거나 야단 치러 온 것은 아닌지 확인하는 눈초리로 나를 바라보다 이내 내 존재를 무시하고 다시 장난감을 가지고 놀기 시작했다.

나는 발코니 유리문을 열고 바람에 문이 닫히지 않게 의자를 가져다 놓았다. 아이가 밖에 있는데 문이 닫히기라도 하면 큰일이었다. 아이와 나의 침대를 꼼꼼하게 정돈한 뒤, 더러워진 빨래를 봉투에 집어넣었다. 그러면서 유혹을 참지 못하고 벽에 붙은 수많은 마리오의 그림을 곁눈질로 훔쳐보았다. 저 아이는 자기가 대단한 사람이라고 생각하며 성장하겠지. 엄청난 운명을 타고났다고 생각하겠지. 네 살밖에 안 된 아이에게 칭찬만 하는 부모 밑에서 자라는데 어떻게 그렇지 않을 수 있겠는가. 수많은 그림만 봐도 그렇다. 거실과 복도에 붙여 놓은 것과 비슷한 그림으로 이렇게 벽을 도배해 놓다니. 베타와 사베리오는 마리오에 관한 것이라면 아무것도 버리지 않았다. 아무리 하찮은 것도 아이의 천재성을 나타낸다고 생각하는 것 같았다.

갈수록 기분이 우울해졌다. 몸이 쇠약해서 그런 거라고 생각하려 했지만 소용없었다. 자신감 부족으로 괴로웠던 것이 이번이 처음은 아니었다. 하지만 마리오의 그림 앞에서 느낀 감정은 평소보다 심했다. 뭐라 표현해야 할지 모르겠지만, 나를 끌어당기고, 나의 본질까지 뒤흔드는 유기적인 무엇인가가 있었다. 그 순간 마리오가 끼어든 것이 차라리 다행이었다. 마리오는 장난감을 가지고 놀다 말고, 한 손에는 슈퍼맨을 다른 한 손에는 괴물을 들고 내 곁으로 다가왔다.

"할아버지, 저 그림은 어두워서 마음에 들어요?"

아이가 괴물을 쥔 손으로 벽을 가리키며 말했다.

"그림이 다 마음에 드는구나."

"거짓말 마세요. 너무 밝다면서요."

"장난으로 그런 거야. 네가 할아버지 그림이 너무 어둡다고 하지 않았니. 그래서 네 그림은 너무 밝다고 한 거야."

"장난인 줄 몰랐어요."

"어쩔 수 없지. 네가 어떻게 모든 걸 이해하겠니?"

"그럼 저도 할아버지처럼 그림을 잘 그리게 될까요?"

"그렇지 않은 편이 좋아."

"제 그림이 싫어서 그런 거죠?"

"아주 마음에 드는걸? 아이가 그린 그림이잖니. 어린이가 그린 그림은 다 예쁘단다."

"선생님은 제 그림이 제일 예쁘다고 했어요."

"선생님은 제대로 아는 것이 하나도 없고 실수도 잦단다."

"그렇지 않아요."

마리오가 내 말에 반박하며 괴물로 내 다리를 살짝 때렸다.

"아야!"

나는 장난스레 비명을 지르며 검지와 중지로 마리오의 어깨를 살짝 때렸다.

마리오는 미소를 지었다. 기분이 좋아 보였다.

"장난이에요!"라고 소리 지르며 이번에는 다리를 더 세게 때렸다. 그러더니 웃으며 "장난이지롱! 장난이지롱!"이라고 외치면서 못생긴 동물 인형으로 내 다리를 연달아 때렸다.

그러다 결국에는 "죽어라! 죽어버려!"라고 외치며 내 다리를 때렸고, 나는 정말로 아파서 손으로 막으려 했다. 하지만 마리오는 내 손등까지 장난감으로 내리쳤다. 순간 괴물의 뿔에 살갗이 찢어지는 것이 느껴졌다. 나는 또다시 나를 때리려고 치켜든 아이의 팔을 붙잡았다.

"그만하라니까! 할아버지 다쳤잖니!"

"장난이었어요."

마리오가 조용히, 화해하는 투로 말했다.

"이 정도면 장난이 아니다. 네가 무슨 짓을 했는지 잘 보렴."

내가 손에 난 길게 긁힌 상처를 보여주자 마리오는 상처에 맺힌 피를 바라보다 작은 소리로 변명했다.

"할아버지가 안 놀아주니까 그렇죠."

그러고는 아랫입술이 바르르 떨리는 것을 애써 참으며 말했다.

"상처에 뽀뽀해드리면 다 나을 거예요."

나는 마리오가 또 울음을 터뜨릴까봐 아이가 상처에 뽀뽀하게 내버려 두었다. 그러는 새 왼쪽 다리와 엉덩이에도 고통이 밀려들었다.

"이제 안 아프죠?"

마리오가 물었다.

"그래. 하지만 다시는 그러지 말렴. 소독약이 어디 있는지 아니?"

모를 리 없었다. 마리오는 자기를 따라 욕실로 오라더니 과산화수소가 어디에 있는지 보여주었다.

"뚜껑 열 줄 알아요?"

마리오가 내게 물었다.

"당연하지."

"저는 못 열어요."

"이번만큼은 제발 배우려 들지 말아라."

나는 마리오를 욕실 밖으로 내쫓은 뒤 욕실 문을 닫았다. 다리와 엉덩이를 살펴보니 작은 상처들이 나 있었다. 나는 상처 난 부위를 소독했다. 나이가 드니 작은 생채기에도 겁부터 더럭 났다. 감염되어 패혈증에 걸려 입원할까봐 두려웠다. 죽음이 두려운 것은 아니었다. 그저 아픈 것이 귀찮을 뿐이었다. 익숙한 일상이 흐트러지는 것이 성가신 것뿐이었다. 그게 아니면 기나긴 죽음이 두려워서일 수도 있다. 그냥 한꺼번에 모든 것을 내려놓고 영원히 숨을 쉬지 않는 편이 나았다.

"밖에 있니?"

"네."

"꼼짝 말고 거기 있으렴."

"네."

마리오는 돌이킬 수 없는 일을 저질렀다는 생각에 불안에 떨고 있었다. 아이를 상대로 인내심을 잃은 내가 부끄러웠다.

"이제 뭘 좀 먹고 할아버지랑 같이 작업을 하자꾸나."

욕실에서 나와서 내가 말했다.

"그림을 그리나요?"

"그래."

"같은 방에서요?"

"그럼. 그렇지 않으면 어떻게 같이 작업을 할 수 있겠니?"

9

점심을 먹는 동안 나는 최대한 아이에게 다정하게 대했다. 마리오도 우리의 미래 협업이 흔들리지 않게 신경 쓰는 것이 느껴졌다. 예컨대 식탁을 차리는 동안 이래라저래라 하지 않고 내가 하는 대로 내버려 두었다. 심지어는 살리가 준비해두고 간 음식을 데우기 위해 전자레인지를 사용할 때도 한마디도 하지 않았다. 우리가 어떻게 함께 작업할 것이며, 얼마 동안 작업할 건지에 (그렇다. 아이도 나처럼 '작업'한다는 표현을 썼다) 대해서는 조심스럽지만, 매우 집요하게 캐물었다. 나는 어두워질 때까지 우리가 오랫동안 함께 작업할 거라고 했다. 아이가 내 물감을 써봐도 되냐고 머뭇머뭇 물었을 때도, 잠깐이지만 사용할 수 있게 해주겠다고 했다. 마리오는 우리의 공동 작업을 매우 중요하게 생각하는 것이 분명했다. 사다리 놀이나 말타기보다 좋아하는 것 같았다. 순간 내가 놓은 덫에 내가 걸린 것 같은 느낌이 들었다.

나는 아이가 되도록 빨리 싫증 내기를 바랐다. 내가 싫증이 나기 전에 아이가 먼저 싫증 내기를 바랐다. 심신이 쇠약해져서 상대방이 고작 네 살배기 아이라는 사실을 망각하고 성을 내기 전에 말이다.

거실로 가기 전에 우리는 종이와 크레파스를 가지러 마리오의 방으로 갔다. 마리오는 자기 방이 위험으로 가득 찬 숲이라도 되는 것처럼 내 손을 꼭 잡았다. 내가 길을 잃지 않게 보살피는 것이 자기 숙제라고 생각하는 것 같았다. 발코니 유리문이 열려 있는 것을 보고 문을 닫으려는 순간, 마리오가 나를 불렀다. 나는 그 애가 작업에 필요한 도구를 봉투에 넣는 것을 도와주었다. 거실로 자리를 옮기려는 순간 마리오는 다시 내 손을 잡았다. 그 순간 아이의 진짜 의도는 다정하고 희망에 찬 분위기 속으로 나를 끌어들이는 것이라는 사실을 깨달았다.

거실에 돌아가 마리오가 자기 의자를 내 의자에 최대한 붙였다는 것을 확인한 뒤에 우리는 자리에 앉았다. 그런데 마리오는 또 무슨 생각이 떠올랐는지 갑자기 가서 베개를 가지고 오겠다고 했다. 베개가 왜 필요하냐고 묻자 아이는 낑낑대면서 자리가 불편해서 편하게 앉으려면 베개를 깔고 앉아야 한다는 것을 증명해 보이려 했다. 마리오는 자취를 감추더니 한참 동안 돌아오지 않았다. 갑자기 외로움이 몰려들었다. 잿빛 하늘과 나른한 불빛, 다리와 엉덩이에 생긴 작은 상처들 때문에 짜증이 났다. 손등을 긁힌 자리는 화끈거렸다.

마리오가 대체 어디로 사라진 건지 보려고 마지못해 몸을 일으키는 순간, 아이는 제 엄마가 냉기를 막기 위해 바닥에 놓아두는 파란 베개를 들고 달려왔다. 아이는 베개를 의자에 올려놓고 기어올라 편하게 자리를 잡은 후 할아버지 종이를 써도 되냐고 물었다. 자기 종이보다 내 종이가 그림 그리기에 더 좋을 것 같다고 했다. 마리오에게 종이를 내어준 뒤에야 등받이에 몸을 기대어, 다리를 식탁 밑으로 쭉 펼 수 있었다. 마리오가 참을성 있게 내가 과제를 내어주기를 기다리는 동안 나는 지난 며칠 동안 그린 작품들을 살펴보았다.

종이를 넘길 때마다 실망감은 커져만 갔다. 제대로 실력을 발휘하지 못한 것은 이미 알고 있었지만, 열 점의 그림 모두 내가 생각했던 것과는 전혀 달랐다. 지나친 실망감에 빠지지 않기 위해 마음을 추스르면서 자연스레 내 팔 너머로 그림을 훔쳐보고 있던 마리오에게 말을 걸었다. 나는 마리오에게 그림들이 마음에 드냐고 물었다. 이번에는 장난이 아니라 진심이었다. 나 스스로 놀랄 정도로 그 애의 진심을 알고 싶었다.

내 물음에 마리오는 얼굴이 새빨개졌다. 그림을 보는 대신 나만 빤히 바라봤다. 이것도 놀이인지 알고 싶었던 것 같았다.

나는 그림들을 한 장씩 아이 앞에 쌓아 놓았다. 출판사 사장에게 제안하려던 페이지 순서대로였다. 마리오는 첫 번째 그림을 뚫어지게 쳐다봤다. 눈으로 그림을 들이마시는 것 같았다. 나는 그 오래된 은유를 참 좋아한다. 사물과 사람들이 녹아내려 액체가 되고, 눈이 입과 목이 되어 축소할 수 없는 세상을 묘약으로 바꿔 들이마시는 이미지가 매력적으로 느껴졌기 때문이다.

마리오가 입을 열었다.

"이 그림은 밝게 그렸네요. 노란색을 참 많이 썼어요."

나는 의아한 눈빛으로 마리오와 그림을 번갈아 보았다. 마리오 말이 맞았다. 정형화된 기존 양식과는 달리, 나도 모르게 노란색을 많이 사용했다. 아니, 정확히 말하자면 마리오가 노란색이라고 표현하는 효과가 많이 들어가 있었다. 아이에게 인정받고 싶었던 걸까? 웃음이 터져 나왔다. 마리오가 내 표정을 보고 심각하게 물었다.

"제가 실수했나요?"

"아니다."

나는 아이를 안심시켰다.

"아니야. 계속하렴. 네 생각을 말해줘. 할아버지는 네 이야기가 듣고 싶구나."

그때 전화벨이 울렸다.

내가 짜증난다고 하자, 마리오도 내 말에 동의했다.

"전화 받지 마세요. 사기꾼일 거예요. 아빠는 언제나 귀찮게 하지 말라고 전화에 대고 소리 지르곤 해요."

그렇지만 전화벨이 한 번, 두 번, 세 번, 네 번 연달아 울리자 우리는 신경이 날카로워졌다. 내가 전화를 받으러 가겠다고 나서자 마리오가 신신당부했다.

"호통을 치세요. 그래야 놀라서 다시는 방해하지 않죠."

부엌에 가보니 무선 전화기가 제자리에 없었다. 싱크대 옆 탁자에 올려 두었던 것이다. 받아보니 전화 건 사람은 온갖 잡동사니를 팔면서 근근하게 생계를 이어가는 장사치가 아니라 베타였다.

"저녁 식사 시간에 전화한다고 하지 않았니?"

나는 무선 전화를 귀에 댄 채 복도를 걸으며 물었다.

"맞아요. 하지만 오늘 저녁에는 시간이 없어요. 사베리오가 7시에 발표를 해야 하고, 다음 일정이 많거든요."

"둘 사이는 괜찮고?"

"괜찮긴요. 더 안 좋아졌어요. 발표 때문에 긴장해서 이성적인 판단을 못 해요. 자기가 호텔 룸에서 발표를 준비하는 동안 제가 애인을 만난다는 거예요. 그 멍청한 자식이 과대망상증에 빠져서 방금 모두가 보는 앞에서 제 뺨을 때릴 뻔했다고요."

"뺨을 때려?"

"그래요."

"감히 그런 짓을 하면 내가 죽여버린다고 전해라."

"죽여버린다고요?"

조금 전까지 징징대던 베타가 갑자기 웃음을 터뜨렸다.

"아빠, 괜찮으세요?"

"나는 멀쩡하다. 그렇게 전하래도."

그러자 베타는 어린 시절 그랬던 것처럼 배꼽이 빠져라 웃음을 터뜨렸다.

"그래요."

베타가 웃느라 목멘 소리로 말했다.

"그렇게 전할게요. 아빠 말이 당신이 내 뺨을 때리면 죽여버린대."

베타는 웃느라 좀처럼 정신을 차리지 못했다. 충분히 행동으로 옮길 수 있는 일인데, 내 입에서 그런 말이 나왔다는 것조차 못 믿는 것 같았다. 나는 심각한 어조로 말했다.

"그 자식이랑 헤어져라, 베타. 너는 아직 젊고 아름답고 똑똑하잖니. 너와 어울리는 남자를 만나 그 사람과 아들, 아니 딸을 낳으렴."

베타는 계속 웃었지만, 이제는 가식적으로 들렸다.

"아빠도 참. 그보다는 마리오와는 잘 지내세요?"

"우리를 방해하지 말라고 전해달라는구나."

"다행이네요. 둘이 뭐해요?"

"그림 그리고 있다."

"잘 그리죠?"

"그래, 그렇더구나."

"마리오에게 안부 전해주세요. 엄마가 사랑한다고, 내일 통화하자고요."

나는 마리오에게 돌아갔다. 바보 같은 생각일지는 몰라도, 그 애 의견이 정말로 듣고 싶었다. 마리오는 그동안 내 그림을 모두 훑어본 뒤 자기 오른편에 가지런히 쌓아 놓았다.

내가 "그래, 어떠냐"라고 물었지만, 그 애는 대답하지 않고 누가 전화했는지 물었다. 자기 아버지를 성나게 한 그 사기꾼들이더냐고 물었다.

엄마와 통화했다고 하자, 속상해하면서 왜 자기를 부르지 않았냐고 했다. 나는 가까스로 엄마가 바빴다는 말로 아이를 설득하고 아이의 관심을 다시 그림으로 돌렸다.

"그만할까?"

내가 물었다.

"아니요."

"그럼 할아버지 그림이 어떤 것 같니?"

"멋져요."

"정말?"

"네. 하지만 조금 무서워요."

"*무서워야 해.* 유령 이야기거든."

마리오는 석연치 않은 표정으로 고개를 젓더니 다시 종이를 한 장씩 살피기 시작했다. 찾는 그림이 있는 것 같았다. 원하는 그림을 발견한 마리오는 내게 그림을 내밀어 보였다.

"여기 앉아 있는 사람은 누구예요?"

"이야기의 주인공이란다."

"이름이 뭔데요?"

"스펜서 브라이든."

"저 사람이 유령이에요?"

"유리창 뒤에 있는 사람들이 유령이란다."

"유령들이 울고 있나요?"

"아니, 외치는 거야."

"입이 그냥 구멍이네요? 이빨도 없고. 이빨이라도 그려주세요."

"이대로도 괜찮다. 그래, 노란색은 어떠냐?"

마리오는 골똘히 생각하다 말했다.

"여기 있는 노란색은 보기 싫어요."

나는 신경질이 났다. 그 애가 가리킨 곳에 노란색은 없었다. 지금도 장난을 치려는 건가? 아이가 거짓 대답을 하고 있다고 생각하니 참을 수가 없었다. 하지만 나는 그 애에게서 대체 뭘 바란 걸까? 애당초 어린아이에게 말도 안 되는 것을 요구하고 있었다. 그런 코흘리개에게 내 작품을 평가하라고 하다니. 그런 어린아이에게서 자신감을 얻고자 하다니. 이 정도면 충분하다. 나는 마리오의 말을 끊었다.

"그래. 이제는 너 혼자 그림을 그리렴. 할아버지는 할아버지 그림을 그릴 테니."

마리오가 이 제안을 탐탁지 않게 여기는 바람에 우리는 한참 옥신각신했다. 마리오는 우리 둘이 같은 종이에 그림을 그리기로 했다고 생각한 것이다. 서로 방해하지 않게 각자 그림을 그리자는 말을 좀처럼 받아들이지 않았다.

"무슨 그림을 그리란 말이에요?"

마리오가 뚱해서 물었다.

"아무거나 그리고 싶은 걸 그리렴."

"할아버지랑 같은 걸 그릴래요."

"그래."

"유령을 그릴래요."

"그러렴."

"그러면 함께 작업할 수 있잖아요."

"그래."

방해하면 호통을 치려고 했는데 그럴 필요가 없었다. 얼마 안 가 나는 마리오를 까맣게 잊었고, 마리오도 내게 자신의 존재를 알리기 위해 별다른 행동을 하지 않았다. 물론 내 옆에 있는 마리오의 존재가 의식이 되긴 했지만 차라리 그 편이 나았다. 마리오에게 신경 쓰지 않고 오후 내내 그림을 손질하고, 마음에 안 드는 부분은 다시 그려서 골칫거리를 해치워버릴까 생각도 했다.

그렇게 작업한 결과물이 출판사 사장 마음에 들지 않는다고 해도 어쩔 수 없었다. 노년을 보낼 다른 방법을 찾는 수밖에. 어차피 내 삶은 거의 끝나가고 있었다. 나는 할 만큼 했다. 그 결과가 좋든 나쁘든, 아니면 아예 없든 뭐가 중요하단 말인가. 나는 즐거운 마음으로 나의 모든 시간을 내 천직에 바쳤다. 하지만 흘러간 세월과 함께 이제는 즐거움도 사라져버렸다. 갈수록 손이 쉬이 피곤해졌다. 한때는 재미있어서 손 아픈 줄도 몰랐었는데 이제는 무뎌져서 차갑게 굳어버린 손가락이 상상력을 희미하게 만들고, 혹독한 자기 수양마저 무의미하게 만들었다.

그림을 그리느라 애쓰고 싶은 마음이 나지 않아 작업을 멈추고 종이를 옆으로 밀어냈다. 다시 한번 소방울을 붙인 붉은색과 푸른색 액자를 쳐다본 후 마리오를 바라보았다. 마리오는 고개를 숙이고 열심히 그림을 그리고 있었다. 앙 다문 입술과 코가 종이에 닿을 지경이었다. 다 그렸냐고 물어도 아무런 대답도 하지 않았다. 다시 한번 묻자 멍한 눈초리로 나를 바라보며 다 그렸다고 했다.

"할아버지도 다 그렸나요?"

이번에는 내가 대답하지 않았다. 마리오가 고개를 드는 순간 아이가 그린 그림이, 그 색채가 보였다. 거실에 걸어놓은 집과 잔디밭 그림, 자기 방에 진열해놓은 십수 개의 동물 인형과는 비교할 수 없는 그림이었다. 마리오의 그림에서는 경이로운 모방력이 엿보였다. 자연스럽고 조화로운 구성력과 상상력으로 충만한 색감이 돋보였다. 마리오는 나를 그렸다. 마리오의 그림은 누가 봐도 오늘 그 순간 나의 모습이었다. 하지만 그림 속 나는 공포를 분출하고 있었다. 그것은 정말로 나의 유령이었다.

"전에도 이런 그림을 그린 적이 있니?"

내가 물었다.

"마음에 안 드세요?"

"너무 멋지다. 이런 그림이 또 있니?"

"아니요."

"사실대로 말해보렴."

"정말이에요."

나는 벽에 붙은 그림들을 가리켰다.

"저 그림들은 이 그림만 못하다."

"그렇지 않아요. 선생님도 아빠도 엄마도 좋다고 했어요."

"그러면 왜 지금은 이렇게 그렸니?"

"할아버지를 따라 했어요."

나는 종이를 집어 들고 찬찬히 살펴보았다. 세상의 중심에서 가장자리로 밀려날 만큼 누군가에게 강하게 떠밀린 느낌이었다. 그렇게 심한 충격을 느꼈던 적이 전에도 있었다. 어린 시절 나의 재능을 아직 몰랐을 때, 처음으로 내 재능을 발견한 순간 놀라움과 두려움 속에 꼭 그런 충격을 받았었다. 하지만 당시의 충격으로 인해 내가 절대적인 독창성의 소유자이며 세상의 중심이라는 믿음을 가지게 된 데 비해 (그로 인해 얼마나 내 능력 이상의 원대한 야망을 품었던가) 마리오의 그림이 준 충격은 자칫 나를 파멸로 몰아넣을 수도 있을 것 같았다. 그 충격에 반응하기 위해 나는 내 그림을 수정했다.

그러자 마리오는 기쁨의 탄성을 질렀다.

"잘했어요, 할아버지! 그렇게 하니까 훨씬 멋져요!"

*그렇게 하니까 훨씬 멋져요!*라는 말을 듣는 순간, 마치 까만 연필심이 종이가 아닌 마리오를 찌르는 것 같아, 연필을 떼고 시선을 다른 곳으로 돌렸다. 아이가 그린 선과 색상이 내게는 독이 되는 것 같았다.

나는 조용히 말했다.

"그래. 우리 함께 오늘 정말 좋은 작업을 했구나."

마리오가 갑자기 진지해졌다. 짐짓 거만한 표정을 지어 보이며 내가 조금 전까지 작업하던 그림을 보면서 말했다.

"정말요. 할아버지 그림이 훨씬 밝아졌어요."

"우리 서명을 하자꾸나."

내 말에 마리오는 당황했다.

"서명할 줄 몰라요. 도와주실래요?"

"아니. 자기 서명은 자기가 해야지."

"하지만 실수하면 그림을 망치잖아요."

"그럼 내 그림에 서명할래?"

아이의 표정이 어두워졌다.

"함께 작업했잖아요."

"좋다. 그럼 너는 내 그림에 서명하렴. 할아버지는 네 그림에 서명할 테니."

마리오는 기뻐서 어쩔 줄 몰라 하며 "네!"라고 외쳤고, 나는 그런 마리오에게 내 그림을 건넸다. 마리오는 기분이 한껏 고조돼서 빨간 사인펜으로 삐뚤빼뚤하게 대문자로 '마리오'라고 썼다. 같은 사인펜으로 그 애가 그린 그림에 서명하려고 몸을 숙이는 순간, 마리오가 나를 제지하며 말했다.

"빨간색 말고 녹색으로 써요."

나는 마리오의 말에 따라 녹색으로 '할아버지'라고 서명했다. 마리오 말이 옳았다. 녹색이 그 그림의 색감에 더 잘 어울렸다. 하지만 그러는 동안 가슴속 깊은 곳으로 굴욕감이 밀려들었다.

"이제 놀이가 끝났으니 그림을 모조리 없애버리자!"

참기 힘든 감정을 떨쳐버리기 위해 마리오에게 방금 아이가 서명한 그림을 가리켜 보였다. 즐거움과 두려움이 섞인 눈으로 나를 바라보는 아이 앞에서 나는 다른 그림을 한 장 들고 갈가리 찢어버렸다.

"장난이에요?"

아이가 조심스레 물었다.

"장난이고말고."

내 말에 마리오는 날카로운 소리를 지르며 나를 도와 모든 그림을 갈가리 찢기 시작했다. 어른의 도움을 받아 열심히 만든 것을 망가뜨릴 때 아이들이 내는 통제하기 힘든 기쁨의 탄성이었다. 마리오는 종이를 찢고, 조각을 공중에 날리고, 소리를 지르고, 깔깔 웃어댔다. 마리오가 자기가 그린 그림을 찢으려는 순간, 나는 그 애 팔을 붙잡았다.

"아야!"

마리오가 투덜거렸다.

나는 아이 손에서 종이를 빼앗으며 말했다.

"이 그림은 안 돼. 이 그림은 할아버지가 간직하게 선물로 주렴."

하지만 마리오는 그 놀이에 너무 심취한 나머지 도전적인 눈빛으로 나를 바라보며 미소를 지은 채 내 손에서 종이를 빼앗으려 했다. 내가 밀치니까, 다시 웃었다. 그때까지 나는 마리오가 어떤 아인지 제대로 파악하지 못했다. 겉보기에 예의 바른 아이였지만 사실은 그렇지 않았다. 마리오가 다시 달려들자 나도 반격에 나섰다. 그림을 빼앗는 데 실패하자 마리오는 연필, 사인펜, 크레파스, 앨범 등을 닥치는 대로 집어 던지기 시작했다. 던질 때마다 매번 재밌어서 어쩔 줄을 모르며 "장난이에요!"라고 외쳤다. 놀이가 끝났음을 알리려 했지만 소용없었다. 결국 나는 마리오를 베개가 놓인 의자에서 끌어내린 후 명령을 내렸다.

"이제 그만하고 방을 정리해라! 또 야단맞기 전에 지금 당장!"

마리오는 동작을 멈췄다. 기쁨에 찬 표정이 순식간에 뾰로통해졌다.

"대신 할아버지도 도와주세요."

"네가 저지른 일이니 혼자 정리하렴."

"하지만 그림을 찢으라고 한 건 할아버지잖아요."

"그렇지만 방을 엉망으로 만들라고 한 적은 없다."

"같이 놀았잖아요."

"듣기 싫다."

"할아버지 나빠요."

"그래. 할아버지는 나쁘다. 할아버지 물건을 다 주워서 제 자리에 갖다 놓기 전에는 방에서 못 나갈 줄 알아라."

무슨 일이 일어난 걸까. 나는 그 애를 위협하고 싶은 걸 겨우 참았다. 내 손은 당장이라도 뺨을 갈길 기세로 아이 얼굴 바로 앞에 와 있었다. 나는 아이 뺨을 때리는 대신 문설주에서 석고 조각이 떨어질 정도로 문을 거세게 닫고 거실 밖으로 나갔다.

10

담배를 찾으러 부엌으로 갔다. 담배는 싱크대 옆에 있었다. 조금 전 거실에서 뭔가 결정적인 일이 일어난 것만은 확실했다. 하지만 감정을 정리하려면 잠깐의 휴식이 필요했다. 나는 담배를 피우려다 그만두었다. 담배보다는 캐모마일 차나 마시는 편이 나을 것 같았다. 하지만 찬장과 서랍을 닥치는 대로 열어봤지만 차는 보이지 않았다. 어쩌면 집 안에 캐모마일 차가 있는지 없는지도 몰랐다. 그렇다고 저 사나운 핏덩어리에게 물어보고 싶지는 않았다. 세상에. 그 애는 대체 어떻게 한 걸까. 내 옆에 앉아서 어떻게 그런 그림을 그릴 수 있었던 걸까. 차분히 앉아서 생각을 정리해야 했다.

나는 욕실로 가서 힘겹게 소변을 본 뒤 욕실에서 나왔다. 공기가 차가웠다. 마리오 방 유리문을 닫았는지 기억이 나지 않았다. 마리오 때문에 정신이 없어서 미처 닫지 못한 것 같아 확인하러 가보니 문이 열려 있었다. 나는 문이 닫히지 않게 놓아두었던 의자를 치우고 밖을 내다보았다. 하늘은 칠흑같이 어두웠지만, 멀리 신시가지 위로 아직 어슴푸레한 보랏빛이 보였다.

순간 양동이가 없어진 걸 깨달았다. 밧줄은 난간 너머로 드리워 있었다. 피가 머리끝까지 솟구쳐 올랐다. 하지 말라고 그렇게 신신당부했건만, 베개를 가지러 방에 왔을 때 유혹을 참지 못하고 양동이에 장난감을 담아 친구에게 내려보낸 것이다. 조금 있으면 아틸리오의 아버지가 또다시 항의하러 올

것이다. 그보다 최악은 그의 아내가 올라오는 것이다. 화가
났다. 조심스레 발코니로 나가보니 바람이 있었다. 가벼운 현
기증 때문에 멀미를 느끼며 밧줄을 끌어 올렸다. 다행히 아직
양동이는 장난감으로 가득했다. 등 뒤에서 마리오의 기쁜 외
침이 들려왔다.

"할아버지, 할아버지한테 장난칠래요."

나는 뒤를 돌아보며 말했다.

"나오지 마라. 춥다."

마리오는 나오는 대신 내가 아직 밖에 있는데 젖먹던 힘을
다해 유리문을 밀어서 닫아버렸다.

3장

1

나는 아무런 조치도 취할 수 없었다. 길게만 느껴졌던 몇 초 동안 밧줄을 손에 쥐고 난간 곁에 머물러 있었다. 양동이는 아직도 허공에 대롱대롱 매달려 있었다. 나는 고개를 돌리고 유리문의 새하얀 틀과 기다란 이중 유리창을 바라보았다. 자동차 소음이 다른 모든 소리를 지워버리며 참기 힘들 정도로 크게 들려왔다. 마리오의 목소리도 들리지 않고, 모습도 보이지 않았다. 한낮의 햇살이 어느새 희미해져 방 안을 밝히기엔 역부족이었다.

나는 밧줄을 바로 놓아버리고, 발코니 가장자리에서 천천히 유리문 쪽으로 향했다. 그제야 마리오가 보였다. 마리오는 동상처럼 가만히 서 있었다. 유리문 아래 서 있는 아이의 자그마한 몸이 보였다. 손을 여전히 유리창에서 떼지 않은 채 교활한 눈을 반짝이고 있었다. 말문이 막혔다. 그 순간은 아무런 감정도 느껴지지 않았다.

마리오와 똑같은 자세로 손을 유리창에 대고 힘껏 밀어보았다. 한낱 어린아이가 가로막고 있는 것이니, 힘으로 밀어붙이면 집 안에 들어갈 수 있을 것 같았다. 하지만 문은 꿈쩍도 하지 않았고 그제야 불안이 몰려들면서 행동이 과격해졌다. 나는 온 힘을 모아 헐떡대면서 초인적인 힘으로 유리문을 밀다 포기하고 말았다. 나는 바깥에, 마리오는 집 안에 갇힌 것이다.

아이를 향한 미움으로 온몸이 타들어가는 것 같았다. 고함을 치고 싶은 것을 겨우 참고 속으로 사위를 욕했다. 그 멍청한 자식은 바깥에 손잡이도 없는 문을 설치한 것이다. 아이의 단잠을 방해할 외부 소음을 차단하고 도둑을 막는 데만 신경을 쓴 것이다. 설상가상으로 문에 결함이 있는 것을 알고도, 베타를 괴롭히는 데 정신이 팔려서 문을 교체하기는커녕 수리도 안 한 것이다. 베타는 어떻게 그런 녀석과 이토록 긴 세월을 함께 살고 아들까지 낳은 걸까?

마리오 키 높이로 허리를 숙여보았다. 이제는 유리창에 갖다 댄 그 애의 창백한 손바닥밖에 보이지 않았다. 어둠이 하늘, 발코니, 방, 아이를 비롯한 모든 것을 집어삼킨 것이다. 나는 손가락으로 유리창을 톡톡 때리며 애써 웃음을 지어 보였다.

"재밌는 장난이로구나. 이제 불을 좀 켜보겠니?"

내가 큰 소리로 말했다.

"그럼요. 할아버지."

"뛰지 마라. 다칠라."

잠시 후 자그마한 손바닥마저 사라져버렸다. 하지만 잠시 후 불빛이 방을 환하게 밝히며 발코니 밖으로 쏟아져 나왔고, 내 마음도 조금 편해졌다. 마리오가 신이 나서 뛰어왔다.

"이제 뭘 하죠?"

그게 문제였다. 이제 무엇을 해야 할까.

"바닥에 앉아보렴."

"할아버지는 발코니 바닥에 앉을 거예요?"

"그래."

나는 힘겹게 유리문 옆에 쭈그리고 앉았다.

"이제는요?"

"잠깐 기다려봐라."

생각할 시간이 필요했다. 무엇보다 아이에게 어떤 식으로 말을 해야 할지 고민이었다. 사태의 심각함을 깨닫고 겁먹지 않게 해야 했다. 마리오가 물었다.

"제가 보이세요, 할아버지?"

"그럼. 보이고말고."

"저도 할아버지가 보여요. 우리 인사해볼까요?"

마리오는 내 기분이 좋은지 확인하기 위해 손을 흔들어 보였고, 나도 그렇게 했다. 하지만 마리오는 그 정도로는 부족했는지 웃으면서 유리창을 두드렸고, 나 역시 마리오를 향해 웃어 보이며 유리창을 두드렸다.

나는 마리오의 눈을 찾았다. 아이의 반짝이는 눈동자에 내 모습이 조그맣게 비쳤다. 조금 전 그 애의 손을 통해 기적처럼 재탄생한 나의 모습이었다. 말문이 막힐 정도로 놀라운 그림이었다. 마리오의 몸은 정말 작았다. 그 자그마한 몸에 그토록 큰 세상과 많은 어휘를 담고 있다니. 마리오는 자기가 하는 말의 의미를 아는 것처럼 단어들을 능숙하게 연결했지만, 실은 자기가 무슨 말을 하는지 잘 몰랐다. 모든 행동이 그런 식이었다. 자기가 방금 어떤 그림을 그리고 어떤 색을 칠했는지도 잘 몰랐다. 모든 아이가 그렇듯 마리오는 성장을 기다리며 수많은 가능성을 꾹꾹 눌러 담은 살아 있는 물질의 작은 조각일 뿐이었다.

향후 약 이십 년 동안 아이는 (서서히 많은 것을 포기하면서) 편의를 위해 자신의 가능성에 족쇄를 채우고 후에 운명이라 부를 섬광을 쫓을 것이다.

"마리오야."

내가 유리창을 두드리며 이름을 부르자 아이는 바로 관심을 보였다. 빨리 명령을 받고 싶어서 안달이었다.

"할아버지가 집에 못 들어가는 거 알지?"

마리오는 당연히 안다고 했다.

"알아요, 할아버지."

하지만 마리오는 그게 뭐가 문제인지 전혀 모르는 듯했다.

"거기서 같이 놀다 있다가 들어오세요."

마리오는 (유리창을 사이에 두고) 이제부터 신나는 놀이가 시작된다고 생각하고 있는 것이 분명했다. 그러다 지겨워지면 놀이를 끝내고 집에 들어오면 된다고 생각하고 있었다.

"마리오, 누군가 이 문을 열어주지 않으면 나는 들어갈 수 없단다."

내가 설명했다.

"살리 아주머니가 열어줄 거예요."

"살리는 내일 아침에 오잖니."

"그럼 내일 아침까지 놀아요."

"내일 아침은 아직 멀었단다. 그렇게 오래 놀 수는 없어."

"일해야 하니까요?"

"그래."

"할아버지는 일을 너무 많이 하세요. 우선 놀아요. 아빠가 문을 열어줄 거예요."

"아빠는 내일모레 오시잖니. 모레는 내일 아침보다 더 멀단다."

"그렇담 제가 열어줄게요. 어떻게 하면 되죠?"

인내심을 잃기 일보 직전에 바지 주머니에 휴대폰이 있을지도 모른다는 생각이 났다. 하지만 호주머니에는 담배 한 갑과 성냥밖에 없었다. 휴대폰은 대체 어디에 있을까. 생각해보니 휴대폰을 사용한 지 한참 지난 것 같았다. 마지막 통화는 출판사 사장과의 통화였다(평소 휴대폰을 진동 상태로 두기 때문에 적어도 전화가 왔다는 사실을 인지한 것은 그때가 마지막이었다). 마리오가 유리창을 세게 두드렸다. 내가 딴생각하는 걸 못 참았다. 어쩌면 내가 잘못하고 있는 것일지도 모른다. 아이에게 겁을 줘서 내 상황이 얼마나 곤란한지 알리는 것이 나을지도 모른다.

"마리오, 집 전화기가 어딨는지 아니?"

내 말에 마리오는 신이 나서 대답했다.

"무선 전화요?"

"그래, 무선 전화 말이다."

"당연히 알죠."

"이리로 가져다주겠니?"

"네."

"의지에 올라가지 않아도 되지?"

"네."

아이가 달려가려는 순간, 나는 다시 유리창을 두드렸다.

"기다려!"

나는 마리오에게 가스불 옆에 있는 선반 위에 놓인 종이도 가져다 달라고 했다.

"뛰어갔다 올까요?"

"아니다. 뛰지 마라."

혼자가 되니 추위가 밀려들었다. 그제야 슬리퍼에 가벼운 스웨터 차림이라는 사실을 깨달았다. 하지만 조금만 있으면 집에 들어갈 수 있을 것이다. 종이에는 베타의 당부 사항과 상황별 연락처가 적혀 있었다. 마리오는 전화와 리모컨을 잘 다루니까 종이에 적힌 번호 중 하나에 전화를 걸어 도움을 청하게 할 생각이었다.

발코니 아래 뜰을 내려다보니 시꺼먼 우물 같았다. 창문이며 층층이 쌓인 발코니 어디에서도 희미한 불빛조차 새어 나오지 않았다. 대신 내 왼편으로는 자동차로 가득한 도로가 환하게 빛나고 있었다. 역사에서 흘러나오는 빛과 달팽이처럼 느릿느릿 도로 양쪽을 기어가는 자동차들의 붉은 헤드라이트와 후미등이 광대한 은하와 같은 도로를 축제처럼 밝히고 있었다. 소음과 다급한 엔진 소리가 거칠게 내 귀를 파고들었다. 나 자신이 평소보다 더 약한 존재처럼 느껴졌다. 기력이 쇠해서가 아니었다. 마리오가 그린 그 경이로운 그림 때문이었다. 곤란한 상황으로 인한 불안함마저, 그림으로 인한 충격을 완전히 없애지 못했다.

마리오는 쪼르르 달려와 유리창을 향해 몸을 날려 두 손으로 유리창에 종이를 붙였다. 나는 쭈그리고 앉아서 안경을 벗었다. 종이를 반대편으로 돌리라고 하자 마리오가 그렇게 했다. 베타가 써준 번호 중에는 살리의 번호도 있었다. 순간 마음이 놓였다. 마리오에게 종이를 바닥에 내려놓고 무선 전화기를 가져오라고 하니 마리오가 머뭇거리며 말했다.

"이미 다녀왔어요."

"그런데?"

"전화기가 자리에 없어요."

"무슨 말이니?"

"*할아버지*가 제자리에 안 놔뒀어요."

순간 불안감이 엄습했다. 그렇다. 내 잘못이었다. 베타와 점심때 통화한 후 정신이 없어서 제자리에 가져다 두지 않은 것이다. 대체 정신을 어디에 두고 다녔단 말인가. 한 가지 일을 하면서 나는 이미 다른 생각을 하고 있었다. 삶은 그런 식으로 내 통제권을 벗어나고 있었다. 집중하려 했지만, 마리오가 조바심을 내면서 쉬지 않고 유리창을 두드려대며 물었다.

"할아버지, 이제는 뭘 하면 돼요?"

나는 어떡하든 동선을 재구성해보려 했다. 처음 무선 전화를 쓴 것은 전날 밤이었다. 베타에게 전화가 와서 집 안을 돌아다니며 그 애와 통화했다. 그런 다음 인사하고 전화를 제자리에 놓았다. 아니다. 부엌에 놔뒀다. 오늘 전화가 왔을 때 ("할아버지 이제 뭐 해요?") 전화기가 부엌에 있었으니까. 그런 다음 복도에서 베타와 통화했다. 그 부분은 기억이 뚜렷하다. 그런 다음 마지막으로 ("할아버지! 뭘 하면 돼요?") 마리오가 있는 거실로 갔다.

마리오는 안절부절못하면서 두 손으로 유리창을 두드렸다. 순간 화가 나서 버럭 소리 질렀다.

"그만하라니까!"

마리오가 놀라서 눈을 깜빡이더니 항복하는 것처럼 손바닥을 유리창에서 떼어내고 두 팔을 벌린 채 입을 반쯤 벌리고 나를 바라보았다. 나는 곧바로 후회했다. 아이가 다시 울음을 터뜨리거나 심술이 나서 협조하지 않으면 상황이 악화할 것이 뻔했다. 나는 미소를 지으며 말했다.

"미안하다. 생각하고 있었어. 대신 이제 전화기가 어디에 있는지 기억이 났단다. 분명히 거실에 있을 거야. 천천히 가서 보렴. 거실 탁자에 있을 거야."

내 말에 마리오는 금세 기분이 풀려서 속터지게 느린 걸음으로 문으로 다가가 복도로 자취를 감추었다.

먼 하늘에 섬광이 보였다. 추위를 이기기 위해서 몸을 좀 움직여야 했다. 나는 다시 일어났지만 움직이지는 않았다. 허공 위로 솟아난 돌덩이를 좀처럼 믿을 수가 없었다. 발코니는 자동차와 기차가 지나갈 때마다 진동했다. 솔직히 말하면 그 순간 나는 아무것도 믿을 수 없었다. 쇠도 시멘트도 그 도시의 모든 건물도. 사춘기 시절 나폴리에서 느꼈던 모든 것에 대한 빈곤감이 되살아났다.

스무 살 때 도망치듯 고향을 떠난 것도 그 빈곤감 때문이었다. 나는 나폴리에 신축 건물들이 올라가던 시절 자행되던

야만적인 부패와 약탈, 도적질을 다시 떠올렸다. 그 집과 그 동네에서 보낸 모든 순간은 도박에 중독된 아버지의 손을 탔다. 아버지는 약탈자의 스릴을 느끼기 위해서 우리 가족의 생사를 걸었다.

나는 아버지를 비롯한 나의 모든 선조와 부패한 도시에서 멀어지기 위해, 그들과는 다르다는 사실을 증명하기 위해 온 힘을 다해 싸웠다. 그 힘은 나라는 존재가 특별하다는 가정에서 나온 것이었다. 그런데 어떤 핏줄을 타고났는지 알 수 없는 이 아이가 (그 애는 커다란 손, 두꺼운 다리, 제 아비처럼 속 좁고 질투심 많고 가식적으로만 친절한, 한마디로 나와는 전혀 다른 어른으로 자라날 터였다) 갑자기 내가 보는 앞에서, 오직 내 흉내를 내고 싶다는 일념으로 예상치 못한 놀라운 그림을 그린 것이다. 마리오는 그 능력을 장난처럼 *끄*집어냈다. 어떤 핵산과 인과 질소로 만들어졌는지 알 수 없는 살 속 깊은 곳으로부터 *끄*집어낸 것이다.

그렇게 마리오는 어린 시절 나만의 특별한 능력이라고 생각했던 힘을 가지고 있음을 보여주었다. 그것은 나만의 재능이 아니었다. 마리오뿐 아니라 누구든 그런 재능을 가질 수 있다는 사실은 (심지어는 어제 아침 만난 바 주인까지도) 결국 내가 평생 나 스스로 생각했던 사람이 아님을 의미했다. 그제야 나는 거실에서 무슨 일이 일어났는지 깨달았다. 마리오의 그림은 내가 나 스스로에 관해 가지고 있던 이미지를 앗아가 버렸다. 순간 소름이 돋았다. 집 안에서 새어 나오는 불빛에 몸을 녹이는 것이 가능하기라도 한 것처럼 유리창에 몸을 붙였다.

똑똑똑.

마리오였다. 아이는 무선 전화기로 유리창을 두드렸다. 전화기를 찾은 것이다.

"잘했다."

마리오는 몹시 흥분해서 볼이 불그스름했고, 두 눈은 기쁨에 반짝였다. 마리오가 물었다.

"또 뭘 할까요, 할아버지?"

2

거기까지는 일이 잘 풀리고 있는 것 같았다.

"이제 종이를 유리창에 갖다 대렴."

"왜요?"

"살리 아주머니 번호를 외우려고."

마리오는 내 말대로 했다. 나는 정신을 집중해서 몇 번이고 번호를 되뇌었다. 그래도 잊어버릴까봐 두려워 일부러 큰 소리로 마리오에게 전화번호를 들려주고, 내게 다시 말해보라고 했다. 마리오는 테스트에 만족해하면서 소리를 질렀다.

"삼삼오하나영이하나구이오."

"잘했다. 한 번 더 해보렴."

"삼삼오하나영이하나구이오."

"이제 그 번호로 전화를 걸어보자."

마리오가 바닥에 앉았다.

"할아버지도 앉으세요."

나는 낑낑대며 유리창에 최대한 가까이 앉았다. 마리오는 방금 말한 숫자를 중얼거리면서 전화기 버튼을 누른 후 큰 소리로 말했다.

"안녕하세요, 살리 아줌마! 어떻게 지내세요? 저는 잘 지내요."

나는 안도의 한숨을 내쉬며 소리를 질렀다.

"아주머니에게 할아버지가 발코니 밖에 갇혔다고 말하렴. 당장 열쇠를 가지고 와달라고 말이야."

하지만 마리오는 내 말을 무시했다.

"엄마 아빠는 아직 안 돌아오셨어요. 저는 할아버지랑 같이 있어요. 잘 있어요. 그런데 할아버지가 문을 세게 닫아서 깜짝 놀랐어요. 지금은 발코니에 계세요. 우리는 전화 놀이를 하면서 놀고 있어요. 안녕, 아줌마. 안녕, 안녕, 안녕, 안녕."

마리오는 전화기를 귀에서 떼고 나를 바라봤다.

"또 전화할까요?"

"살리!"

내가 마리오의 목소리를 덮으며 소리쳤다.

"부탁이니 끊지 말아요. 나는 지금 발코니에 갇혔다오! 날 좀 도와줘요, 살리!"

내 표정이 끔찍했는지 마리오는 불안한 눈빛으로 나를 바라보았다.

"살리 아줌마는 없어요."

"네가 전화를 끊어버려서 없는 거겠지."

"저는 전화 안 끊었어요."

마리오가 속삭였다.

나는 긴 한숨을 내쉬었다.

"다시 전화 걸어봐라. 번호 기억하지?"

"삼삼오하나영이하나구이오요."

"잘했다. 다시 눌러보렴."

마리오는 번호를 몇 개 눌렀다. 하지만 전화번호라고 하기에는 너무 적었다.

마리오는 거짓으로 자신 있는 척하면서 재빨리 버튼을 눌렀다. 과연 그 애가 정말로 전화를 걸고 있는 건지 조금씩 걱정이 되기 시작했다.

"마리오, 부탁이니 집중해서 번호를 다시 눌러보렴."

내가 말했다.

마리오의 아랫입술이 바르르 떨렸다.

"정말이요, 아니면 장난으로요?"

"정말로. 어서. 3-3-5."

마리오가 내 말을 가로막았다.

"정말로 전화하는 법은 몰라요, 할아버지."

마리오의 말을 이해할 수 없어서 나는 입을 다물었다.

"너 숫자 모르니?"

"1이랑 0이랑 10밖에 몰라요."

"리모컨은? 리모컨으로 채널은 돌리면서 전화는 못 건다고?"

"너무 어려서 그래요."

마리오가 말했다. 자기가 어리다는 사실을 괴로워하는 것 같았다. 어쩔 수 없었다. 마리오는 정말 너무 어린데다 그 애 부모는 자기들은 수학자인 주제에 어휘력에만 신경 쓰고 숫자는 가르치지 않은 것이다. 리모컨으로 만화 영화 채널을 누를 때는 시각적 기억을 되살렸지만, 전화는 역부족이어서 되는 대로 버튼을 눌렀던 것이다. 지금도 체면을 차리려고 잔뜩 긴장한 표정으로 번호를 누르고 있었다. 마리오가 열심히 손가락을 놀리는 모습을 보며 나는 누구든 전화를 받아주기를 바랐다. 마리오에게 "그만 누르고 누가 대답하는지 한번 들어봐라!"라고 외치려다 버튼에서 아무런 소리도 나지 않고, 전화기 화면이 어둡다는 사실을 깨달았다. 무선 전화기가 방전된 것이다.

"부탁이니 당장 전화기를 제자리에 가져다 놓으렴."

내가 말했다.

하지만 추위 때문에 발음이 명확하지 않아서인지, 말투가 엄하지 않아서인지 마리오는 꼼짝도 하지 않았다.

"그만 놀아요?"

마리오가 무선 전화기를 바라보며 물었다.

"그래."

"진짜 전화할 줄 몰라서요?"

"아니다. 전화기가 꺼져서 그래."

"전화기가 꺼진 채로도 놀 수 있어요. 아빠랑 항상 그렇게 노는걸요. 할아버지가 놀기 싫어서 그러는 거죠?"

"마리오, 그만 투덜대고 어서 전화기를 제자리에 놓으렴."

마리오는 전화기를 바닥에 두고 자리에서 일어났다.

"전화기가 안 되는 건 다 할아버지 탓이에요. 할아버지가 제자리에 놓지 않았잖아요. 엄마는 할아버지가 자기 생각만 한다고 했어요."

"알았으니 내 말 들으렴."

"싫어요. 만화 영화 보러 갈래요."

"돌아와 마리오! 할아버지를 도와줘야지! 할아버지를 도와주는 것도 놀이란다."

마리오는 나의 외침을 무시하고 방에서 나가버렸다.

1분, 그리고 2분이 지났다. 마리오가 내가 화해를 청하기를 바라며 어디선가 기다리고 있기를 바랐지만 그런 일은 일어나지 않았다. 나는 다시 유리를 두드리며 소리치기 시작했다. 하지만 이번에는 아이를 꼬드기기 위해 최대한 부드러운 말투를 유지했다.

"마리오, 이리 오렴. 재밌는 놀이가 생각났단다."

정말 그랬다. 아이에게 휴대폰을 찾게 할 생각이었다. 휴대폰만 있으면 모든 것이 더 간단해질 것이다. 통화 목록에서 베타의 이름을 찾아 전화를 걸면, 그 애가 살리에게 연락해서 집으로 보내줄 것이다. 하지만 집 안에는 만화 영화 소리만 크게 울렸다.

"마리오! 마리오! 마리오!"

목이 터져라 외쳤지만 소용없었다. 그 애는 내 말을 들을 마음이 없었다. 설사 내 말을 듣는다 해도, 발코니로 돌아온다 해도 휴대폰을 어디에 두었는지 기억이 나지 않았다.

가까스로 휴대폰이 어디에 있는지 기억났지만 나는 아까보다 더 우울해졌다. 휴대폰은 이중 유리창에서 가까운 곳에 있었다. 마리오가 손을 대지 못하게 제일 높은 선반에 올려두었던 것이다. 십 대 시절 베타가 사용하던 물건들을 놓아둔 선반이었다. 마리오는 절대로 휴대폰을 집을 수 없을 것이다. 선반은 의자에 올라가도 안 닿을 정도로 너무 높았다. 설사 휴대폰을 집는다고 해도 소용없을 것이다. 휴대폰 충전을 안한 지 사흘이 넘었다는 사실이 떠올랐기 때문이다. 휴대폰은 무선 전화기와 마찬가지로 쓸모없는 상태일 것이다.

어쩌면 이렇게 경솔했을까. 쓸데없는 데만 신경을 쓰다니. 나는 유리창을 뒤로하고 쭈그리고 앉았다. 일어서기도 두려웠다. 나는 비행이 무서워서 여행 내내 화장실도 못 가고 다리도 못 꼰 채 자리에서 움직이지 못하는 승객 같았다. 자리에서 일어나면 비행기가 균형을 잃고 흔들거리다 뒤집혀서 아래로 추락할 거라고 믿는 사람 같았다. 하지만 뭔가 방편을 생각해내야 했다. 악을 써서 이웃이나 행인들의 관심을 끌어야 했다.

하지만 어떻게 해야 한단 말인가. 우리 집은 7층인데다 외진 곳에 있었고 소음 때문에 아무것도 들리지 않았다. 시끄러운 만화 영화 소리도 안 들리는 판에 추위에 목멘 내 외침을 누가 듣겠는가. 나는 한숨을 내쉬었다.

이런저런 변명을 들이댔지만 진실은 따로 있었다. 내가 두 팔을 흔들며 도와달라고 외치지 못하는 진짜 이유는 수치심 때문이었다. 나는 내가 성장한 그 공간보다는 더 나은 존재가 되고 싶었다. 세상의 인정을 받기를 바랐다. 생의 막바지에 다다른 마당에 이제 와 어린 시절 야망에 부풀어 도망쳤던 고향 집 발코니에 갇혀 도움을 청하는 신경질적인 노인네의 모습으로 남들 눈에 비치고 싶지는 않았다. 집 밖에 갇힌 것도, 그런 사태를 피하지 못한 것도, 평생 남한테 부탁 한 번 하지 않고 살았던 충만한 자존감을 잃어버린 것도, 어린아이 의 늙은 포로가 되었다는 사실도 수치스러웠다.

그건 그렇고 아이는 어디로 간 걸까? 정말로 팔걸이의자에 앉아 텔레비전을 보고 있는지 누가 알겠는가. 어쩌면 자기가 뭐든 다 할 수 있다는 제 아빠 엄마가 경솔하게 주입한 생각 에 취해서 집 안을 배회하고 있을지도 모른다. 가스불을 켜서 집에 불을 내거나 몸에 불이 붙을지도 모른다. 수도를 틀어 서 집에 물난리를 낼지도 모른다. 욕조에 빠지거나 제 아빠 의 날카로운 면도칼을 가지고 놀다 베일지도 모른다. 가구를 타고 오르다가 넘어져 가구 밑에 깔릴지도 모른다. 상상력이 발휘될수록 위험 요소가 늘었다. 마리오의 운명에 대한 불안 감이 커질수록 (논리적으로는 비약이지만) 마리오가 적군처럼 느껴졌다. 어린아이가 아니라 다 커서 성년이 된 강력한 적군 말이다.

그 애가 "만화 영화 보러 갈 거예요"라고 할 때 나를 바라 보았던 눈빛이 떠올랐다. 나는 한 번도 마리오와 같은 힘을 가져본 적이 없다. "내 말대로 하지 않으면 혼날 줄 알아!"라고 말할 힘이 내게는 없었다. 내가 기억하는 한, 나는 그늘진 아이였다. 강렬한 악의를 가슴속에 품고 있으면서도 그러한 감정을 항상 모호하게 표출했다.

그런 나와는 달리 마리오는 자신에게 반대하는 사람에게 당당히 맞서 결국은 승리하는 유전자를 타고났다. 물론 내가 과대 해석하는 것일 수도 있다. 마리오는 그저 어린아이답게 행동하는 평범한 아이일 수도 있다. 문제는 나였다. 모든 생명력을 허비하고 이제는 그 작은 육체가 뿜어내는 기운을 감지하는 것만으로도 지쳐버렸다.

마리오는 심지어 나의 예술적인 가치마저 깎아내렸다. 그 짧은 시간에 내가 할 수 있는 모든 것을 습득할 수 있다는 사실을 증명하다니. 네 살밖에 안 된 아이가 이미 나보다 더 뛰어난 실력을 드러낸 것이다. 그림을 통해 나는 마리오가 커서 어떤 일을 할 수 있을지 짐작할 수 있었다. (천둥벌거숭이 같은 그 애가 자기 앞에 펼쳐진 수많은 다른 가능성을 포기하고 나와 같은 길을 걸을 경우) 그 애는 뛰어난 실력으로 내 흔적을 지워버릴 것이다. 내 작품에 대한 기억을 지워버릴 것이다. 나는 빈약한 창의력을 가진 그 애의 친척 신세로 전락할 것이다. 평범한 재능에 시간을 허비한 자로 기억될 것이다.

나는 다시 일어나기로 마음 먹었다. 해결 방안을 찾아야 했다. 난간을 꼭 붙잡고 조심스레 아래를 살폈다. 그새 몇몇 집에 불이 켜져 있었다. 확실치는 않았지만 2층에도 불이 들어온 것 같았다. 유리문 밖으로 새어 나온 빛이 어두운 뜰을 비쳤다. 아틸리오 엄마의 적대감을 이용할 수 있을 것 같았다. 장난감 담은 양동이를 아래로 내려보내 그 집 유리문 앞에서 흔들어 그녀와 그녀의 남편을 약 올려보기로 했다. 하지만 계획을 실제로 옮기면서 나 자신이 바보처럼 느껴졌다. 일흔이 훌쩍 넘은 나이에 어린아이와 똑같이 행동하다니.

그러는 가운데 양동이가 2층까지 내려갔는지 확인해보니, 대충 그런 것 같았다. 나는 왼손으로 난간을 붙잡고 오른손으로는 밧줄을 마구 흔들었다. 어둠에 묻은 얼룩 같은 희미한 불빛 속에 누군가 욕지거리를 내뱉으며 모습을 드러내기를 바랐지만, 결국 아무도 나오지 않았다. 나는 풀이 죽어서 흔들리는 양동이를 내버려 두었다. 심장이 머리에서 뛰는 것 같았다. 잠시 후 여전히 왼손으로 난간을 붙잡고 밧줄을 살짝 끌어당겼다가 확 놓았다. 같은 동작을 몇 번 반복했지만, 역시 아무런 소용이 없었다. 나는 화가 머리끝까지 치밀어 양동이를 획 끌어올렸다. 양동이는 순식간에 올라왔다. 가벼웠기 때문이다. 장난감을 아래층 발코니로 집어던질 생각이었는데, 막상 안을 보니 양동이가 텅 비어 있었다.

3

나는 기뻤다. 그 짧은 순간에 누군가 장난감을 집어 간 것이다. 아틸리오일까? 그 애 엄마인가? 아니면 아빠가? 누가 그랬든 반응을 보일 것이다. 특히 아틸리오의 엄마라면 분노를 못 이기고 지금 당장 초인종을 누르러 득달같이 달려올 것이다. 아, 축복받을 분노여! 이제는 마리오를 꼬드겨서 텔레비전을 끄거나 최소한 볼륨이라도 줄이게 하기만 하면 된다. 그렇지 않으면 나도 마리오도 초인종 소리를 못 들을 수 있었다.

나는 양동이를 손에 들고 유리문 앞으로 돌아가 아무것도 들고 있지 않은 손바닥으로 유리문을 치면서 외쳤다.

"마리오! 할아버지한테 오렴! 좋은 소식이 있단다!"

관자놀이가 지끈거리고 목이 아팠다. 몸이 얼 것 같았다. 나도 모르게 말투가 변했다.

"마리오! 대체 뭘 하는 거냐! 성질나게 하지 말고 당장 이리 오지 못해!"

힘을 너무 써서인지, 헤모글로빈과 페리틴 때문인지 소리를 지를수록 몸 상태가 걷잡을 수 없이 악화되면서 유리 너머로 끔찍한 광경이 펼쳐졌다. 내 침대가 붙어 있는 유리문 맞은편 벽이 가늘고 붉은 줄무늬가 새겨진 거대한 지방 덩어리로 변한 것이다. 지방 덩어리에서 수많은 사악해 보이는 얼굴들이 튀어나오고 있었다.

눈을 감았다가 떠봤지만 살아 있는 작은 얼굴들로 가득한 지방 덩어리는 여전히 그 자리에 있었다. 구역질이 났다. 겁에 질려서 다른 생각으로 그 환영을 쫓으려 했다. 하지만 정작 지방 덩어리를 대체한 것은 그보다 더 위협적인 광경이었다.

순간 내 눈앞에 현관문이 나타났다. 2층에서 사람이 올라와 초인종을 누르면, 마리오가 달려가서 열어주어야 할 그 문 말이다. 그것은 초현실적인 장면이었다. 두 개의 갈색 문짝과 철로 만든 어두운 잠금장치, 손잡이와 걸쇠가 보였다. 아틸리오를 비롯해 그 애의 아빠, 엄마, 형제들까지 온 가족이 몰려와 분노에 차 끈질기게 초인종을 눌러도 소용없을 것이다. 나는 설사 마리오를 현관문까지 보내는 데 성공할지라도, 아이가 그 문을 열 가능성은 없다는 사실을 깨달았다. 마리오가 제 친구에게 가려고 밖에 나가는 것을 막기 위해 내 손으로 현관문을 안에서 걸어 잠갔기 때문이다. 마리오가 납으로 만든 걸쇠에 닿으려면 사다리를 기어올라야 했다. 하지만 마리오는 절대로 사다리를 창고에서 꺼내서, 펼치고, 제대로 설치할 수 없을 것이다. 설사 그런다 해도 무슨 소용이 있겠는가. 문을 열려면 손잡이를 두 번이나 돌려야 하는데, 아이에게는 그만한 힘이 없었다.

일분일초가 길게만 느껴졌다. 모든 것이 지긋지긋했다. 추운데 비까지 내릴 것 같았다. 이대로 어렸을 때부터 싫어하던 발코니에서 죽을 수는 없다. 차라리 다 때려 부숴버려야겠다. 대안이 생각나지 않아 나는 오른손으로 양동이를 잡고 남아 있는 힘을 다해 유리문을 내리쳤다. 유리가 산산조각이 날거라는 생각에 다칠까봐 몇 발짝 뒤로 물러서기까지 했건만, 양동이는 유리창에 아무런 흔적도 남기지 못하고 고무공 튕기는 소리만 남긴 채 맥없이 바닥에 떨어졌다. 순간 나는 이성을 잃고 목이 찢어질 듯 소리를 지르며 양동이로 미친 듯이 유리창을 내려치기 시작했다. 아무리 내리쳐도 꿈쩍도 하지 않자 기진맥진해서 아픈 손목을 어루만졌다.

유리창을 향해 발길질을 날리려다 슬리퍼만 신고 있다는

생각에 포기했다. 자칫하면 유리문이 아니라 내 발뼈가 으스러질 판이었다.

나는 너무나 쇠약했다. 한때는 뭐든지 할 수 있을 것 같던 시절이 있었다. 연필 선 한 획으로 태산을 쪼갤 수 있을 것 같았는데, 이제는 유리창 하나 부수기도 버거웠다.

양동이를 든 채 다리를 벌리고 구부정하게 서 있는 내 모습이 유리창에 비쳤다. 아치형 눈썹 아래로 동굴같이 움푹 팬 눈두덩이와 메마른 볼 위로 툭 튀어나온 광대뼈, 찬바람 속에서 어두운 밤하늘에 짓눌려 거리에서 들려오는 소음에 신경이 마비된 채 추위에 바들바들 떨고 있는 나의 모습이 갑자기 우스꽝스럽게 느껴졌다.

그곳에는 지저분하고 흐트러진 옷차림에 바지가 흘러내린 일흔다섯의 비참한 노인이 있었다. 제 몸 하나 제대로 건사하지 못하는 작자가 아이를 돌보겠다니. 갑자기 허공을 양동이로 퍼내겠다는 마리오의 말이 떠올라 웃음이 나왔다. 어쩌면 그 상황을 벗어날 유일한 방법인지도 몰랐다. 양동이로 허공을 한 번, 두 번, 세 번, 천 번 퍼내서 심연을 없애고, 난간을 타고 넘어 도움을 청하러 가는 거다. 과거 내 어머니가 두려워했고, 지금은 내가 두려워하는 그 공허함을 모두 퍼내려면 인내심을 가지고 열심히 움직여야 한다. 그러다 보면 발코니는, 정교한 장치 같은 세상 속에 단단히 박힌, 아파트의 이중 유리와 역사의 유리 파사드, 차창, 맞은편 아파트 유리창 사이에 낀 돌 조각에 지나지 않게 될 것이다.

마리오는 보는 눈이 있었다. 마리오는 어떤 아이일까. 커서 어떤 사람이 될까? 어린 시절 나는 어머니의 온갖 기대를 한 몸에 받았고 그에 대한 자부심이 있었다. 선생님이 "아드님은 특출난 아이입니다. 커서 대단한 사람이 될 거예요"라고 하면 어머니의 표정은 자부심으로 환하게 빛났다. 권위 있는 선생님 말에 힘을 얻어 당당하게 집으로 돌아왔다. 어머니는 그 말을 철석같이 믿었다.

어머니가 기억하는 한 우리 집안에 대단한 일을 해낸 사람은 한 명도 없었다. 대단한 일을 해낸 사람은 보기 드물어서 좀처럼 만나기도 힘들고, 대화를 나눌 수도 없고, 만질 수도 없었다. 어머니에게 대단한 사람은 나뿐이었다. 선생님이 보장한 사실이었다. 어머니는 그 말을 아버지를 비롯한 모든 사람에게 전했고, 나는 그 사실에 매우 만족했다. 나의 자아는 선생님의 칭찬으로 충만했고, 평생을 그렇게 살았다.

물론 의심되는 점도 있었다. 그 대단한 것이라는 게 과연 무엇인가. 대단한 것과 하찮은 것의 차이는 무엇인가. 내가 하는 일이 대단한지 하찮은지 대체 누가 결정하는가.

그러다 세월이 흐르면서 경쟁이 치열해졌다. 대단한 일을 하려는 이가 얼마 되지 않았을 때까지만 해도 놀라운 재능을 믿는 것은 지극히 사적인 신념의 문제였다. 과거에는 너무나 쉽게 자신이 특출난 사람이라고 생각했다. 그것을 증명하는 것도 몇 번의 소소한 성공이면 충분했다. 약간의 오만함과 재능 있는 사람들 특유의 클리셰에 어울리는 우울함이나 광기를 표출하는 것만으로 충분했다.

하지만 세월이 흐르면서 특출함이 흔해졌다. 이미 40년 전부터 수많은 특출난 이들이 문화와 미술을 생산해내는 공장의 좁은 문을 압박하기 시작했다. 그러다 보니 어느덧 특출함이라는 것은 길게 늘어선 텔레비전과 인터넷에서 들려오는 대중의 절규로 전락하고 말았다. 이제 특별한 재능은 지나치게 보편화되어, 쥐꼬리만 한 보수를 받거나 제대로 된 일자리조차 구하기 힘들었다(밀라노 집에서 홀로 외로이 지낼 때도 그런 생각을 하며 투덜거리곤 했다). 나는 이미 몇 년 전부터 혼란스레 그런 생각을 했고, 그때마다 기분이 우울해졌다.

나는 실제로 어떤 존재였던가. 오늘날 과도하게 쏟아져 나오는 예술가 집단의 흐름의 물꼬를 튼 전위적인 존재에 지나지 않았나. 반세기 전에 족보도 없으면서 근거 없는 위대함의 환상에 불을 지폈던 이들 중 하나이지 않았던가. 지금 와서 돌이켜보면 나는 평생 마음속에 품고 있던 의구심을 해소하고, 언젠가는 나 자신의 정체성을 명확하게 규정할 멋진 일이 일어날 것이라는 확신 속에서 기다리다 늙어버렸다. 내가 평생 기다려온 일은 그 누구도 부정할 수 없는 위대한 작품을 완성하는 것이었다. 그런 작품을 세상에 내놓아 나 스스로에 대해 가지고 있던 생각이 옳았음을 증명하는 것이었다.

그리고 모든 것을 명확하게 해줄 그 사건이 드디어 일어났다. 그것도 고향에서. 하지만 그 일이란 게 결국 위대한 작품의 완성이 아니라 고향 집 발코니에 우스꽝스럽게 갇히는 것이었고, 그 일을 초래한 이는 마리오라는 건방진 애송이였다. 녀석은 할아버지와 함께 예술가 놀이를 하다, 먼 옛날 선생님과 교수님들의 칭찬을 통해 형성된 나의 충만함을 장난삼아 단숨에 앗아가버렸다. 그것도 모자라 장난으로 나를 바깥에 가두고 문을 잠가버렸다. 언제 비가 내릴지 모르는 상황에서 차가운 바람을 온몸으로 받으며, 나는 드디어 진실을 명확하게 깨달았다. 나의 육체는 몇 달 전 수술 때문에 기력을 잃은 것이 아니었다. 나의 육체는 언제나 텅 비어 있었다. 사춘기 시절, 유년 시절, 아니 태어날 때부터 말이다.

나의 아집 때문에 나는 나에 대해 잘못 생각하고 있었다. 나는 내게 어울리지 않는 사람이 되고 말았다. 물론 그동안 열심히 일했고 운도 따랐다. 어린 시절 칭찬에서 끝나지 않고 어느 정도 인정받고 나름대로 성공을 거뒀다. 하지만 변명의 여지가 없었다. 나는 재능 없는 공허한 존재였다. 굳이 난간 너머로 추락하지 않아도, 나는 이미 추락하고 있었다. 받아들이기 힘든 사실이었다. 내 안의 공허함을 퍼 올릴 수만 있다면 양동이라도 집어삼킬 수 있을 것 같았다.

이마를 만져보니 빗물에 젖어 있었다. 나는 분노에 가득 차 양동이를 난간 밖으로 내던지고 유리문을 향해 온몸을 던졌다.

"마리오!"

나는 젖 먹던 힘을 다해 외쳤다. 목소리가 너무 크게 울려서 나 자신도 깜짝 놀라 가만히 메아리에 귀를 기울였다. 만화 영화 음악과 만화 캐릭터들의 우스꽝스러운 대사도 멈췄다. 마리오가 드디어 텔레비전을 끈 것이다.

4

나는 불안에 떨면서 마리오를 기다렸다. 녀석은 흡족한 표정으로 나타났다. 눈앞에 아직도 만화 영화 캐릭터를 보고 있는 것 같았다.

"할아버지, 걔가 걔를 뒤쫓다 나무에 부딪혔어요."

나는 *걔*가 누군지 묻지 않았다. 이 와중에 만화 영화 캐릭터를 설명하기 시작할까봐 너무 두려웠다.

"그게 웃겼니?"

"네."

"그래. 이제 내 부탁 하나 들어줄래?"

"그럼요."

"유리문 손잡이를 돌려보겠니? 문이 잠겼을 때 아빠가 하던 것처럼 말이다."

"의자를 가져와야 해요."

"그럴 필요 없다. 그냥 해보렴."

"제대로 하려면 아빠처럼 키가 커야 해요."

마리오는 내 허락을 기다리지 않고 방에서 의자를 하나 골라서 유리문까지 밀고 왔다.

"조심해라."

"저 잘해요."

마리오가 의자에 올라가는 동안 떨어져서 다치기라도 할까봐 불안에 떨어야 했다. 하지만 마리오는 떨어지지 않았다. 의자 위에 올라가 일어서서 손잡이를 잡았다.

"힘껏 눌러야 한다."

"알아요."

마리오는 입술을 꾹 다물고, 집중해서, 손잡이를 위로 올렸다가 아래로 내린 후 기쁨에 찬 탄성을 질렀다.

"됐다!"

조심스레 문을 열어보니, 아무것도 된 것이 없었다. 문은 여전히 잠겨 있었다.

"잘했다. 한 번 더 해볼래?"

"열렸는걸요."

"마리오, 장난치지 말고 다시 해보렴. 문이 정말로 열려야 해."

마리오는 내 시선을 피하며 바닥을 바라보았다.

"저 배고파요."

"부탁이니 한 번만 더 해봐."

"저 배고파요, 할아버지."

비가 내리기 시작했다. 차가운 빗방울이 귀와 목을 타고 흘러내렸다.

내가 말했다.

"뭘 먹고 싶으면 나를 집 안에 들여보내줘야 해. 다시 한번 해봐."

아이가 울먹였다.

"오늘 간식도 안 줬잖아요. 엄마한테 이를 거예요."

"손잡이를 돌려, 마리오."

"싫어요!"

아이가 버럭 화를 냈다.

"나 배고파요."

아이가 갑자기 의자에서 펄쩍 뛰어내리는 바람에 심장이 멎을 뻔했다.

"괜찮니?"

내가 물었다.

"유치원에서 제가 제일 잘 뛰어요."

마리오가 일어나며 말했다.

아이는 매사에 자기가 다른 아이보다 뛰어나다고 생각할

것이다. '내가 이 세상에서 최고인 목록'이 짧아지는 데 시간이 얼마나 걸릴까? 그렇게 하나둘 목록을 지워나가다, 나중에는 자기가 다른 사람보다 잘난 것이 하나도 없다는 사실을 깨달을 것이다.

"정말 안 다쳤니? 발목은 왜 만지니?"

"여기가 아주 조금 아파요. 뭣 좀 먹어야겠어요. 그럼 나을 거예요."

"마리오!"

나는 절뚝이는 척하면서 꽁무니를 내빼려는 마리오를 급히 불러 세웠다.

"기다려라. 할아버지도 배가 고프구나."

"빵을 좀 가져다드릴게요."

"칼로 빵을 자를 생각일랑 하지 말아라!"

나는 이미 복도에 들어선 마리오의 뒤통수에 대고 외쳤다.

그걸로 충분했을까? 얼마나 더 많은 것을 금지해야 했을까? 토스터에 빵을 넣지 말라고 할 걸 그랬나? 달걀 프라이를 하면 안 된다고? 살리가 준비해놓은 음식을 해동한답시고 전자레인지를 쓰면 안 된다고 해야 했을까? 그것 말고도 또 얼마나 많은 것을 당부해야 했을까. 마리오는 전지전능한 호문

쿨루스* 역할을 그럴싸하게 수행하기 위해 집 전체를 마음대로 활용할 수 있었다. 사베리오는 네 살배기 아이에게 버거운 것을 너무 많이 가르쳐주었고 마리오는 놀이라는 핑계로 방어막을 쳤다. 놀다가 실패하는 것은 괜찮으니까 자기가 뭐든 다 할 수 있다고 믿는 것이다. 마리오는 척척박사인 척하는 데 능숙했고 그로 인한 혜택을 맘껏 누렸다.

먼 옛날 어른들은 아이에게 말을 할 때면 아이의 언어를 사용했다. 바보같이 들릴지언정, 그런 식으로 아이와 어른 사이를 확실하게 구분 지어주었다. 아이에게 억지로 어른 말투를 흉내 내게 해서 지능을 뽐내는 풍조가 없었다. 나와 아내는 우리 세대 중에서 비교적 먼저 "아야했니" 따위의 표현을 사용하지 않았다. 베타는 세 살부터 문어체로 말했다. 어쩌면 마리오보다 심했을 수도 있다. 우리는 그런 베타를 매우 자랑스럽게 생각했다. 앵무새처럼 사람들 앞에서 말을 시켜 자랑하곤 했다. 하지만 그 결과가 무엇인가. 과대평가된 유년과 기대를 충족하지 못했다는 뒤이은 실망감뿐이었다. 어쩌면 베타가 정작 자기 아들에게는 "손에 맴매할 거야!"라는 표현

---

* 중세 유럽의 의학 이론에서, 인공적으로 창조된
  작은 인간을 일컫는 말.

을 사용한 것도 그래서일지도 모른다.

솔직히 말하면 마리오 손에 맴매는 내가 하고 싶었다. 그런 생각을 하면서 나는 우선 머리를 손으로 가렸다(머리가 젖으면 청각에 이상이 올 수 있었다. 머리, 귀, 목이 아프고 열이 날 수도 있었다). 마리오를 향해 다시 한번 고함을 치려는 찰나에 초인종 소리가 들리는 듯했다. 순간 숨을 멈추고 귀를 기울였다. 장난감을 발견한 아틸리오 엄마가 징벌에 나선 것일까? 나는 자동차 소음을 지우고 초인종 소리를 듣기 위해 정신을 집중했다.

옳지. 초인종 소리가 확실했다. 나는 유리창을 두드리며 마리오를 불렀다.

"마리오! 마리오! 마리오!"

이번만큼은 아이도 즉각 뛰어왔다.

"초인종 소리예요, 할아버지. 엄마가 왔어요."

"엄마가 아니야. 부탁이니 내 말 잘 들으렴."

"엄마예요. 문 열어줄게요."

"너는 문은 못 연다, 마리오. 내 말을 좀 들어. 이제 문 앞으로 가서 최대한 큰 소리로 지금 내가 하는 말을 반복하렴. '할아버지가 발코니에 갇혀 있어요! 사람을 불러주세요!' 따라

해보렴."

마리오가 고개를 저었다.

"저는 문 열 줄 알아요. 엄마예요."

나는 목소리를 높이지 않기 위해 애를 쓰며 말했다.

"마리오, 이 할아버지 말을 들어라. 엄마가 아니야. 게다가 걸쇠가 있어서 너는 문을 못 열어. 그러니 현관으로 가서 내가 지금 하는 말을 그대로 전하렴. '할아버지가 발코니에 갇혔어요. 사람을 불러주세요.'"

또다시 신경질적인 초인종 소리가 났다. 마리오는 참지 못하고 "갈게요!"라고 소리를 지르더니 사라져버렸다.

나는 가만히 서서 기다렸다. 빗방울이 굵어지고 있었다. 아무리 귀를 쫑긋해봐도 차 소음 때문에 집 안에서 나는 소리가 들리지 않았다. 마리오는 어떡하든 문을 열려 할 것이다. 납으로 만든 걸쇠를 열려고 의자를 끌고 갈 것이다. 녀석은 고집불통이었다. 시킨 대로 말도 안 할 것 같았다.

그래도 평소 아이 성향을 생각하면, 그냥 내 말을 따라 하고 싶은 마음에라도 말을 하지 않을까? 소리를 놓치지 않으려고 집중하고 있으려니 천둥소리에도 불구하고 초인종 소리가 다시 들렸다. 문밖에 누가 있든 집에 마리오가 있다는 사실을 눈치 챘을 것이다. 그 애가 입 다물고 조용히 있을 리는 없었으니까. 내가 시킨 대로는 아니어도 무슨 말이든 했을 것이다.

나는 그 가능성에 희망을 걸었다. 기다리는 동안 불안해서 미칠 것만 같았다. 초인종은 더 이상 울리지 않았다. 2층 사람들이 포기한 걸까? 아니면 아이와 이야기하고 있나?

마리오가 다시 방에 나타났다.

"엄마가 아니었어요."

"그럼 누구였니?"

"문을 열어봤는데 아무도 없었어요."

"사실대로 말해보렴, 마리오. 정말로 문이 열렸니?"

아이는 못마땅한 표정으로 바닥을 바라보았다.

"밥 먹으러 갈래요."

"잠깐, 기다려보렴. 대답을 해줘야지. 정말로 문을 열었니? 아니면 장난치는 거니?"

"배가 너무 아파요, 할아버지. 이제는 정말로 배가 고프단 말이에요."

"할아버지가 발코니에 갇혀서 집에 못 들어온다고 말했니 안 했니?"

"어휴. 인제 그만 놀래요. 배고프단 말이에요."

5

마리오는 잔뜩 풀이 죽어서 방에서 나갔다. 곤란하기 짝이 없게 됐다. 모든 것에 짜증이 났다. 특히 마리오가 짜증났다. 그 애 때문에 비를 쫄딱 맞게 된 것이다. 게다가 이제는 비가 상당히 많이 왔다. 나는 방을 등지고 뒤돌아섰다. 나는 그 집을 증오했다. 비에 젖지 않기 위해 등을 유리에 최대한 바짝 붙였다. 고딕 소설처럼 바람이 절규하고 빗물이 휘몰아쳤다. 빗방울이 발코니에 드리운 내 그림자에 끊임없이 움직이며 반짝이는 자수를 그렸다. 비를 피할 방도가 없었다. 빗물이 덮쳐와 바지, 슬리퍼, 스웨터를 적셨다. 처마에서 물줄기가 폭포처럼 쏟아져 내렸다. 하늘에 섬광이 번쩍이고, 끝나지 않을 듯한 천둥소리가 그 뒤를 이었다. 도로가 순식간에 물에 잠기면서 음악회라도 열린 듯 의미 없는 자동차 경보음이 울려 퍼졌다. 하지만 가장 많은 양의 물을 집어삼킨 것은 어둠에 잠긴 뜰과 광장이었다. 암흑으로부터 차가운 소용돌이가 떠올라 밝게 불을 밝힌 발코니를 소용돌이가 휘몰아치는 급

류 위로 솟아난 다리로 만들었다.

그 광경에 겁이 나서 마리오가 방으로 돌아왔는지 살펴볼 겸 몸을 돌렸다. 문을 열려다 의자에서 떨어져서 기분이 상한 걸까? 배를 채울 생각에 내 존재를 까맣게 잊어버리고 부엌으로 간 걸까? 부엌에서는 과연 무슨 일을 꾸미고 있는 걸까? 이러다 동네가 정전되면 어떻게 하지? 집에 전기가 나가면? 그러면 마리오는 홀로 어둠 속에서, 나는 빗속에서 각자 상황을 헤쳐나가야 할 텐데. 이빨이 사정없이 부딪쳤다. 숨을 제대로 쉴 수 없었다. 빗물이 젖은 머리카락을 타고 눈과 목과 귀를 적셨다. 불안한 나머지 심장이 아팠다.

지난 며칠 동안 내가 만들어낸 환영들이 나를 괴롭히기 시작했다. 과거의 집을 집어삼키는 현재의 집, 나의 모든 가능성과 잠재력을 지닌 과거의 분신들이 거대한 파도가 되어 종이에서 튀어나오는 모습을 그린 스케치. 모든 장벽을 부수는 (유산되고 단명한 수많은 나의 분신들인) 유령들. 그 유령들은 나를 찾아 집 안을 돌아다녔다. 그 얼마나 보잘것없는 결과물인가. 얼마 지나지 않아 목과 목덜미에 통증이 밀려오고 현기증과 구역질이 나면서 줄무늬가 새겨진 거대한 지방 덩어리의 환영이 다시 나타났다. 혐오스러운 원시의 물질이었다.

하지만 이제 지방 덩어리에는 작은 얼굴들 대신 마리오가 파묻혀 있었다. 아이가 몸을 웅크리고 그 투명한 지방 밖으로 쏟아져 나올 태세를 갖추고 있었다. 눈을 감았다 떠봐도 소용없었다. 형상은 사라지지 않았다. 나는 그 이미지를 그려야겠다고 생각했다. 내가 찾는 유령은 마리오였다. 도착한 날부터 내 앞에 있었던 것이다.

아이의 살아 있는 몸에는 모든 가능성이 담겨 있었다. 아이가 태어나기 전에 일어난 결합과 출산의 기나긴 사슬을 통해 발현되고, 죽음으로 인해 해체되고 상실된 수많은 가능성. 그 무수한 가능성이 백만 년 전부터 실현되기를 기다리다 못해 이제는 몸을 비틀고, 꿈틀거리고, 기지개를 켜고 있었다. 그 것은 미래에서 현재를 요구하고 있었다. 그림, 사진, 영화로 표현되기를 원했다. 다운로드되고, 방영되고, 서사의 대상이 되고, 재발견되기를 원했다.

마리오는 정말이지 경이로운 유령이었다. 그토록 작은 몸에 그토록 많은 재능을 담고 있다니. 나는 그 아이를 감당할 수 없었다. 그 무엇도 감당할 수 없었다. 거센 빗줄기가 내 어깨를 세차게 때렸다. 차가운 빗물의 숨결로 인해 작은 발코니는 시꺼먼 액체가 되어버린 도시의 바다 위를 항해하는 빛나는 뗏목으로 변한 것 같았다. 그때 어마어마한 천둥과 함께 도시 전체가 진동했다. 마리오가 양손에 빵을 쥐고 방으로 뛰어 들어오며 외쳤다.

"할아버지! 무서워요!"

어떡하든 마리오를 달래서 내 곁에 붙잡아두어야 했다. 이제 내게는 그 애밖에 없으니까.

"무서워하지 말렴."

나는 추위에 몸을 떨지 않으려고 애쓰며 말했다.

"천둥은 소리일 뿐이란다. 자동차 경적과 똑같아. 들리지?"

"할아버지 쫄딱 젖었네요."

"비가 와서 그래."

"저도 젖을래요."

"이 문만 열면 그럴 수 있단다."

"빵 먹고 열게요."

"그래."

마리오는 가슴과 팔꿈치를 써서 다시 의자 위로 기어올라가 일어나서 빵 한 조각을 게걸스레 베어 물고는 다른 조각을 내게 내밀었다.

"이건 할아버지 거예요. 드세요."

마리오가 말했다.

아이가 유리에 빵을 가져다 대자, 나는 입을 벌려 공기를 베어 물고는 조그맣게 말했다.

"맛있구나. 정말 맛있어. 고맙다."

"왜 그렇게 말해요?"

"너무 추워서 그래. 바람 소리를 들어보렴. 비가 얼마나 많이 내리는지 보이니?"

마리오가 나를 물끄러미 바라보았다.

"할아버지 아파요?"

"조금. 할아버지는 늙었단다. 추위와 비 때문에 병이 날 수도 있어."

"죽을 수도 있나요?"

"그럼."

"언제요?"

"곧."

"아빠가 나쁜 사람이 죽으면 슬퍼할 필요가 없다고 했어요."

"할아버지는 나쁜 사람이 아니야. 정신이 없을 뿐이지."

"정신이 없어도, 할아버지가 죽으면 울 거예요."

"그러지 마라. 아빠가 슬퍼하지 말라고 했다면서."

"그래도 울 거예요."

마리오는 제 몫의 빵을 먹어 치우면서 내게 빵을 권하는 것도 잊지 않았다. 마리오가 빵을 다 먹은 후에야 나는 결심을 내리고 입을 열었다.

"마리오, 너는 정말 뛰어난 아이란다. 그러니 할아버지 말을 잘 들어보렴. 지금까지 우리는 재밌게 놀았지. 네가 할아버지를 밖에 가두는 장난을 친 덕분에 같이 전화 놀이도 하고, 빵도 먹었어. 하지만 이제 놀이는 끝났단다. 할아버지 몸이 너무 안 좋거든. 너무 추워서 몸을 따듯하게 하지 않으면 장난이 아니라 정말 죽을 수도 있어. 비가 얼마나 많이 오는지 좀 보렴. 아까 번쩍거리는 거 봤지? 천둥소리도 듣고. 비가 너무 많이 와서 바닷물이 발코니 바로 아래까지 차올랐단다. 할아버지는 너무 무섭구나. 흉측한 것이 보이고, 끔찍한 소리가 들려서 울고 싶단다. 이 순간만큼은 할아버지가 너보다 더 어린아이가 된 것 같아. 사실은 말이다, 이제는 네가 어른이야. 우리 중에 너만 어른이란 말이다. 네가 가장 강하고, 가장 뛰어나니, 이제 할아버지를 좀 살려주렴. 할아버지 빵까지 다 먹어라. 그래야 더 강해질 테니. 그런 다음에 어떻게 해야 문을 열 수 있는지 잘 생각해보렴. 네 아빠의 동작을 그대로 따라 해야 해. 너는 할 수 있단다. 네 나이면 뭐든 다 알고 할 수 있어. 내 말 듣고 있니, 마리오? 내가 발코니에서 죽으면 다 네 잘못이라는 거 알아? 엄마가 돌아오시면 어떻게 될까? 서둘러라. 장난이 아니라니까! 그러니 정신 차리고 이 거지 같은 손잡이를 좀 돌려보란 말이다!"

시작은 좋았다. 나는 마지막 시도를 하고 싶었다. 아이에게 현실감, 책임감, 중대한 사명감을 심어주고 싶었다. 하지만 나 스스로 그런 감정을 잊었기에, 처음의 다정했던 목소리가 나도 모르게 점점 사나워지다, 마지막에는 결국 통제력을 완전히 상실한 채 공포와 분노에 사로잡히고 말았다.

내 말 듣고 있니, 마리오?

내가 발코니에서 죽으면 다 네 잘못이라는 거 알아? 엄마가 돌아오시면 어떻게 될까? 서둘러라. 장난이 아니라니까! 그러니 정신 차리고 이 거지 같은 손잡이를 좀 돌려보란 말이다!

그 순간 내면에 있던 무언가가 '뚝' 하고 끊어지면서, 마리오를 향한 적의가 봇물 터지듯 쏟아져 나왔다. 첫날 내 그림을 보고 어둡다고 했을 때부터 품고 있던 적의였다. 나는 나폴리 사투리로 악을 쓰면서 그러다 다치면 상황이 더 악화될

뿐이라는 사실을 망각하고 유리창을 미친 듯이 내리쳤다.

어쩌다 이 지경이 되었을까? 알 수 없었다. 물론 내가 정말 때리고 싶었던 것은 유리창이 아니라 마리오였다. 그렇다고 의자 위에 서 있는 현실 속의 아이를 때리고 싶은 것은 아니었다. 그것은 정말 아니었다. 내가 때리고 싶은 것은 눈앞에 아른거리는 지방 덩어리 형상이었다. 마리오 안에 있는 정형화되지 않은 농축된 힘이었다. 눈앞에서 쉴 새 없이 터지는, 혹처럼 생긴 살아 있는 역겨운 물질이었다. 그 물질은 언어가 되고, 형태를 만들었다, 다시 만들고, 자기 스스로를 기만하며 모든 것을 복제해서 붙였다가 결국에는 실망감에 사로잡혔다.

마지막으로 유리창을 내리치는 순간 내 표정이 신선한 피를 갈구하며 지옥에서 튀어나온 망령보다 더 끔찍했는지, 이미 눈물이 그렁그렁하던 마리오는, 흠칫하며 뒤로 물러나다 의자에서 떨어져버렸다.

6

아이가 다쳤을 수도 있다는 생각에 나는 그대로 얼어붙고 말았다. 맨손으로 이중 유리를 깨는 것을 포기하고 회초리처럼 내리치는 거센 빗줄기 속에 오른손을 치켜든 자세 그대로 몸이 굳어버렸다. 마리오는 어디에 있지? 다쳤나? 비 때문에 시야가 흐려져 아이의 비명만 들려올 뿐이었다.

"마리오야, 다쳤니? 울지 말고 대답하렴."

마리오는 의자 옆 바닥에 쓰러져 있었다. 마리오는 대자로 뻗어서 팔을 흔들고 허공을 발로 차면서 실의에 빠진 아이답게 절망에 찬 소리를 지르며 마음껏 울어댔다. 그제야 마리오가 얼마나 작은지 실감했다. 그 작은 아이가 혼자 모든 위험에 노출되어 있는 것이다. 며칠 동안 그토록 무방비 상태의 아이를 본 적이 없었다. 마리오는 말도 못 했고, 척척박사 같은 눈빛도 온데간데없었다. 아이는 통제 불가 상태였다. 뭔가를 얻기 위해서나 항의하려고 우는 것이 아니었다. 혼란과 절망으로 인한 눈물이었다. "나는 할 줄 알아요, 내가 할게요"라고 말하며 끊임없이 적대감을 나타내고 도무지 이해할 수 없는 할아버지에게 인정받으려고 애쓰면서 얼마나 오래 눈물을 감추어왔을까.

"마리오, 이리 와 내 말 좀 들어보렴."

"싫어요!"

마리오는 아까보다 더 큰 소리로 외치며 절망적인 발차기로 내 말을 날렸다. 어찌나 서럽게 우는지 겁이 날 정도였다. 너무 흥분해서, 경련이 난 것처럼 보였다. 그러다 절망이 조금씩 누그러지면서, 아이는 서서히 울음을 그쳤다.

"괜찮은지 보게 일어나보렴."

"싫어요."

"머리를 부딪쳤니?"

"아니요."

"아프니?"

"네."

"어디가 아픈데?"

"몰라요."

"이리 와라. 아픈 데 뽀뽀해줄게."

"싫어요. 할아버지 때문에 떨어졌잖아요."

"일부러 그런 게 아니란다."

"엄마한테 이를 거예요."

"그래. 대신 할아버지가 뽀뽀해줄게. 뽀뽀하면 아픈 데가 다 나을 거야."

"뽀뽀는 필요 없어요. 연고를 발라야 해요."

"뽀뽀도 필요하단다. 내기할래?"

마리오는 얼굴이 벌게진 채 눈물을 뚝뚝 흘리며 풀 죽은 표정으로 자리에서 일어났다. 입술은 침으로 반짝였고, 아직 가볍게 흐느끼고 있었다. 아이는 한 걸음씩 나를 향해 올 때마다 방의 일부를 제 뒤에 달고 오는 것 같았다. 지방 덩어리 같은 벽에서 단백질, 효모로 만든 하얀 실 같은 것이 딸려 오는 것 같았다. 그 살아 숨 쉬는 꼭두각시 인형 안에는 지난 70년 동안 순수하게 나의 것으로 생각했지만, 사실 그보다 훨씬 먼 과거로부터 전해져 내려온 *무언가*도 있었다. 그 무엇인가는 살과 뼈와 신경과 시간으로 구성된 파편으로부터 그와 유사한 다른 파편 사이를 거칠게 부서지기도 하고, 점화하기도 하고, 사라졌다 다시 나타나기를 반복하며 옮겨 다녔다. 얼마나 많은 이가 스스로의 재능에 감탄하면서, 물과 먼지에 야심 찬 흔적을 남겼을까. 그들은 밤이면 별의 광채를 모으고, 우연의 산물인 바위의 선과 나무껍질의 주름을 따라 펼쳐지는 역동적인 모험을 담은 스케치를 그리거나, 불운이든 행운이든 운명을 결정하는 카드 패를 엄지로 어루만졌다. 유령들은 미래에 둥지를 튼다.

이제 마리오는, 그 무적의 꼬마 요정은 오른쪽 무릎을 어루만지고 있었다. 나 때문에 다쳤다는 사실을 강조하기 위해 보란 듯이 끈질기게 무릎을 어루만졌다. 마리오가 유리창에 무릎을 댔다. 무릎에 뽀뽀해주려고 허리를 숙였지만, 무릎 위치가 너무 낮아서 젖은 바닥에 무릎을 꿇고 엎드려야 했다. 나는 고개를 숙이고 유리창을 타고 폭포처럼 흘러내리는 차가운 빗물에 입술을 적시며 유리문에 입을 맞췄다.

"어떠니?"

내가 물었다.

"조금 나아졌어요."

"그것 봐라. 뽀뽀해주니까 훨씬 낫지?"

"네."

"누가 할아버지 손자지?"

"저요."

"괜찮은지 보게 다리를 움직여보렴."

마리오가 자랑스레 다리를 움직여 보였다.

"이제 안 아파요."

"그럼 이야기를 들려줄 테니 거기 한 번 앉아보렴."

"싫어요. 할아버지도 추워서 덜덜 떨고 있잖아요. 할아버지 빨리 낫게 저도 뽀뽀해드릴게요."

마리오가 유리에 뽀뽀했다.

"이제 괜찮으세요?"

"훨씬 낫구나."

"드라이버를 가져와서 문을 열어드릴게요."

마리오가 다시 사라질까봐 두려워 나는 진심으로 애원했다.

"가지 말고 할아버지랑 있자."

"잠깐이면 돼요."

"위험한 일은 하지 말렴. 부탁이다. 이리 와서 장난감 가지고 놀자. 할아버지를 혼자 두지 말렴."

소용없었다. 마리오는 이미 신이 나서 어쩔 줄 몰랐고, 내겐 그런 아이를 붙잡을 방법이 없었다. 자기가 가장 좋아하는 세계로 돌아간 것이다. 그곳에서 마리오는 못 하는 것이 없었다. 나는 힘겹게 일어섰다. 빗줄기가 가늘어지고 있었다. 잠시 후면 비가 멎을 것 같았다. 내 모습은 가관이었다. 머리끝에서 발끝까지 흠뻑 젖은 채, 아직도 그치지 않은 바람에 무방비 상태로 노출되어 있었다. 모든 것이 너무 엉망인 이 상황이 은근히 즐겁기까지 했다.

분명한 것은 불과 몇 분 전에 어떤 일이 일어났다는 거다. 뇌가 그 일을 인식하자 놀랍게도 마음이 평안해졌다. 나도 모르게 어떠한 경계를 넘어선 것 같았다. 그리고 그 순간을 기준으로 나는 더는 내 걱정만 할 수 없게 되었다. 나의 삶, 내 인생 전체가 아무런 아쉬움 없이 후순위로 밀려났다. 헨리 제임스의 소설 삽화를 그려야 한다는 의지도 사라졌다. 내 능력 밖의 일인데다 더 시도할 기력도 없었다. 내 능력에는 한계가 있었고, 그 이상의 것을 이루기 위해 애쓰는 것은 무의미했다.

마리오의 그림은 달랐다. 그것은 분명 그 이상의 것이었다. 멋진 스케치였다. 마리오의 재능은 결실을 볼 수 있을까? 사실 결실을 봐야 한다는 생각 자체가 지나친 집착일지 모른다. 십 대 시절부터 나는 결실을 봐야 한다는 생각에 과도한 중요성을 부여했다. 기껏해야 선을 긋고, 색을 칠하는 행위에 지나지 않는데. 그림 그리는 것이 기분 좋은 소일거리에 지나지 않는다는 사실을 나는 이제야 깨달았다. 그보다 더 현실적인 일에 시간을 바칠 수도 있었다. 처음에 그렇게 할 생각이었다. 부품을 교체하고, 수리하고, 문제를 해결하다, 나중에는 부품을 교체하고, 수리하고, 문제를 해결하는 법을 가르치면서 말이다.

나는 그렇게 하는 대신 노인이 될 때까지 시간을 허비했다. 주변의 모든 평화롭고 헌신적이고 성스러운 것들 안에 스며

들면서 집 안, 거리, 땅 위에 퍼지는 공포를 멀리하고 싶어서였다. 하지만 공포는 오히려 확장하고 넘치다 고통 속에 조각조각 부서져버렸다. 마리오가 빨리 돌아와서 차라리 다행이었다. 멀리 복도에서 바닥에 쇠 끌리는 소리가 들리더니, 마리오가 방을 지나 유리문까지 철로 만든 상자를 끌고 왔다. 힘을 쓰느라 얼굴이 붉으락푸르락했다. 그 무거운 상자를 옮기는 와중에 분명히 위험한 순간이 있었을 것이다. 나는 공구 상자를 통째로 가져올 필요는 없다고, 드라이버가 필요하면 드라이버만 가져와도 충분했을 거라고 했다. 하지만 마리오는 자기 아빠는 그렇게 한다면서, 바닥에 주저앉아 능숙하게 공구함을 열고 손잡이가 노란 드라이버를 꺼냈다.

"의자에 올라가지 마라."

내가 당부했다.

"안 올라가요. 드라이버를 문 아래 있는 작은 구멍에 맞춰 넣어야 해요."

"그래. 하고 싶으면 그렇게 하면서 놀렴. 대신 새 문에 긁힌 자국을 남기면 안 된다."

"노는 게 아니라 진짜로 하는 거예요."

"그래. 진짜인 척하는 놀이도 재미있지."

마리오는 바닥에 앉아 유리문까지 엉덩이를 질질 끌면서 왔다. 나는 일어서서 마리오가 하는 짓을 내려다보기는 했지만, 그것은 그저 명확하고 확실한 존재에 의지하고픈 마음에서였다. 솔직히 말하자면 내 위치 때문인지, 안경에 물이 묻어서인지, 김이 서려 뿌옇게 된 유리창 때문인지, 그것도 아니면 기력을 완전히 다해서인지, 눈이 제대로 보이지 않았다. 그렇다고 불안하지는 않았다. 마리오가 드라이버를 가지고 놀다 다치지 않기를 바랄 뿐이었다.

"수리수리 마수리 주문을 외웠니?"

"아빠는 그런 말 안 하던데요."

"주문을 외우면 더 잘 된단다."

"수리수리 마수리."

"어떠니?"

마리오는 드라이버를 바닥에 내려놓고 일어나 진지한 표정으로 말했다.

"됐어요."

"잘했다."

나는 인간은 평생 절대적인 진리를 기준으로 자신을 비롯한 모든 것을 측정하며 살아간다는 사실을 깨달았다. 그러다 노년이 되면 결국 그 모든 것이 언제든 다른 관례로 대체될 수 있는 관례에 지나지 않았으며, 중요한 것은 상황에 따라 그 순간 가장 신뢰할 만한 관례를 믿는 것이라는 사실을 깨달았다.

마리오는 매우 흡족한 표정으로 다시 일어서더니 평소 아빠의 가르침과 어지르지 말라는 엄마의 규칙에 따라 드라이버를 공구함에 집어넣고 내게 돌아와 두 손으로 문고리를 힘껏 내렸다.

그 순간 유리문이 열렸다.

7

집 안으로 들어오자마자 발코니로 다시 빨려 들어갈까봐 두려워 바로 유리문을 닫았다. 온몸이 흠뻑 젖어서 마리오를 만지지는 않고, 칭찬만 해주었다.

"넌 정말 못하는 것이 없구나. 재능이 정말 많아. 넌 정말 대단한 아이야."

그런 다음 나는 바로 샤워기를 틀고 젖은 옷을 벗어 던진 뒤 팬티와 양말 차림으로 델 정도로 뜨거운 물줄기 아래로 뛰어들었다. 그런 내 모습이 재미있어 보였는지 마리오는 자기도 똑같이 하겠다고 나섰고, 나는 그래도 좋다고 했다.

"저도 팬티랑 양말은 안 벗을래요."

"그렇게 하렴."

몸이 따스해지니 영이라고도 부를 수 있고, 혼이라고도 부를 수 있는 것에 힘이 났다. 생명의 숨결, 전기 화학 작용이라고 부를 수 있는 것이었다. 그것이 무엇이든 마리오의 자그마한 육체가 발산하는 기운과는 비교할 수 없었다. 아이는 물줄기 아래서 춤을 추고 내가 목욕 가운 차림으로 라디에이터 옆에 꼭 붙어서 헤어드라이어로 아이의 머리를 말리는 내내 날카로운 비명을 지르며 계속 웃었다. 아이는 바람을 피하려 했다.

"뜨거워요."

"이 정도가 뭘."

"머리는 이렇게 말리는 게 아니에요. 할아버지는 머리 말리는 법을 몰라요."

"네 말이 옳다. 할아버지가 멍청한 노인이어서 그래. 하지만 이제 거의 다 했으니 조금만 참으렴."

우리는 살리가 준비해놓고 간 마지막 식사를 데워 먹고 파자마로 갈아입은 뒤 마리오가 곯아떨어질 때까지 만화 영화를 봤다. 아이를 침대에 눕히고 나도 잠자리에 들고 싶었지만 (너무 피곤해서 눈꺼풀이 저절로 감겼다) 그전에 무선 전화와 휴대폰을 충전하기로 했다. 유리문 아래 정말로 기적의 구멍이 있는지도 확인하고 싶었다. 구멍을 발견하지 못했지만, 솔직히 말하면 내 시력도 그리 믿을 만하지는 않았다. 베개에 머리가 닿자마자 바로 잠이 들었다.

다음 날 살리가 우리를 깨웠다.

"할아버지도 손자도 다 잠꾸러기로군요."

살리가 블라인드를 올리며 말했다. 그녀는 비몽사몽 상태의 마리오에게 인형 두 개와 장난감 자동차를 내밀며 장난감을 대체 왜 층계참에 놓아둔 건지 묻고는 내게 큰 소리로 말했다.

"집이 이렇게 엉망인 건 처음이에요. 대체 둘이 뭘 하고 놀았죠? 물장난이라도 했나요?"

나는 그녀 말에 대꾸하는 대신 좀 나가달라고 부탁했고 마리오는 나와는 달리 "더 잘래요! 내 장난감 만지지 말아요!"라고 악을 썼다.

살리가 아침을 차려주었다. 그날따라 기분이 좋아 보였는데, 알고 보니 스카파티 출신의 웨이터와 약혼했다는 것이다. 살리는 자기 약혼자는 수줍은 성격이라고 했다. 자기보다 세 살 연상에 장성한 아이 넷을 둔 홀아비라고 했다. 하루 휴가를 낸 것은 감정 표현을 제대로 하지 않는 애인에게 부담을 주기 위해서였다고 했다.

"할아버지도 애인이 있나요?"

살리가 물었다.

"아뇨."

"나는 많아요."

마리오가 살리가 아니라 나를 향해 말했다.

"그럴 것 같았다. 할아버지는 여자 운이 별로 없었단다."

"원하시면 제 여자친구를 한 명 드릴게요."

마리오가 제안했다.

"사실 제가 마리오랑 약혼하고 싶었는데 마리오가 싫다고 거절했답니다."

살리가 말했다.

"살리 아주머니는 늙었잖아요."

마리오가 말했다.

"그건 너네 할아버지도 마찬가진걸?"

"할아버지는 안 늙었어요."

면도하는 내내 마리오는 내 옆에 찰싹 달라붙어 있으려고 했다.

"어쩌면 아빠 엄마는 이혼할지도 몰라요."

마리오가 불쑥 털어놓았다.

마리오가 내게 마음을 연 것 같아 기뻤다.

"너 이혼이 뭔지는 아니?"

"네."

"거짓말. 설명해봐라."

"아빠 엄마한테 버림받는 거요."

"그거 보렴. 잘 모르고 있잖니. 엄마 아빠가 헤어지는 거지 너랑 헤어지는 건 아니란다."

마리오는 민망했는지 가만히 있다가 말했다.

"아빠 엄마가 이혼하면 할아버지한테 가도 돼요?"

"그럼. 와서 얼마든지 있으렴."

마리오는 한시름 놓았다는 투로 물었다.

"오늘도 일하세요?"

"아니. 이제는 일 안 할 거다."

"정말요?"

"그래."

"아빠가 일을 안 하는 사람은 먹지도 말라고 했어요."

"네 아빠는 옳은 말만 하는구나. 그럼 나도 안 먹어야겠다."

"할아버지 일 안 할 거면 같이 놀까요?"

"아니. 오늘은 날씨가 좋으니 외출하자꾸나."

"하지만 전 안 걸을 거예요."

"할아버지도 마찬가지다. 지하철을 타러 가자꾸나."

마리오는 좋아서 어쩔 줄 몰랐다. 알고 보니 마리오에게 지하철은 디즈니랜드였다. 마리오가 제일 좋아하는 것은 뭐니 뭐니 해도 가리발디 광장의 에스컬레이터였다. 마리오는 가리발디 광장에 만족하지 않고 지하철역을 다 가보고 싶어 했다.

"역에 내려서 구경 좀 하다 다시 지하철을 타는 거예요. 아빠랑은 가끔 그렇게 해요."

마리오가 계획을 세웠다. 나는 그렇게 하자고 했다. 우리는 톨레도역에서 제일 오래 머물렀다. 에스컬레이터를 몇 번씩 오르내리면서 마리오는 내게 지하철 벽의 다양한 색상과 조명을 보여주고 싶어 했다.

"저건 태양이고, 이건 바다예요, 할아버지. 저건 산 젠나로 성당이고 저건 베수비오 화산이에요."

그렇게 오전이 후딱 지나갔다. 아니 하루가 다 지나갔다. 저녁에 베타에게 전화가 왔다. 기분이 좋은 것 같았다. 처음에는 그 이유를 몰랐는데 나중에 알고 보니 사베리오가 자랑스러웠던 것이다. 발표를 훌륭하게 마쳐서 학술회 내내 사람들이 사베리오 이야기만 했다고 했다. 다른 건 괜찮냐고 묻자 베타는 괜찮다면서 아들에게 인사하고 싶다고 했다. 마리오는 제 엄마에게 지하철 탐방을 세세히 들려주고, 살리의 약혼 소식을 전했지만, 발코니 이야기는 꺼내지 않았다.

사실 발코니에 관해서는 하루가 다 가도록 우리끼리도 이야기하지 않았다. 내가 감기 기운이 있어서 콜록거리며 기침을 시작하자 그제야 마리오가 걱정스러운 목소리로 물었다.

"밤에 이불 안 덮었어요, 할아버지?"

어쩌면 마리오는 지난 밤 일에 별로 신경 쓰지 않는 것일지도 모른다. 그게 아니라면 아이가 상황에 맞는 말을 쌓아두는 어른 말 창고에서, 발코니에서 일어난 일에 적합한 표현을 찾지 못해서 얼마 동안 아예 그 일을 언급하지 않을 생각일 수도 있는데, 내 생각에는 후자일 가능성이 컸다. 밤이 되자 마리오는 다시 한번 내게 이불을 차고 자면 감기에 걸린다고 말했다.

8

다음 날 딸네 부부가 돌아왔다. 둘은 오후 세 시경에 도착했다. 자기 아빠를 숭배하는데도 엄마 품에 먼저 안기는 마리오의 모습이 눈에 띄었다. 베타는 마리오를 안아 올려, 한참동안 뽀뽀 세례를 퍼부었다.

"엄마 오니까 좋니?"

"네."

"할아버지랑은 어땠니?"

"최고였어요."

"할아버지 일하게 해드렸니?"

"할아버지는 이제 일 안 해요."

베타는 그 말을 듣고도 조금도 걱정하는 기색 없이 웃음을 터뜨렸다.

"네가 유별나게 굴어서 일을 못 하신 거지. 얼마나 귀찮게 했으면."

베타는 아내를 닮아서 치아가 골랐다. 미소를 지으니 얼굴뿐 아니라 몸 전체에서 광채가 나는 것 같았다. 그 모습을 보고 나는 베타가 변했다는 것을 깨달았다. 너무나 현실적인 행복한 꿈에서 막 깨어난 것 같았다. 베타는 마리오에게 엄마한 테 오라고 하더니 오후 내내 둘이 꼭 붙어 다녔다.

덕분에 나는 사위와 시간을 보냈다. 함께 있으면 지루했지 만, 어쩔 수 없었다.

"학술회에서 발표를 잘했다고 들었네."

사위는 처음에는 겸손한 척 고개를 끄덕여 보였지만, 얼마 안 가서 내가 수학의 '수'자도 모른다는 것을 알면서 자기가 발표한 내용이 왜 획기적이었는지 자세히 설명하기 시작했다. 사위 말을 듣고 있자니 얼마 남지 않았던 기력마저 바닥날 것 같았다. 나는 쉴 새 없이 콜록대며 기침을 했다.

"자네는 자기 분야에 매우 뛰어난가 보군."

오로지 그의 입을 막기 위해 던진 말에, 사위는 평소처럼 예의 바른 말투로 말했다.

"아버님께서도 아버님 분야에 매우 뛰어나시죠."

나는 사위의 말을 흘려듣고, 특별히 다른 할 말이 없어서 베타와의 관계에 관해 물었다.

실수였다. 순간 사위는 얼굴이 벌겋게 달아올랐다. 어찌나 시뻘게졌는지 사위가 민망하지 않게 시선을 다른 쪽으로 돌 려야 할 정도였다. 사위는 힘들어하면서 자신이 바보 같은 짓을 하고 바보 같은 말을 했다는 사실을 인정했다. 숨을 헐떡이면서 몸을 움직이고, 다시는 손을 놓지 않을 듯이 두 손을 꼭 마주 잡았다.

자신의 집착과 뜬눈으로 꾸었던 악몽을 열거하고는 내게 미안하다고 했다. 내 딸에 대해 한 말을 용서해달라고 했다.

"제가 정신이 나갔었어요."

사위가 촉촉이 젖은 눈으로 속삭였다.

"베타는 저를 사랑해요. 언제나 그랬죠. 그런데 저는 그 대가로 베타를 힘들게 했어요."

사위는 진심으로 후회하고 있었다. 내 손자의 유전자에 그의 유전자도 있어서 다행이라는 생각이 들어 농담조로 말해주었더니 사위는 내 말을 진지하게 받아들이고는 자신을 괴롭힌 상상에서 벗어나지 못했던 지난 몇 년간 자신이 어떤 생각에 빠졌었는지 나열했다.

"어떻게 해야 할까요."

사위가 내게 물었다.

"할 수 있는 건 다 해봐야지."

내가 말했다.

"약도 먹어보고, 사회학적으로 접근해보기도 하고, 심리학,

종교에도 기대어볼 필요도 있겠지. 반항도 해보고, 파격적인 변화도 줘보고, 예술에도 관심을 기울여보거나. 채식을 하고, 영어 공부를 하고, 천문학을 공부하는 것도 도움이 될 수 있어. 계절에 따라서 여러 방법을 시도해보는 거지."

"계절이라뇨?"

"인생의 계절 말이네."

사위는 머리가 떨어져 나갈 기세로 고개를 세차게 내저었다.

"농담으로 받아들이시나 본데, 저는 정말 문제가 있습니다. 질투는 존재하지 않는 것을 보게 만드는 유전자죠."

나도 모르게 얼굴에 미소가 떠올랐다. 내 경우는 달랐다는 사실을 사위에게 털어놓았다.

"그런 유전자가 없어서인지 내 경우에는 실제로 존재하는 것을 제대로 보지 못하곤 한다네. 그런데 막상 눈이 보이기 시작하니까 세상은 삼겹살처럼 지방 줄이 새겨진 살코기 덩어리로 가득하더군."

"아버님의 새 작품 이야기인가요?"

"아니, 현실이 그렇다는 거야."

"아버님은 참 재밌는 분이세요. 제게는 아버님처럼 남들을 재밌게 할 능력도 없답니다."

"그건 나도 마찬가지네. 오늘은 기분이 좋아서 그나마 나을 뿐 사람들을 즐겁게 하는 일에는 젬병이라네."

"작업은 끝내셨나요?"

"아니."

"아버님은 완벽주의자세요. 저는 항상 우리 둘이 닮은 면이 있다고 생각했어요. 그래서 베타가 저를 선택한 거라고요."

"그런가?"

"그럼요. 저는 방정식으로 사람들을 미지의 세계로 이끌고, 아버님은 붓으로 그렇게 하죠."

평생 누구를 이끌어본 기억이 없었지만, 사위를 실망시키고 싶지 않았다. 우리는 의외로 한참 동안 편안한 마음으로 대화를 나눴다. 그새 마리오가 다시 나타나 제 아빠 다리에 몸을 기댔다.

"할아버지랑 뭐 하고 놀았니?"

사베리오가 물었다.

마리오는 몸을 비틀며 인상을 찌푸렸다. 아이는 (고민하는 척하면서) 위아래를 번갈아 바라보다 나를 가리키며 명랑하게 말했다.

"할아버지가 발코니에 나갔고, 그런 다음 함께 놀았어요."

"이렇게 추운데?"

"발코니에는 제가 아니라 할아버지가 나가 있었어요."

"그렇구나. 그래서 좋은 시간 보냈니?"

"짱 좋았어요."

그러는 와중에 베타가 나타났다. 나도, 남편도, 아이도, 그 누구도 자신을 괴롭힐 수 없다는 확신에 찬 표정이었다. 지난 몇 달간은 힘들었지만, 이제는 손톱과 이빨을 드러내며 거짓말을 해서라도 자신의 행복을 지킬 태세를 갖추고 있었다. 베타는 종이를 들고 있었다. 내게 강렬한 인상을 남긴 마리오의 그림이었다.

"아빠!"

베타가 장난스레 외쳤다.

"이 그림은 뭐죠? 새로운 양식인가요? 회춘이라도 하신 거예요? 정말 멋져요."

베타는 언제나 내 작품 칭찬에 인색했다. 내 기억에 심지어 사춘기 때는 모욕적이라고 할 정도로 비판적이었고, 20대부터는 아버지의 어리석음을 인정한 딸 특유의 인색한 관용만을 보였다.

"내 손자가 그린 그림이란다."

내가 자랑스럽게 말하자, 마리오가 거의 동시에 외쳤다.

"할아버지 그림을 따라 그린 거예요."

부록

명랑한 조커

『트릭』을 위한 다니엘레 말라리코(1940~2016)의 노트와 스케치

9월 5일

때로는 어둠에 기댈 때가 있다.

사람들이 병실로 들어와 나를 지하층에 있는 수술실로 데리고 갔다. 수술실 벽은 녹색 톤이었고, 바닥은 안개가 낀 듯 희뿌옇으며, 벽 구석은 적갈색으로 변색되어 있었다. 언젠가는 고요한 공기와 수술실의 인위적인 조명을 그려보고 싶었지만, 숨이 붙어 있는 그 순간에는 아니었다.

나는 의사와 인도 출신의 수녀에게 정신을 집중했다. 그들이 빨리 내 배를 갈라주기를 바랐다. 그래야 퇴원도 빨라질 테니까. 수녀는 나를 침대 가장자리에 앉히고 내 손목을 잡은 채 내 앞에 섰다. 누군가 내 뒤에서 부산하게 움직이는 것이 느껴졌다. 길게만 느껴졌던 그 찰나의 순간, 나는 그 자그마한 수녀에게 사랑을 느꼈다. 너무나 열렬한 감정이어서, 지금도 그녀를 잊을 수 없다.

그러는 동안 피로가 거대한 파도처럼 나를 덮쳤다. 나는 그

기회를 틈타 수녀의 목과 어깨 사이에 이마를 기댔다. 그곳에는 달콤한 어둠이 있었다. 수녀는 내가 어둠 속에 몸을 눕힐 수 있게 도와주었다. 내가 사는 모퉁이 건물의 출입을 제한하는, 끝이 길고 뾰족한 새까만 빗장이 눈앞에 아른거렸다.

9월 27일

내 몸은 기력을 회복할 의지가 없는 것 같다. 텔레비전 앞에서 꾸벅꾸벅 졸며 시간을 보내는 것도 지겨웠다. 다행히 어떤 젊은 출판사 사장이 (기껏해야 서른 살 정도밖에 안 되어 보이는 출판사 사장은 언행이 사납게 느껴질 정도로 자신감이 넘치는 남자였다) 헨리 제임스의 단편 삽화를 의뢰했다. 그 사람 말로는 초호화본을 출간할 예정이라고 했다. 전화를 받았을 때 나는 즉답을 피했다. 헨리 제임스 전문가는 아니었지만, 삽화를 그리기에 만만치 않은 작품이라는 정도는 알고 있었다.

하지만 출판사 사장은 돈으로 나를 설득하려 했다. 두 번 이상 의기양양하게 "작업만 맡아주시면, 선생님을 돈방석에 앉혀드리죠"라고 외치기까지 했다. 하지만 막상 구체적인 이야기를 들어보니 그 돈방석이라는 것은 종잇장처럼 얇은 것이었다. 5~6년 전까지만 해도 그와 비슷하거나 그보다 부담이 덜한 작업을 하고도 훨씬 많은 사례금을 받았는데. 하지만 그깟 1,000유로를 더 받고 덜 받는 것이 무엇이 중요하겠는가. 지금 내게 필요한 것은 돈이 아니라 뭔가 할 일을 찾는 것이었다.

우리는 제노바가에서 만나 점심을 먹으며 친구가 된 척하고, 작업에 착수하기로 합의를 봤다. 오늘부터 생각할 거리가 생긴 것이다. 내가 삽화를 그려야 할 작품은 『밝은 모퉁이 집』 *The Jolly Corner*이다.

9월 29일

작품을 읽기 시작했지만 집중이 되지 않았다. 아버지가 카르미네 구역 근처 술집 2층 작은 방에서 벌어진 도박판에서 그날 아침에 받은 월급을 통째로 잃었던 저녁이 생각났다.

키가 크고 호리호리한 아버지는 몇 시간 만에 월급을 탕진한 자리에서 천천히 일어나 나치오날리 담배와 성냥을 주머니 속에 챙겨 넣고, 자신을 벗겨 먹은 작자에게 비통한 어조로 짧은 인사를 남긴 후 방을 나갔다. 건물 밖으로 나가려면 나무 계단을 내려가야 했는데, 아버지는 두어 계단을 내려오다 정신을 잃고 그대로 데굴데굴 굴러 바닥에 얼굴을 부딪히는 바람에 앞니가 깨지고 말았다.

10월 4일

책을 끝까지 읽고 나니 헨리 제임스의 소설을 읽으면서 왜 아버지가 생각났는지 알 수 있었다. 'Jolly' 때문에 카드가 떠올랐기 때문이다.

소설 주인공 스펜서 브라이든은 자신의 뉴욕 얼터 에고인 유령을 따라 다닌다. 처음에는 재미 삼아 시작한 일이었다. 스포츠, 사냥, 체스 게임, 고양이와 쥐의 숨바꼭질처럼. 하지만 소설의 결말에서 그는 엄청난 공포를 느끼게 된다는 것이 이야기 전부다.

그런데 소설을 읽으면서 어딘지 익숙한 느낌이 들었다. 간절한 마음으로 숨죽여 승리를 가져다줄 카드를 뽑기를 염원하던 아버지의 지나치게 흥분한 모습이 떠올랐다. 아버지는 도박 중독이었다. 그런 아버지가 브라이든처럼 유령을 뒤쫓았다면, 아마도 그 유령은 아버지처럼 암울한 사람이 아니라 카드 솜씨가 뛰어나 백만장자가 된 명랑하고 운 좋은 유령이었을 것이다.

내가 모든 카드를 대체할 수 있는 조커에 관심을 두게 된 것도 아마 그러한 느낌 때문이었을 것이다. 인터넷에서 찾아보니 조커는 타로의 광인과 중국과 일본 카드의 악마와 유사하기는 했지만, 그 기원은 19세기 미국으로 거슬러 오르는 것으로 나타났다. 1906년 헨리 제임스가 63세의 나이에 『밝은 모퉁이 집』*The Jolly Corner*을 집필했을 때만도 즐거운 조커, 즉 졸리 조커는 비교적 생긴 지 얼마 안 된 카드였던 것이다.

10월 10일

내가 지나치게 민감한 건가? 아니면 그 반대인가? 회복이 더디기는 하지만, 아무래도 과민 반응인 것 같다. 나의 일부는 (어쩌면 내 전부 또는 가장 명확하고 세부적인 부분까지 표현이 세심하게 표현된 나의 자아는) 처리해야 할 급한 일이라도 있는 것처럼 최대한 빨리 집에서 나가고 싶어 하는데 나의 또 다른 자아는 (혹은 1미터 정도의 거리를 유지하며 나를 따라다니는 가느다란 선,

순수한 실루엣에 불과한 나의 육신은) 형태가 희미한 입으로 "쉿, 쉿" 하면서 힘줄도 핏줄도 손톱도 없는 쇠약한 손을 뻗어 나를 붙잡으려는 것 같다.

10월 15일

*미친 모퉁이*crazy corner. *밝은 모퉁이*jolly corner. *가능성의 모퉁이*possibility's corner. 집 정면을 묘사한 삽화 제목을 생각해보았다.

소설을 다시 읽고 있는데 처음에는 혼란스러웠지만 헨리 제임스가 아는 것과 내가 그의 소설을 읽으면서 알게 된 것과 내 나름대로 문장과 단어를 분석하면서 *보이는 것*을 뒤섞어보는 것이 좋을 것 같다. 불행

히도 11월에 베타네 집에 가게 됐는데, 그 전에 작업을 끝냈으면 한다.

우선 졸리 조커 스케치를 몇 개 그려보았다. 나중에 아버지의 얼굴을 넣은 조커 카드를 그려보고 싶다. 고향 집은 어딘가에 아직도 아버지, 어머니, 할머

니의 유령을 간직하고 있다. 어쩌면 (적어도 딸아이의 눈에는) 내 유령이 보일지도 모른다. 나폴리 집에 가면 유령들의 그림자와 마주하겠지.

10월 24일

추락의 첫 번째 징조는 갈수록 드물게 울리는 전화였다. 그러다 서서히 편지와 이메일도 띄엄띄엄 오기 시작했다. 이따금씩 '그나마 페이스북이나 트위터를 안 해서 다행이지 뭐야. 만약 그랬다면 추락의 징조가 더욱 명확했겠지'라는 생각이 들었다.

하지만 다른 한편으로는 SNS 활동을 하지 않는 것 자체가 시대에 뒤처졌다는 증거이기도 하다. 물론 앞으로도 작품 의뢰가 들어오기는 할 거다. 하지만 정신없이 요청이 쏟아지던 과거에 비하면 가뭄에 콩 나는 수준일 거다.

내가 너무 까다롭게 굴어서 찾지 않나 보다고 애써 생각해보지만, 현실은 달랐다. 나의 재능을 높이 샀던 대부분 사람이 나처럼 늙었거나, 죽었거나, 활동하지 않은 지 오래였다. 그러니 지금처럼 휴대폰이 가끔 진동하는 것도, 종이가 닳도록 헨리 제임스의 소설을 읽으면서 온종일 집에 틀어박혀 있는 것도 당연한지도 모른다.

작품을 깊이 이해하는 것이야말로 제대로 된 작품을 완성하기 위한 첫걸음이라고 되뇌면서도, 막상 책장을 펼치면 딴생각에 빠졌다. 브라이든과 그의 여자친구 앨리스 스테이버튼이 뭐가 중요하단 말인가. 책을 읽고, 관심 있는 단어와 문장에 밑줄을 긋고, 다시 처음으로 돌아가는 이유가 결국에는 이렇게 말해야 할 순간을 미루기 위함일 뿐이라는 것을 나는 너무나 잘 안다.

"책은 다 읽었는데, 이제는 어쩌지?"

(뭐라고 말해야 할까) 갈수록 자주 겁에 질려 잠에서 깬다. 어쩌면 자기 전에 뉴스를 보기 때문일 수도 있다. 하지만 현재와 다름없이 끔찍했던 과거에도 지금처럼 원인 모를 두려움에 사로잡혀 아침에 눈을 뜬 적은 없었다. 내 안에 있던 무언가가 망가져버렸다. 모든 상황에 대응할 수 있다는 확신이 소진되고 있었다. 내 육체는 자신의 반응력 저하에 놀라 겁을 집어먹은 것이다.

10월 29일

헨리 제임스의 소설을 읽을수록 신경이 날카로워진다. 작업에 착수할 때만 해도 아이디어가 많았는데, 지금은 모두 부적합한 것만 같다. 그러는 동안 시간은 부패한 육신처럼 흘러내리고 있었다.

의사는 모든 것이 정상이라면서, 내가 의도적으로 회복을 지연하고 있다고 했다. 그렇지 않다. 한때는 그런 식의 심신의학적인 접근을 좋아했지만, 지금은 받아들이기 힘들었다. 나는 정말로 몸이 좋지 않았다. 아내가 아팠을 때도 처음에 의사는 별일 아니라고 했다. 스트레스 때문이라며 긴 휴가를 다녀오면 건강을 되찾을 거라고 했다. 의사 말을 듣고 여름휴가를 보낼 산장을 빌렸지만, 당시 아직 어렸던 베타는 내내 투덜대기만 했고, 그 바람에 아다는 도시에 있을 때보다 우울해했다.

하루는 아다가 산책하러 나가면서 베타를 집에 놔두고 가고 싶다고 했다. 어차피 베타는 그곳에서 하는 모든 일에 부정적이었으니까. 나는 작업에 몰두하다 장대비가 쏟아지기 시작했을 때에야 비로소 아다가 집에 돌아오지 않았다는 사실을 깨달았다. 집 뒤에 있는 숲을 헤맸지만 아무런 소득이 없었다.

나는 날이 저문 후 쫄딱 젖고, 진흙투성이가 된 채 집으로 돌아왔다. 창고에 불이 켜져 있기에 확인차 들렀는데, 아다는 그곳에서 책을 읽고 있었다. 애초에 산책하러 가지 않았던 거다. 아다는 원래부터 속을 알 수 없는 여자였다. 그런 아내의 생각을 읽고 감정을 이해하는 것은 힘든 일이었다. 설상가상으로 병이 들고 나서는 전보다 더 어두워졌다.

그제야 나는 아다가 내게 한 번도 깊은 속내를 드러낸 적이 없다는 사실을 깨달았다. 아내는 평생을 내 앞에서 내면이 없는 사람인 척했던 거다.

10월 30일

출판사 사장이 대충 어떤 느낌인지 알고 싶다면서 그림을 몇 점 보내봐 달라고 했다. 내 그림을 보고 그가 뭘 알 수 있을지는 모르겠지만, 이제는 정말 작업을 시작해야 했다. 나는 스펜서 브라이든의 냉혹했던 사춘기 시절에 이끌렸다. 그는 불행한 사춘기를 보냈던 것 같다. 주인공의 머릿속에 미지의 영역이 있고, 흔하긴 하지만 오랫동안 개발되지 않은 몇 가지 재능이 그의 몸에 숨겨져 있다는 점도 이용할 수 있을 것 같았다. 나 역시 사춘기가 끝날 무렵 수많은 재능이 동면에 들어갔으니까.

나는 사춘기 소년 티를 완전히 벗기도 전에 아다와 결혼했다. 근자감에 사로잡혀 연필 한 자루만 있으면 모든 것에서 벗어날 수 있다고 친구 앞에서 호언장담하던 시절이었다. 나폴리에서도, 친구와의 우정에서도, 결혼, 사랑, 성, 이탈리아, 아니 이 지구에서도.

은반지 부딪치는 소리에 정신이 들었다.

11월 3일

드디어 일을 시작했다. 소리를 어떻게 그림으로 표현할
수 있는가. 헨리 제임스는 직유법을 사용했다. 머나먼 종 *같
은* 딸랑딸랑 소리. 가장자리를 젖은 손가락으로 만지면 속삭
이는 듯한 소리를 내는 커다랗고 움푹하고 값비싼 크리스털
그릇을 *닮은* 집. 브라이든이 쇠지팡이의 끝부분을 대리석 바
닥에 부딪힐 때 나는 소리는 묘사하기가 수월했다.

11월 12일

깊은 전율. 범상치 않은 전율. 특정한 대상이 불러일으킨 갑작스러운 경악. 유령 이야기는 스펜서 브라이든이 온몸을 떨다 피가 확 쏠리며 얼굴이 붉어지면서 끝난다. 전율과 경악과 떨림과 피 쏠림이 브라이든 소유의 뉴욕 세컨드 하우스를 차지한 의외의 점거자와 *유사하게* 될 수 있었던 것은 모두 경탄할 만한 비유의 힘 덕분이었다. 한마디로 브라이든을 유령과 연결한 다리 역할을 한 것은 바로 그 *유사함*이었다. 그것을 풀어준 순간, 스펜서 브라이든의 억눌린 감정은 수사학적인 형상 대신 넓고 텅빈 집을 배회하는 불안한 형상을 만들어 냈다.

크레파스나 목탄을 사용하면 괜찮은 그림이 나올 것 같았다. 유동적이고, 떨리고, 넋이 나간 듯한 육체의 전율을 실존하는 무엇인가로 바꾸어놓을 수 있을 것 같았다.

하지만 나는 아무것도 하지 않았다. 아직 출혈이 있었고, 혈액 검사도 해야 했다. 베타에게 연락해서 아이를 볼 기력이 없다고 말해야겠다. 기분이 나빠도 어쩔 수 없다. 내가 지금 어떤 상황인지도 모르고 다짜고짜 전화를 걸어, 내 일과 건강은 안중에도 없이 무작정 집에 와달라고 부탁할 수 없다는 것을, 그 애도 알아야 했다. 나는 아무에게도 도움을 청하지 않았다. 딸아이에게조차도. 설사 그랬던들, 베타가 날 돌보기 위해 시간을 내지도 않았을 것이다. 수술 소식을 전했을 때 딸아이와 나눈 통화 기억이 아직도 생생하다.

"왜 말씀 안 하셨어요?"

"별일 아니니까."

"수술받으러 혼자 가신 거예요?"

"어중간한 사람이 데려다주는 것보다 차라리 혼자 가는 것이 낫다."

"엄마가 아셨으면 화냈을 거예요."

"엄마가 화를 못 내게 된 지는 오래됐잖니. 적어도 그 부분에 대해서는 만족할 거야."

"그런 말도 안 되는 말씀이 어디 있어요."

"하지만 사실인걸."

"얼마 동안 입원해 계셨죠?"

"일주일."

"괜찮으세요?"

"출혈이 조금 심했다."

"정말 못 말린다니까. 제게 연락은 하셨어야죠. 차로 모시러 갈게요."

대충 이런 대화였는데, 예상했던 바이지만 베타는 나를 보러 밀라노에 오지도, 나를 자기 집에 모시지도 않았다. 몇 번 더 전화가 왔지만, 그마저도 아침 일곱 시 전이었고, 출근 준비로 바빠서인지 언제나 다급하게 끊어버렸다.

"몸은 좀 어떠세요?"

"괜찮다."

"아직 누워 계세요?"

"그래."

"온종일 누워 계시게요?"

"조금 이따 일어날 거다."

"잠은 잘 주무셨어요?"

"꿈자리가 사나웠다."

"어떤 꿈이었는데요?"

"기억이 잘 안 나는구나."

"기억이 안 나는데 꿈자리가 사나웠는지는 어떻게 아세요?"

나는 농담조로 작업에 도움을 주기 때문에 악몽을 꾸는 것이 차라리 다행이라면서 덧붙였다.

"누워 있기는 하지만 아이디어가 많아서 새벽 네 시부터 깨어 있었단다."

11월 18일

말도 안 된다고 생각할 수도 있지만, 결국 나는 (브라이든이 느낀) 전율을 그림으로 표현해보았다. 나는 브라이든이 벌벌 떨면서 언젠가 오래된 미국 포커 카드에서 보았던 조커와 닮은 작은 악마를 한쪽 귀로 출산하는 두 점의 그림을 러스트 컬러 톤으로 그렸다. 출판사 사장이 썩 좋아할 것 같지는 않았지만, 나폴리로 떠나야 해서 그림을 손볼 시간이 없었다.

여행은 한마디로 최악이었다. 옷을 말끔하게 갖춰 입은

흑인 청년이 볼로냐에서 탔는데, 여행 내내 알 수 없는 언어로 휴대폰에 대고 소리를 질렀다. 그러자 내 앞에서 꾸벅꾸벅 졸던 사내가 깜짝 놀라 청년에게 다짜고짜 반말로 쏘아붙였다.

"볼륨 좀 줄이지 그래. 왜 그렇게 소리를 지르는 거야. 새벽 다섯 시에 일어났단 말이야."

청년은 바로 전화를 끊더니 잠에서 덜 깬 사내를 향해 악을 쓰기 시작했다. 외국어가 아니라 거친 나폴리 사투리로 욕설을 찰지게 쏟아부었다. 그 기세에 주변 사람들 모두 입을 다물고 시선을 내리깔았다.

무례한 청년이 흑인인 데다 나폴리 사람이어서 그를 증오하면서도 두려워하는 것 같았다. 곧 주먹다짐이 일어날 거라고 생각했는데, 그런 일은 일어나지 않았다. 지루한 말싸움 끝에 결국 백인은 다시 잠들고, 흑인은 자기 모국어로도 나폴리 사투리로도 통화하지 않았다. 둘 사이에 칼부림이라도 나서 살인을 막기 위해 끼어들어야 했다면, 과연 내게 그럴만한 힘이 있었을까? 설사 그랬다 하더라도 어떤 명분으로 끼어들었을까? 흑인을 보호하기 위해서? 은근한 인종차별에 맞서기 위해? 아니면 피부 색깔과는 상관없이 무례한 태도에 반대하기 위해? 흑인 청년 못지않은 험한 사투리를 써야 했을까? 여행 내내 춥고 식은땀이 났다. 나는 기분이 언짢은 상태로 나폴리에 도착했다.

베타네 집은 라디에이터가 신통치 않았다. 반세기 전에는 아예 그마저도 없었지만. 그때는 창문도 제대로 안 닫혀서 외풍이 심했다. 겨울이면 살을 에는 듯한 바람 때문에 추워서 죽을 것 같았다. 그래도 지금과 같은 참을 수 없는 냉기는 아니었다. 약간의 피로와 병, 우울함, 노화로 인해 처음 느껴보는 추위였다.

손자 녀석은 사위처럼 잘난 척이 심한 것 같았다. 그 애 표현에 따르면 밝은 그림이 좋다고 했다. 그 애가 아무리 그렇게 말해도 과거 내 작품이 어두운 것 같지는 않다. 물론 인쇄 상태가 안 좋을 수는 있다. 하지만 톤이 어둡지는 않았다. 사베리오와 베타가 자기들 끼리 이야기할 때 내 작품에 대해 안 좋게

말한 것이 틀림없었다. 그 말을 마리오가 들은 것이다. 아이들은 부모가 내뱉는 말은 하나도 빠짐없이 기억하니까.

마리오는 조커의 얼굴을 하고 있었다.

나는 평생토록 예술에 과다한 시간을 바치는 것을 합리화하기 위한 명분을 찾아 헤맸다. 처음에는 예술을 이용해 나폴리를 떠나 더 큰 세계로 떠나고 싶어서였다. 그런 다음에는 세상의 끔찍한 면을 그림으로 표현해 세상을 개혁하고 싶었다. 마지막에는 기존 규범을 무너뜨리고, 새로운 규범을 세우고, 실험하고, 이론을 세우고, 대립하는 개념들을 정의하는 데 몰두했다. 나는 언제나 거대 명제에 이끌렸다. 거대 명제가 없으면 나의 하찮음이 드러날까봐 두려웠다.

아내는 내 노력을 신뢰하지 않았다. 처음부터 그러지는 않았을 것이다. 하지만 얼마 지나지 않아 아내는 내가 그 어떤 일에도 오롯이 전념하지 못한다는 사실을 깨달은 듯했다. 그녀는 나라는 사람은 오직 나 자신을 보호하려 한다고 생각했다. 나의 육체가 삶을 감당하지 못하고 부서질까봐 삶을 회피하려 한다고 생각했다. 언젠가 아내는 내게 "당신 인생의 유일한 명제는 다른 곳을 보기 위해 고개를 돌리는 것뿐이야"
라고 했다. 나보고 *원래* 산만한 것이 아니라, *산만하기 위해
서라면* 뭐든 다 하는 사람이라고 했다.

그녀는 나의 산만함 속에서 스펜서 브라이든의 충실한 친
구 앨리스 스테이버튼 양이 *검은 타자*라고 부른 것을 보았던
것 같다. 검은 타자는 흑인을 칭하는 것이 아니다. 오늘 기차
에서 만난 어두운 피부의 나폴리 청년 같은 이를 칭하는 표현
이 아니다. 아다가 본 것은 나의 어두운 자아였다. 빛이 두려
워 어둠 속에 머무르는, 어디서도 환영받지 못하고, 본성이
무례하고, 자기도 모르게 공격적인 본색을 드러내는 내 모습
에 아다는 겁에 질린 것이다. 어쩌면 그래서 덜 어두워 보이
는 자들과 어울렸던 것일 수도 있다. 그녀를 앞에 두고 딴생
각에 빠지지 않는, 산만하지 않은 이들에게 의지했던 것일지
도 모른다.

소설 속 앨리스는 아다와는 달랐다. 앨리스는 브라이든의
실의에 찬 머리를 무릎 위에 올리고, 그를 있는 그대로 온전
히 받아들였다. 나는 앨리스 스테이버튼을 그리고 싶어졌다.
그녀가 스펜서 위로 허리를 굽히고 있는 모습 말이다. 나와
너와 그가 희미하게 뒤섞인 끔찍하면서도 매력적인 얼굴을

그녀가 체면치레하지 않고 눈으로 들이마시는 거다. 내 기억 속에 내게 그런 자비를 베푼 이는 아무도 없었다. 어쩌면 그런 일은 그림 속 세계에서만 일어날 수 있는가 보다. 진정으로 사랑받는 이는 아무도 없다.

다 늙어서야 평생 싫어했던 개념을 공감할 수 있게 되었다. 아름다움의 힘은 동기가 없는 데서 나온다는 말 말이다. 헨리 제임스의 표현을 따르자면 동기의 환영조차 아른거리지 않아야 한다. 하지만 이제는 너무 늦었다. 사람은 쉽게 변하지 않는 법이다. 사위에게 그저 말을 시킬 생각으로 "나는 평생 거대 명분 없이 작업한 적이 없다"라고 했더니, 사위는 상냥한 말투로 "아버님 말씀이 옳습니다. 하지만 명분이 크다고 작은 액자가 커지지는 않죠"라고 대답했다. 사위는 원래 그런 녀석이다. 언제나 정중한 방식으로 공격성을 드러냈다.

한번은 사위가 밀라노 집을 방문한 적이 있었는데, 그때 할 건 다 해봤으니 이제 은퇴해야 할 때가 된 것 같다는 속내를 털어놓은 적이 있다. 내 말이 끝나기가 무섭게 사위는

"맞습니다. 나이가 어느 정도 들면 모든 것을 내려놓아야죠"라며 맞장구쳤다. 그 말에 기분이 언짢아져서 "어쨌든 그동안 내 작품은 인정을 받았고, 세월이 흐를수록 더 높은 평가를 받을 거라네"라고 대꾸하자, 사위는 그런 내게 "물론이죠. 아버님께서 루치오 폰타나나 알베르토 부리*급은 아니시지만요"라고 했다.

"대체 그게 무슨 소린가. 지금 폰타나와 부리 이야기를 왜 꺼내는 건데?"라고 한마디 쏘아붙이려다 잠자코 입을 다물었다. 솔직히 말하자면, 나는 부리나 폰타나보다 대단한 사람이 되고 싶었다. 사베리오는 말할 것도 없이 아무도 그렇게 생각하지 않겠지만 말이다.

과도한 야망은 부끄러워하며 몸을 사리면서도, 속으로는 세상이 정한 위계를 믿지 않는다. 너무나 탐욕스러워 아무런 모델도 따르지 않고, 유사성에 만족하지 않는다. 심지어는 찬미의 대상을 바라볼 때도 궁극적으로는 그것을 뛰어넘는 것을 목표로 한다. 그렇다. 실패는 거대한 야망에 꼭 필요한 장식이다. 위대함을 추구하다 실패하는 것이지, 소박한 목표를

* 1900년대 이탈리아 예술가를 대표하는 현대 미술가.

달성하려다 실패하는 것이 아니다.

방들은 텅텅 비어 있다. 집 전체가 바짝 마른 거대한 껍질 같다. 소설 속 빈 공간은 절대적이다. 브라이든이 뒤쫓던 그 것이 정신이 만들어낸 허구에서 실제로 바뀌는 순간, 즉 (그 러니까 도로와 도로 모퉁이에 있는 집이라는) 물리적인 공간 속 에 존재하는 물리적인 이미지로 바뀌는 순간 스펜서는 공포 에 사로잡힌다. 열려 있어야 할 닫힌 문 뒤에 숨어 있는 그 존 재와 마주치지 않기 위해서 건물 5층에서 창문을 열고 뛰어 내리려 한다. 그렇게 인간은 심연 속에서 자신으로부터 스스 로를 구원한다.

나는 고향 집을 싫어했다. 건물 모양도, 건물이 세워진 장 소도. 나는 그 도시 전체를 싫어했다. 부모님이 돌아가신 후 얼마 동안 집을 임대하다, 결국은 오랫동안 외국에서 지내다 나폴리로 돌아온 베타에게 물려주었다. 나는 항상 베타를 사 랑했지만 그마저도 조금 산만한 감정이었다. 나의 모든 애정 은 산만했고 그 여파를 지금 겪고 있다.

연필이 내 손을 이끌었다. 아니, 더 정확하게 표현하자면 내 손놀림을 바꿔놓았다. 적어도 헨리 제임스 삽화 작업을 착수했을 때와 비교하면 손놀림이 빨라졌다. 그렇게 빠르게 손을 놀리면서, 나는 (정확히 뭐라 표현할지 모르겠지만) 일종의 플래시백을 경험했다. 늦은 밤, 손가락이 독립적으로 움직이는 것 같은 느낌을 받았다. 그것은 나의 재능을 인지하지 못했던 소년 시절 처음 경험했던 것과 같은 감정이었다. 내 재능을 깨닫는 순간 나는 놀라움과 두려움을 동시에 느꼈다. (당시 내게 영향을 미쳤던 시대적 흐름과 나만의 특색을 찾아 그 흐름에 편입하려던 나의 노력으로 이루어진) 예술가로서의 나의 경력을 지워버리고 잠시나마 손이 저절로 움직이던 열두 살 때로 돌아간 것 같았다.

나는 이제 현재의 나처럼 그림을 그릴 수 없었다. 아니, 그림을 그릴 수는 있지만, 열두 살 때처럼밖에 그려지지 않는다는 것이 올바른 표현일 것이다.

11월 19일

유령의 형상은 스펜서가 세운 가정과 앨리스가 꾼 꿈의 결과물이다. 정체성이 뚜렷한 두 명의 인물이 스스로에게서 끌어낼 수 있는 형상을 끌어낸 것이다.

향후 작업 방향: 제임스는 브라이든의 얼터 에고가 어떻게 *모호한 세계*로부터 빠져나왔는지는 묘사하지 않지만, 나는 그 부분을 묘사해야 한다. 나는 그의 또 다른 자아가 자신과 비슷한 존재로부터 빠져나와, 브라이든에게서 분리되고 점진적으로 타자가 되어가는 과정을 그려야 한다. 브라이든의 몸에서 수많은 브라이언이 튀어나오는 모습을 그려야겠다. 전혀 다른 모습의 수많은 브라이든들. 그중에서도 실제 브라이든과 제일 다른 브라이든들을.

거실에는 붉은색과 푸른색으로 채색한 내 그림이 걸려 있다. 그림 중앙에 소방울이 달린 작품이다. 그렇다. 목초지에서 풀을 뜯어 먹는 진짜 소의 목에 다는 방울 말이다. 마리오가 액자를 문처럼 두드리는 것이 신경에 거슬렸다.

"그러지 마라."

"엄마는 그래도 된다고 했어요."

"내가 있는 동안은 안 된다."

"그럼, 할아버지가 해보실래요?"

"됐다."

"아빠는 좋은 치라고 있는 거라고 했어요."

"그 좋은 치라고 있는 게 아니야. 어쨌든 지금은 그러지 마라."

나의 하찮음을 깨달은 것은 작품을 통해서가 아니었다(솔직히 내 작품은 나쁘지 않다. 적어도 다른 수많은 이의 작품보다는 낫다고 자부한다). 그동안 너무나 쉽게 나라면 지금껏 아무도 하지 못한 일을 할 수 있을 거라고 생각했었다는 사실을 깨달았을 때였다.

나는 주인공이 드디어 유령을 끌어낸 뒤 혐오를 느끼는, 소설의 무시무시한 클라이맥스에서 멈췄다. 나폴리 사투리로 토하다라는 의미의 보미타레vomitare는 붐메카vummecà다. 하지만 나폴리 중상층은 토한다는 표현보다 우아한 구

토라는 표현을 사용한다.

구토가 나와. 속이 울렁거려. 이 표현에는 명백한 도전과 진부한 묘사가 공존한다. 예컨대 그 어떤 위대한 예술가도 모든 디테일을 완벽하게 표현하지는 못할 것이다. 구역질하듯 머릿속에 든 것을 밖으로 게워내야 한다. 창조의 고통은 구역질과 구토를 유발한다.

스펜서가 뒤쫓는 그 무엇인가는 자기 자신의 살아 숨 쉬는 분신이었다. 그 분신은 처음에는 몸을 웅크리고 있다가, 결국은 몸을 펴고 모습을 드러낸다. 오래된 필름 영화의 컷들을 인화할 때처럼 말이다. 이곳 나폴리에서 나의 수많은 분신은 사춘기 시절부터 봉우리 상태로 움츠려 있다가, 나폴리라는 다양한 재료로 만들어진 도시의 좋고 나쁜 수많은 가능성을 이용해 꽃피우려 했다. 하지만 이 모든 가능성은 얼마 가지 못했고, 내 손에 폐기되어버렸다. 아니다. 어쩌면 그마저 내 생각일지도 모른다. 내 꿈은 오직 하나, 세계적인 예술가가 되는 거였다. 태양이 빛을 잃는 순간까지 아니면 먼 훗날 생명체가 살고 자애로운 태양들이 떠오르는 행성에서도 기억될 몇 안 되는 예술가 말이다.

하지만 나는 그런 사람이 되지 못했고, 이제는 내 과거의 변이들이 (실망한 양심이 만들어낸 결함 많은 복제 인간들이) 바위를 들어 올리면 스멀스멀 기어 나오는 벌레처럼(제임스의 손에 재탄생한 오래된 비유다) 튀어 나왔다.

마리오, 싸우기 좋아하는 그 애의 부모, 집 전체와 그 안에 있는 가구마저 깊은 잠에 빠진 오늘 밤에는 그 복제 인간들이 거대한 구 위에서 균형을 유지하고 있는 것처럼 보인다. 잠시 동맹을 맺은 그들의 얽히고설킨 육신들이 꾸불꾸불한 물음표 모양을 그리며 떠올랐다. 물론 이 이미지도 괜찮다. 하지만 다른 아이디어도 내야 한다. 변화를 그리는 것은 힘든 일이다. 나는 어떠한 존재가 다른 존재가 되는 데 필요한 준비물만을 남겨둔 채 기존의 형태를 밀어내는 순간을 그리고 싶다.

이 아이는 이 도시에서 무엇이 될까? 겨우 네 살밖에 안 됐는데 매사에 "내가 할 줄 알아요. 내가 할래요"라며 나서는 이 아이가 나중에는 멍청한 소리나 남발하는 공허함, 존재하지 않는 능력의 과신, 복수를 향한 타는 듯한 갈망으로 가득한 사람으로 변질하지는 않을까? 나는 언제부터 내가 뛰어나고,

내 능력이 특출나다고 생각하기를 멈추었던가. 나는 수많은 자아 중에서 고심 끝에 하나의 자아를 선택했고, 그를 향한 애정은 세월이 갈수록 줄어들기는커녕 커져만 갔다. 인간은 자신의 수다스러운 유령을 얼마나 사랑하는가. 그 유령을 세상에 내보내는 순간 고통이 시작된다. 우리가 자신의 유령을 사랑하는 만큼 세상도 사랑해주기를 바라니까. 하지만 그것은 불가능한 일이다. 노력한 만큼 실망만 뒤따를 뿐이다.

손님의 어깨에 묻은 머리카락을 털어내는 열세 살짜리 이발사의 조수. 공장 견습공, 알파로메오 선반공, 바뇰리 공장의 기술자. 상점 점원, 포르타 카푸아나의 돼지고깃집 점원. 카모라 암살자, 밀수업자, 합법적인 것과 불법적인 것, 제도와 지하세계를 잇다 포지오레알레 교도소에 갇힌 부패한 정치인. 나는 돈을 좇아 정직한 이들을 위협하고, 타락시키고, 훔치고, 짓밟아 백만장자가 될 수도 있었다. 아니면 정직한 반골 기질 덕분에 더 큰 인물이 되지 못한 사람의 임무를 수행하면서 불만을 입에 달고 사는 바 점원이 되어 커피와 스폴리아텔레를 서빙할 수도 있었다.

아니면 창가에 서서 절망한 군중이 세상을 뒤엎기 위해 뒷

골목과 시외로부터 쏟아져 나오기를 한없이 기다릴 수도 있었다. 하층민이 지배층이 되어 피가 강물처럼 흐르고, 드디어 모든 이가 재능으로 평가받고, 부족할 것 없이 생활할 수 있는 시대가 오기를 기다릴 수도 있었다.

이들을 포함한 수많은 유령이 소년 시절 내 방을 아른거렸다. 나는 브라이든처럼 읽지 않은 편지의 비유를 사용할 필요조차 없다. 만약 누군가 그 편지를 읽었다면 또 어떤 진실이 드러났을까. 나는 내 존재와 관련된 모든 것을 읽었고, 그 유령들이 나를 닮았다는 사실을 안다. 그들이 나를 자신들의 방황하는 그림자로 생각하고, 그런 내 모습을 보고 공포에 질리면 좋으련만. 하지만 그런 일은 일어나지 않았다.

오래전, 스무 살 때 나는 무자비하지만 희망의 메시지를 담은 작품을 통해 선한 사람들을 응원하고 나폴리를 비롯한 온 세상의 인간쓰레기를 무찌르려 했다. 하지만 그런 일은 일어나지 않았다. 어차피 인간쓰레기는 예술에 관심이 없으니까. 그들은 권력, 무한한 권력을 탐한다. 그렇기에 그들에게 동조하지 않는 이들의 수를 줄이기 위해 쉼 없이 돈과 공포를 뿌리고 다닌다.

11월 20일

아이에게 말할 때 나 자신을 할아버지라고 칭하는 것이 너무 싫다. 나는 나지 할아버지가 아니다. 나는 삼인칭이 아니라 일인칭이다. 그런데도 베타는 내가 그렇게 하기를 강요했고, 나는 딸아이의 기분을 상하게 하지 않기 위해 그렇게 했다. 어쩌면 꼭 그래서만은 아닐 수도 있다. 사실 나의 '자아'를 마리오에게까지 강요하는 것이 지나치다는 생각이 들었다. 오글거리지만 "마리오가 그러면 할아버지는 싫단다. 할아버지는 속상하단다. 할아버지가 동화책 읽어줄게" 식으로 말하는 게 낫다.

처음에 브라이든은 명랑한 사냥꾼의 마음으로 목표를 뒤쫓았고, 그래서 불안해하지 않았다. 그가 포획할 그 무엇인가가 어떤 식으로든 자신과 닮았을 거라고 생각했다. 그는 집의 거주자가 자신과 같은 부류의 존재일 거라는 사실을 믿어 의심치 않는다. 하지만 시간이 갈수록 그는 유사성의 함정에 빠지고 만다. 자유로운 영혼의 엘리트인 유럽의 브라이든과 부동산 사업가인 미국의 브라이든은 닮은 점이 하나도 없었다. 그렇기에 변칙은 규칙을 압도하고, 브라이든의 뉴욕 유령은 모호한 존재가 된다. 유령을 본 후로 브라이든은 자신과의 유사성을 바탕으로 유령을 물질화하지 못한다. 헨리 제임스는 여기서부터 '~와 같은'이라는 표현을 내려놓고 변칙을 활용한다. 예컨대 유령이 얼굴을 가릴 때 손가락 하나가 잘려나간 것도 이러한 변칙에 속한다.

앨리스로 말하자면, 내가 보기에 그녀는 브라이든보다 더 큰 위험에 처한 것 같았다. 그 상냥한 숙녀는 전혀 다른 두 존재가 그 집에서 대면했다는 사실을 안다. 문제는 세련된 외알 안경을 낀 태평한 성격의 유럽 브라이든과 둔해 보이고 손가락이 절단된 미국 브라이든을 어떻게 함께 붙들어두느냐다. 전자는 후자와 *같지 않다*. 그런데도 둘 중 하나를 선택해야 하는 앨리스는 혼란 속에서 스펜서를 사랑하면서도 유령을 경멸하지는 않는다. 그 결과 브라이든은 자신과 비슷하다고 생각했는데 알고 보니 전혀 그렇지 않았지만, 어쩌면 자기 자신일 수도 있는 그 존재하지 않는 존재를 향한 질투심에 괴로워한다.

맙소사. 이것은 절대로 해피 엔딩이 아니다. 솔직히 세상 끝날 때까지 지속될 거짓말은 이야기가 정말로 해피 엔딩으로 끝날 수 있을 거라는 믿음이다.

베타와 사베리오를 머릿속에 떠올렸다. 솔직히 스펜서와 앨리스가 나와 무슨 상관이 있단 말인가. 그들 대신 사위와 딸을 그려 넣어야겠다. 몇 마디 안 나눠보기는 했지만, 살리라는 여자도 그려보자. 그녀는 나랑 수다 떨면서 시간 보내는 것을 좋아하는 것 같았다. 도움을 받아야 할 처지라 그녀에게 잘 보이고 싶었다. 나는 살리가 베타와 사베리오 사이에 흐르는 긴장감에 관해 나보다 더 많은 것을 알고 있다는 사실을 눈치챘다.

"마리우초를 생각하면 마음이 아파요. 자식이 있으면 이혼하면 안 돼요."

　살리가 마리오가 듣지 못하게 조심하면서 말했다.

　"그 애들은 이혼하려는 게 아니라 신경이 조금 날카로워진 것뿐이오."

　"떨어져 살아서 둘이 싸우는 것을 못 들어서 그래요."

　"그러다 괜찮아지겠죠."

　"그랬으면 좋겠어요."

　하지만 말투에서 그녀가 정말로 상황이 좋아지길 기대하지 않는 것이 느껴졌다. 부모의 이혼이 아이에게 미칠 악영향을 걱정하면서도, 살리는 베타나 사베리오에게는 별 관심이 없다는 사실을 알 수 있었다. 그녀는 "둘 다 좋은 분들이죠. 훌륭한 교수님들이고. 하지만 저 불쌍한 어린것에게 너무 많은 것을 바라세요"라는 말로 운을 떼우다, 베타의 아버지인 내 앞에서 딸 험담을 하지 않으려는 것인지 바로 사베리오 이야기로 말을 돌렸다.

"정말 똑똑하고 사려 깊은 분이지만, 그뿐이죠."

나 역시 살리의 의견에 동의한다.

11월 21일

내가 이루지 못한 모든 일에 대해 벌을 받고 싶은 욕망을 느끼며 잠에서 깼다.

나이가 드니 신경이 무뎌지고, 눈물샘도 말라버렸다.

아다의 육체는 제대로 교육받은 부유층에서 자란 세대답게 수많은 정보로 가득 찬 우물과 같았다. 나 같은 태생의 남자는 그녀가 어떻게 행동하는지 어떻게 목소리를 조율하는지 입을 멍하게 벌리고 바라만 보고 있어도 더 나은 사람이 되는 느낌이었다. 아다는 나 같은 사람과 어울리는 여자가 아니었다. 나는 그런 아다를 억지로 부당하게 취했다. 적어도 베타는 어렸을 때부터 그렇게 생각했다. 그 애는 우리 부부 사이에서 을은 나였다는 사실을 몰랐다.

아다는 모르는 것이 없었고, 나는 아는 것이 없었다. 나는 아다를 잃을까봐 언제나 두려웠다. 그런 나 자신을 보호하기 위해 내 재능이 대단한 것인 양, 그녀에게 무리한 요구를 했다.

행여라도 나를 소홀히 대하는 것 같으면 이렇게 말하곤 했다.

"당신은 나를 사랑하지 않아."

"당신을 정말 사랑해."

"당신은 존재하지 않는 나를 사랑해."

"나는 당신이 어떤 사람인지 너무나 잘 알아."

"그래서 나를 사랑하지 않는 거야."

"당신 생각에 부합하지 않는다고 나를 힘들어하는 건 당신이잖아."

우리는 이런 식의 대화를 나누곤 했다. 그녀가 병들어 숨을 거둔 날까지 그런 식이었다. 나는 몸과 마음에서 아다를 떨쳐내려 했다. 하지만 그녀의 메모를 읽고 난 후에도, 나는 여전히 그녀를 사랑했다.

마리오는 자기가 뭐든 잘하는 줄 안다. 얼마 전 이런 대화를 나눈 적도 있다.

"할아버지, 저는 고추를 안 잡고 오줌 눌 줄 알아요."

"설마."

"정말이에요. 고추를 안 잡아도 오줌이 똑바로 나가서 땅에 떨어지지 않아요. 할아버지도 할 수 있어요?"

"자신 없는데."

"제대로 하면 할 수 있어요. 한번 해보세요."

"바닥이 엉망이 될 테니 절대 안 된다. 그건 너도 마찬가지야."

마리오는 예의 바른 듯했지만. 통제할 수 없었다. 그 애의 쏘는 듯한 눈빛을 보면 깜짝 놀라곤 한다. '쏘는 듯한 눈빛'이라는 표현에는 충돌과 속도감이 내포돼 어딘지 물리적인 느낌을 준다. 안구가 목표물을 향해 튀어나가 바깥세상에 있는 무엇인가와 거칠게 충돌하며 과녁에 부딪히는 느낌이다.

상징적인 화법이라면 지긋지긋하다. 모형도 캐릭터 인형도 그 모든 것이 지긋지긋하다. 발코니를 조심해야 한다. 사베리오와 베타에게 한소리를 해야겠다. 자기들 일에 정신이 팔려서 내게는 눈곱만큼도 관심이 없다. 마리오나 나도 살리와 같은 일을 당하지 말라는 법은 없지 않은가. 정말 그 일이 일어나면 큰일이다.

오늘 아침은 아이에게 무슨 일이 생길까봐 두려운 건지 아니면 아이가 두려운 건지 잘 모르겠다.

철없는 노작가와 애어른 손자의
좌충우돌 성장기

· 옮긴이의 말

『트릭』은 두 남자의 처절한 결투를 다룬 소설이다. 여기서 반전은 결투의 주인공이 일흔 살의 할아버지와 이제 갓 네 살이 된 손자라는 사실이다.

아내를 잃고 오랫동안 밀라노에서 혼자 살아온 다니엘레 말라리코는 어느 날 평소 연락이 뜸하던 외동딸 베타의 전화를 받는다. 일흔이 넘은 나이에, 수술한 지 얼마 안 되어 몸이 좋지 않은 데다 헨리 제임스 소설의 일러스트를 의뢰받아 마감에 쫓기는 그에게 딸은 다짜고짜 출장 때문에 남편과 함께 집을 비워야 한다며 나흘간 하나밖에 없는 손자 마리오를 돌봐달라고 부탁한다. 딸과 사위는 둘 다 수학과 교수인데 함께 참석해야 하는 학회 때문에 동시에 집을 비우게 된 것이다.

이렇게 해서 다니엘레는 몇 번 본 적도 없는 네 살배기 손자를 돌보기 위해 마지못해 고향 나폴리로 향한다. 할아버지

라는 호칭 자체가 낯설고 어색하기만 한 다니엘레에게 부담
스러운 것은 손자만이 아니다. 어린 시절 도박꾼이었던 아버
지에게 받은 아픔을 완전히 극복하지 못한 그에게 고향 집으
로 돌아가는 것은 오래된 상처를 헤집는 것처럼 껄끄럽기만
하다.

　노쇠한 예술가 다니엘레의 1인칭 시점으로 서술되는『트릭』
은 '철부지 할아버지의 손자 보기 프로젝트'를 중심으로 전개
된다. 혼자만의 삶에 익숙해진 할아버지에게 척척박사에 애
늙은이 같은 손자를 돌보기란 보통 힘든 일이 아니다. 애정
에 굶주린 마리오는 시도 때도 없이 놀아달라고 하지만 마감
에 쫓기는 할아버지에게는 그럴 여유가 없다. 아이는 할아버
지를, 할아버지는 아이를 이해할 수 없다. 도무지 말이 통하
지 않는 마리오를 길들이기 위해 할아버지는 힘들고 짜증 나
는 순간을 '장난'으로 가장하지만, 장난의 한계와 경계를 구
분하지 못하는 어린 마리오는 결국 할아버지를 위험에 빠뜨
린다.

　『트릭』의 1장은 다니엘레가 딸의 부탁으로 나폴리로 돌아
와 처음으로 마리오를 만나기까지 과정을, 2장은 할아버지와
손자가 함께 지내며 겪는 여러 가지 에피소드 중심으로, 3장

은 마리오의 장난 때문에 다니엘레가 고초를 겪으며 나름의 자아 성찰에 도달하는 과정을 중심으로 전개된다. 언뜻 단순하게 느껴질 수도 있는 줄거리지만 『트릭』에는 신세계와 구세계, 과거와 미래, 젊음과 늙음, 관습에 얽매이지 않는 새로운 예술과 매너리즘에 빠지고 영감이 고갈된 낡은 예술이 흥미로운 대립 구조를 이루고 있다.

특히 마지막 부록은 소설에 메타픽션적인 요소를 가미해 전반적으로 평이한 듯한 구조를 흥미롭게 만들었다. 부록은 실제 다니엘레가 작업한 일러스트와 헨리 제임스의 소설 그리고 현재와 과거, 예술관의 변화를 넘나드는 다니엘레의 '의식의 흐름'을 담은 일기 형식으로 서술되며 이 모든 것, 그러니까 작가의 경험과 의식이 어떻게 하나의 작품으로 탄생하는지 그 과정을 보여주고 있다. 부록은 『트릭』에 대한 일종의 코멘터리이자, 스타르노네의 메시지가 농축된 이 작품의 정수다.

소설 내내 노작가의 골칫거리인 헨리 제임스의 『밝은 모퉁이 집』은 『트릭』을 이해하기 위한 중요한 요소다. 『밝은 모퉁이 집』을 읽지 않아도 줄거리를 따라가는 데 아무런 문제도 없지만, 거울처럼 닮은 두 작품을 비교하는 재미를 놓칠 수 있다.

　그런데 스타르노네는 왜 하필 헨리 제임스를 선택한 것일까? 제2차 세계대전이 한창이던 시절 이탈리아 문학계에는 영미권 작가들에 대한 관심이 높았다. 이러한 관심을 바탕으로 1941년 이탈리아 작가 엘리오 빅토리니가 당시 잘 알려지지 않았던 영미권 작가 33인의 소설을 모은 문학 전집을 출간했는데, 헨리 제임스는 이때 소개됐다. 1843년 뉴욕에서 태어난 헨리 제임스는 생의 대부분을 유럽에서 보냈으며 그런 경험을 바탕으로 작품에서 종종 신대륙 문화와 구대륙 문화의 충돌을 다루었다. 스타르노네가 헨리 제임스의 소설을 선택한 이유는 아마도 그가 소설에서 다룬 현실과 예술의 관계, 신구 세계의 갈등, 뒤늦은 깨달음과 같은 주제들이『트릭』의 주제와 일맥상통하기 때문일 것이다.

　실제로『트릭』은 처음부터 끝까지 다니엘레로 대표되는 구세계와 마리오로 대표되는 신세계의 충돌을 다룬다. 소설에서는 계속해서 시들어가는 노인의 육체와 생명력이 넘치는 아이의 육체 이미지가 대비된다.

　육체뿐만이 아니다. 두 인물은 저물어가는 예술사조와 새로운 예술사조를 상징하기도 한다. 자신의 재능이 이미 예전

같지 않다는 사실을 느끼던 할아버지는 과거 자신처럼 뛰어난 재능을 지닌 손자를 보고 깊은 패배감에 사로잡힌다. 그것은 그가 불안한 자아의 소유자이기 때문이다.

스타르노네의 작품을 관통하는 공통적인 주제는 정체성이다. 우리는 누구인가. 우리는 어디에서 오고 어디로 가는가. 그리고 우리는 무엇을 남길 것인가. 정체성은 단면적이지 않고 복합적이며 정적이지 않고 언제나 변화한다. 정체성은 선택, 우연, 경험의 총합이다.

다니엘레는 평생을 산만하게 살아왔다. 그는 평생을 예술에 정신이 팔려 자기 주변에 있는 사랑하는 사람들에게 제대로 애정 표현을 하지 못했다. 심지어는 자기 스스로에게조차도. 그런 다니엘레가 마리오의 장난 때문에 발코니에 갇힘으로써 억지로 눈앞에 있는 손자에게 집중하게 된 것이다. 『트릭』에서 발코니는 다니엘레가 자신의 심연과 마주하는 장소다. 심연을 똑바로 바라보고 깨달음을 얻는 순간, 발코니 문이 열린다. 그 반강제적인 성찰의 순간이 없었다면 어쩌면 그는 심술궂고 이기적이고 퇴락한 예술가로 쓸쓸히 생을 마감했을 지도 모른다.

마리오의 주문에 굳게 닫혔던 발코니 문이 마법처럼 열리고, 다니엘레가 오직 손자의 그림만을 남긴 채 몇 달 동안 애써 그렸던 그림들을 찢어버리는 것은, 그가 예술가를 떠나 한 명의 인간으로서 성장했음을 나타낸다. 『트릭』은 2016년에 출간됐는데 1943년생인 스타르노네가 73세가 되었을 때 발표한 작품이다. 그래서인지 스타르노네의 그 어떤 작품보다 한 명의 인간이, 예술가가 남길 수 있는 유산에 주목하는 듯한 느낌이다. 그 결과물로 나타난 것이 바로 "머리에서 발끝까지 통제할 수 없는 에너지로 가득한, 팽창하는 생명력의 결정체"이자 "고장 난 육체에 난 낭종"과 같은 마리오다.

『트릭』의 이탈리아 원제는 '스케르체토'scherzetto로 원래 농담, 장난을 의미한다. 『트릭』의 영어 번역가이자 퓰리처상 수상 작가인 줌파 라히리는 다양한 의미를 가진 이 단어를 번역하는 데 어려움을 호소했는데, 그만큼 딱 하나의 단어로 표현하기가 힘들기 때문이다. 라히리가 '트릭'이라는 표현을 선택한 것은, 함정보다는 '트릭 오어 트릿'에서의 '짓궂은 장난'의 의미에 가깝기 때문일 것이다. 중요한 것은 '스케르체토'에는 놀이, 유희가 내포되어 있다는 점이다.

그러니 결국 예술도 인생도 일종의 놀이이자 장난이자 농담이다. 마법의 주문이 작동하려면 그 사실을 깨달아야 한다.

마치 양동이로 허공을 퍼 올려 발코니에서 뛰어내리면 된다는 마리오의 말처럼 말이다. 그러한 마음으로 삶을 대할 때, 모든 문제가 해결되는 것이다.

스타르노네는 『끈』에 이어 『트릭』에서도 가족이라는 신화를 해체하고 틈을 벌려 그 안에 있는 것을 적나라하게 보여준다. 그렇다고 그가 마냥 심술궂고 냉소적인 작가라는 말은 아니다. 상처를 헤집은 후에 반드시 그에 따르는 보상이 있기 때문이다. 실제로 『트릭』의 주인공 다니엘레도 성장한다. 비록 그 과정이 매우 아프고 고통스러울지라도. 발코니에서 보낸 시간은 고통스러웠지만, 그로 인해 다니엘레는 마리오를 자신의 유산을 이어받을, 가능성과 잠재력으로 가득한 그 경이로운 창조물의 본질을 있는 그대로 받아들인다. 황무지처럼 메말라버린 노작가의 작품을 보고 샘솟아 오르는 마리오의 영감이야말로, 아이의 순수한 재능이야말로 생의 막바지에 이른 다니엘레가 남긴 진정한 유산인 것이다.

2024년 5월
김지우

트릭

지은이 도메니코 스타르노네
옮긴이 김지우
펴낸이 김언호

펴낸곳 (주)도서출판 한길사
등록 1976년 12월 24일 제74호
주소 10881 경기도 파주시 광인사길 37
홈페이지 www.hangilsa.co.kr
전자우편 hangilsa@hangilsa.co.kr
전화 031-955-2000~3 팩스 031-955-2005

부사장 박관순 총괄이사 김서영 관리이사 곽명호
영업이사 이경호 경영이사 김관영 편집주간 백은숙
편집 이한민 박희진 노유연 박홍민 배소현 임진영
관리 이주환 문주상 이희문 원선아 이진아 마케팅 정아린 이영은
디자인 창포 031-955-2097
인쇄 예림 제책 예림바인딩

제1판 제1쇄 2024년 5월 22일

값 17,500원
ISBN 978-89-356-7864-8 03880